最後の夏は、きみが消えた世界

九条 蓮

STARTS
スターツ出版株式会社

目次

最後の夏は、きみが消えた世界

一章

1

「――琉《る》？　ねえ、――琉！」

誰かに呼ばれていた。それは聞き慣れた声だった。

だが、その声の主の顔が思い浮かぶよりも前に、不思議な感覚に襲われていた。

それは、どこか遠くに旅立っていた意識が徐々に戻ってくる感覚というべきだろうか。いや、或《あ》るいは、自分とよく似た何かが自分の中に入ってきて、同化していくという感覚に近いのかもしれない。

貧血を起こした時のように頭と視界がぐるぐる回っていて、焦点が合わない。同時に割れるような頭痛が襲ってきて、思わず呻《うめ》き声を上げた。

少しずつ、少しずつ聴覚と触覚も蘇《よみがえ》ってくる。

ミンミン蟬《ぜみ》の鳴き声が頭の中で木霊《こだま》し、容赦《ようしゃ》なく太陽光が肌を照り付けていた。熱風が顔を掠《かす》め、その火照《ほて》りが心地よいものでないことを痛感させる。

少女は変わらず、必死にこちらに向かって何かを呼び掛けている。どうやら自分を心配してくれているらしいというのはわかるのだが、意識がはっきりしないせいで、彼女が誰なのかを認識できない。

「──ねえ、壮琉《たける》ってば！」

顔を両手で挟まれる感覚とともに、名を呼ばれる。

わかった、わかったから心配するなって。俺は大丈夫だから──彼女に心配掛けまいとする言葉を頭の中で思い浮かべているうちに、自我も少しずつ蘇ってきた。回っていた視界や頭が少しずつ自分のコントロール下に戻ってくる。

それと同時に、左の手のひらと尻がやたらと熱いことに気付いた。真夏のコンクリートに手と尻を付いていたのだ。

「はあ!? 熱っ──あぐぁ」

熱を自覚して慌てて立ち上がろうとするも、再び頭に激しい痛みが走り、身体がぐらりと揺れた。もう一度尻餅をつきそうになったところを、少女の手にしっかりとかかえられる。

「ちょっと、壮琉！ ほんとに大丈夫？ 救急車呼んだ方がいい？」

少女の声がはっきりと聞こえ、虚《うつ》ろになっていた頭とぼやけていた視界が晴れた。

茶髪ショートボブでくりくりとした大きな瞳が印象的な少女が、こちらを心配そうに覗《のぞ》き込んでいる。

「あ、れ？ 柚莉《ゆずり》……？」

倒れそうになっていたところを支えてくれたのは、幼馴染の天野《あまの》柚莉だった。小柄な身体にも関わらず、壮琉をしっかりとかかえてくれている。

ぴったりと彼女の身体とくっついてしまっていて、制服越しに彼女の火照った肌の感触と熱が伝わってきた。

「わ、悪い……俺、どうしたんだっけ？」

九星《くぼし》壮琉は慌てて身体を離すと、自らの額《ひたい》に手を当てて状況を思い出そうとする。

しかし、全く思い出せなかった。自分がどこにいて何をしようとしていたのかさえわからない。ただただコンクリートで焼かれた手のひらの熱が、額に伝わってくるだけである。

「いきなり呻き声を上げたかと思ったら、座り込んじゃったんじゃない。ほんとに心配したんだから」

相変わらず柚莉は心配そうにこちらを見上げていた。その瞳からも尋常ではなかった様子が見て取れる。

熱中症にでもなったのかと思ったが、気付いたら体調はすっかりもとに戻っていた。自分でも何が原因だったのかわからない。

「心配掛けてごめん。それで、えっと……俺ら、何してたんだっけ？」

再度柚莉に訊《き》いた。制服を着ていることから学校帰りだというのはわかるのだが、周囲を見る限り壮琉達の通学路とは異なっている。どうして自分がこんな場所にいるのかわからなかった。

　その質問に、柚莉が胡乱《うろん》げな表情で首を傾げる。

「……ほんとに大丈夫？　病院、行った方がいいんじゃない？」

「ああ、うん。それは大丈夫。もう気分は悪くないから」

　先程の体調不良が嘘《うそ》だったかのように、今では頭痛や眩暈《めまい》、焦点のズレはなかった。

　ただ、記憶に関する部分だけが全然すっきりしない。今日が何日で何曜日なのか、全くわからなかった。

　柚莉は呆《あき》れた様子で言った。

「学校から帰る途中だよ。もうすぐ〝天泣彗星《てんきゅうすいせい》〟が流れる日だから、どこで見ようかって話だったじゃんか」

「あ、そっか……そうだった」

　その言葉で、何となく状況を思い出していく。

　そうだ。今日は七月十四日で、球技大会の帰りだった。一週間後に控えた天泣彗星に備えて、どこで見るかを話し合いながら帰っていたのだ。

「もしかして、試合中に頭でも打った？　頭を打つ程熱心に取り組んでいたようには思えなかったんだけど」

　柚莉は鞄《かばん》の中から先程自販機で買ったばかりのミネラルウォーターを取り出すと、

壮琉に手渡した。

握る手にその冷たさが染み渡り、ほんの少しだけ暑さが和らぐ。

「人数合わせで参加しただけなんだから、仕方ないだろ」

壮琉はそう愚痴をこぼしながらキャップを開け、水を口に含む。

冷たい液体が喉《のど》を通り、心地よく体内に広がっていく。暑さで蝕《むしば》まれた身体が癒《い》やされていき、活力が戻ってくるのを感じた。

「ほぼほぼコートの隅っこで突っ立ってただけだったもんねー。せっかくあたしが応援してあげたのに」

「うるさいな。ああいうのは運動部の目立ちたがり屋に任せておけばいいんだよ。俺にボールを回されても困る」

柚莉の悪戯《いたずら》っぽい笑みに対して、壮琉は不機嫌な顔で返した。

壮琉が参加した競技はサッカーだった。特にサッカーが好きなわけでも得意なわけでもなかったが、人数がひとり足りなくて困っていたので、仕方なく出ることにしたのだ。

もともと戦力として期待されていたわけではないし、頑張るつもりもなかったので、隅っこで立っていただけである。そもそも、この厳しい暑さの中でグラウンドで駆け回るという行為が理解できない。

それなのにこの柚莉ときたら、名指しで応援してくるものだから、居心地が悪いったらありゃしなかった。走れー、ボールを奪ってシュートを打てー、などと言われても、サッカー部を相手に人数合わせのＤＦ《ディフェンダー》が活躍できるはずがない。ただただ恥ずかしい思いをしただけである。

「それで、どうする？」

「どうするって……ああ、彗星のスポット探しか」

「うん。あたしはこれからバイトだし、壮琉も体調悪いならまた今度でいいと思うけど」

「いや、体調ならもう大丈夫。見に行っておくよ。時坂《ときさか》神社の方がいいんだっけ？」

眩暈を起こす前に、確かそういった会話があったように思う。

柚莉は今月から喫茶店でアルバイトを始めたと言っていた。それで、彼女がバイトで忙しいから代わりに見晴らしのいい場所を探しておいてほしい、という話だったのだ。

「うん、そうそう。あそこの裏って高台になってるじゃない？　だから、見えやすいんじゃないかと思って」

「おっけ、見に行っとく」

「ありがとー。では、勤労なる汝《なんじ》に褒美としてそのお水を進呈しよう」

柚莉がどこかの王様のように偉そうに言った。それに応じ、壮琉も「有り難く」とペットボトルに両手を添えて恭《うやうや》しく頭を下げる。

こんなアホみたいなやり取りに乗っかれるくらいには体調ももとに戻っていた。その様子を見て柚莉も安心したのか、顔を綻《ほころ》ばせる。

「じゃあ、そろそろあたしはバイト行くね。あとよろしく〜」

「あいよ。気ぃ付けて〜」

気の抜けるような挨拶を交わした後、柚莉はぱたぱたと走っていく。角を曲がる前にこちらを振り返ると、喜色満面で両手をぶんぶん振った。

小さく手を振り返してやると、彼女は満足したように再び笑ってから、曲がり角へと姿を消した。

壮琉は手元のミネラルウォーターを見つめて小さく溜《た》め息を吐くと、時坂神社の方へと向かったのだった。

何もない町並みをぼんやりと眺めつつ、壮琉はだらだらと神社を目指して歩く。

壮琉達が暮らす時坂町には、どこか懐かしさを感じさせる美しさがあった。都会の喧騒《けんそう》とは程遠いが、田舎の閉塞感からも逃れている、絶妙なバランスの町である。

一歩駅を出ると、広がるのは緑豊かな山々のスカイライン。その足元には、鮮やかな色彩の町並みが広がっている。古い商店と新しいカフェやブティックが並ぶ商店街で、地元の人々と観光客が交流する。車で数分走れば、都会の喧噪を思わせるショッピングモールやエンターテインメント施設が点在する一方、反対方向へ進めばすぐに田園風景が広がる。この町は、どこか時がゆっくり流れるような感覚と、新しいものを迎え入れる活気が共存しているのだ。

その象徴として、古い時計塔の下で、子供達が最新のゲーム機で遊びながら過ごしていた。その横を通り抜けると、何となしに彼らの会話が聞こえてくる。その内容は、いつ皆で海に行くか、というものだった。

そういえば、最後に海に行ったのはいつだっただろうか。中学生になってから高校二年に至る現在まで、海に行った記憶はない。きっともう五年以上前のことだろう。特段行きたいとも思わないのだが、それでも中学から通して五年以上もの間、夏の風情を一切放棄しているのも我ながら如何《いかが》なものかと思う。

ただ、正直に言うと、夏は苦手だった。暑いし、すぐに汗をかくし、日焼けもするし、熱中症にもなる。いいことなど何もなかった。

夏と言えば、滴り落ちる汗と自分の影。照り付ける太陽の光から目を背けたくて、できるだけ日陰を求めて歩く。家に帰れば基本的にはクーラーの効いた部屋で過ごし、惰眠を貪《むさぼ》るだけだ。それが壮琉にとっての夏なのである。

七月十四日となると、夏休みが始まるまであと一週間。この殺人的な太陽の下を歩かなくて済むと思うと幾分か気が楽なのだが、また退屈な夏が訪れると思うと、少し憂鬱な気持ちになる。

『ねえ、壮琉！　夏だよ？　高校生だよ？　もっと楽しもうよ！』

そう言って、惰眠を貪りたい壮琉を外に引っ張り出そうとするのが幼馴染の天野柚莉だ。柚莉とは家が近所で、小学生の頃から家族ぐるみの付き合いだった。

彼女はあの通り明るい性格なので、昔から周囲に人が集まっていた。そんな彼女にとって夏休みはまさしく水を得た魚も同然で、昔はよく色々付き合わされたものである。

中学生になってから付き合う友達も変わったので、彼女も普段よく過ごす友達と夏を楽しんでいたようだ。無論、毎年しつこく誘われているし、それを懲りずに断り続けているので、彼女もその友達と遊ぶしかないようだったが。

どうして柚莉がいつも誘ってくるのかについては、壮琉もあまりわかっていない。彼女とは趣味趣向が異なるし、壮琉自身、明るく活発な柚莉が自分と過ごして楽しいとも思えなかった。だが、懲りずに毎年彼女は誘ってくる。

そうして今年もその季節がやってきた。柚莉からしつこく誘われる季節だ。あまり無下に断ってしまうと、朝から部屋に突撃してくる――幼馴染の弊害である――ので、慎重に断り文句を選ばないといけない。それに、断り続けていると、彼女の機嫌が著しく悪くなってしまうため、結局ご機嫌取りのために何かひとつくらいは付き合わなければならなくなってしまうのだ。

柚莉もそれがわかっているから、下手な鉄砲も数撃ちゃ当たるで誘いまくってくる。そうした誘いのひとつが、『彗星を見に行こう！』だった。

いつもは夏の終わり頃に嫌々何かに付き合うのだが、今回壮琉はすぐに承諾した。というのも、天泣彗星には壮琉自身興味があったからだ。

天泣彗星とは、五年に一度の周期で地球に接近する彗星だ。彗星の輝きがまるで天空から落ちる涙のように美しいことから〝天泣〟と命名されたらしい。

五年前、壮琉は自室からこの彗星を眺めていた。夜空全体を青白く照らす輝きは美しく、夢のような幻想風景に目を逸《そ》らすことができなかった。部屋の電気を消して窓の近くに座り込み、その美しさに心を奪われていたのを今もよく覚えている。

同時に、もっと空に近い場所で見たかった、という後悔もあった。もしこの光景をもっと高い場所、たとえば山の頂きや空に近い場所で見ていたら、どれだけ美しかっただろうか。それに、この瞬間を誰かと共有できたら、その感動はもっと増すかもしれない——そういった後悔と思惑が壮琉にもあったので、柚莉から誘われた時はすぐに承諾したのである。

初っ端の誘いでＯＫが出るとは彼女も予想していなかったらしく、ぽかんと間抜けな顔をしていたのが印象的だった。もっとも、すぐにいつもの溌剌《はつらつ》とした笑顔になって、それからどこで見ようか、という話になり今日に至る。彼女が調べてくれたいくつかの候補地の中で、一番人気《ひとけ》のないと思われる場所、それが今向かっている時坂神社だ。

時坂神社はこの町に古くからある神社で、神社の裏の方は高台になっている。星を見るのにはちょうどいいのだ。

どうしてそんなスポットに人が少ないのかというと、夜間は神社内への立ち入りが禁止されていて、一般人が入れないからだ。そんな場所に、柚莉はこっそり侵入して見ようというのである。じゃじゃ馬な彼女らしい発想だった。

いつもなら壮琉も反対するのだが、今回はその案に乗っかった。単純に、人が少ない良スポットで彗星を見れるならいいかと思ったからだ。今日はその下見である。

「あれ、そういえば時坂神社と天泣彗星って何か関わりあるんじゃなかったっけ？」

視界の先に神社がある高台が見えてきて、ふとそう独り言ちる。

時坂神社は色々伝承や言い伝えが多い神社だ。何でも、大昔は将軍までもがご利益を求めて参拝に来るなど、色々由緒ある場所だったらしい。もっとも、神社のご利益などといった非科学的なものが活躍する機会があるとは思えない現代社会においては、神社の意味合いなど宗教的な象徴以外に殆どない。さして気にする必要もないだろう。

そう思って、時坂神社の方に向かっていた時である。神社裏手にある石碑の前の交差点で信号が変わるのを待っていると、目の端にひとりの少女の姿が入った。黒絹のような長い髪が柔らかな風に靡《なび》き、壮琉はその姿に一瞬で心と視線を奪われる。

少女は壮琉と同じ時坂高校のブレザー制服を身に着けており、その制服が華奢《きゃしゃ》な彼女の体型を一層引き立てていた。身長は壮琉より少し低く、柚莉よりは少し高い。おそらく一六〇センチ程度だろうか。顔立ちはやや幼く、無垢《むく》な美しさが青み掛かった瞳から滲《にじ》み出ている。

あれ……？

彼女を見た瞬間に、何か心に突き刺さるような感覚に囚われた。

一目惚れでもしたのかと思ったが、どうにもただの一目惚れとは少し異なる。彼女をどこかで見たことがある気がして、胸の中に奇妙な焦燥感が広がっていくのだ。

リボンの色から見て、下級生であることには間違いない。ただ、下級生に知り合いはいないし、学校で特段見た記憶もなかった。だが、彼女のあどけない表情には何故か見覚えがある。

信号が変わる直前、彼女と目が合った。彼女は何かに驚いたように、その青み掛かった瞳を大きく見開いてこちらを見ていた。

そして、その直後——先程と同じく、激しい頭痛と眩暈が壮琉を襲った。

「痛《い》ってぇ……！」

その痛みに、思わず額を押さえて小さく呻く。だが、今回は痛みだけでは収まらなかった。

頭の中で、シャーッというホワイトノイズが鳴り響いたかと思えば、モノクロのノイズ画面のように揺れ動き、脳裏に見たことがないはずの映像が浮かび上がってくる。

頭の中の映像は、同じく時坂神社の石碑の前の信号で、壮琉と同じ学校の制服を着た女生徒と目が合ったところから始まった。その女生徒は壮琉を見るや驚いたかと思えば、嬉《うれ》しそうに顔を綻ばせてこちらに歩み寄ろうとする。しかし、その刹那、激しいスリップ音が響いて……白い自動車が華奢な彼女の身体を薙《な》ぎ倒し、そのままガードレールに突っ込んでいった——。

それは一瞬の出来事だった。夏の太陽に照り付けられたコンクリートに、赤い水たまりが広まっていく。長く綺麗《きれい》であっただろう黒髪は血でべっとりと濡れており、腕や脚があってはならない方に折れ曲がってしまっていた。一瞬で見惚れてしまう程に美しかった面影は消え、ぴくりとも動かない肉塊と化してしまったのである。

何だ、これ……？

そこで、はっとして顔を上げた。

今見た映像とこの状況は、あまりにも似ていたのだ。目の前の少女の表情、立ち姿、それに制服は、脳裏に浮かんだ映像と殆ど変わらない。そして、頭の中で見るも無惨な姿になっていた少女と同じように、壮琉を見て驚いている。この部分も同じだった。まさかと思って車道を見てみると、遠くから蛇行運転をする車が迫ってくるのが見えた。先程の映像で彼女に突っ込んだ白い自動車だ。

壮琉の鼓動が、一気に跳ね上がる。このままいくと、間違いなく脳裏で見た映像と同じことが起こる——何の根拠もなかったが、その確信が壮琉にはあった。

すぐさま壮琉は鞄を投げ捨て、彼女に向かって駆け出していた。一方の少女は、いきなり男子生徒が自分に向かって走ってきたからか、凍りついてしまっている。どうせならその場から離れてほしかったが、いきなりのことであるし、驚きのあまり動けなくなるのも無理はない。

彼女からは気味悪がられるかもしれない。しかし、ただの一時的な錯覚や幻覚だったのなら、それでよかった。その時は素直に謝るだけだ。

ただ、あの光景だけは再現してはならない。それはまるで自らが負った使命のように壮琉の肩《かた》にのしかかっていた。

信号はまだ赤だったが、お構いなしに彼女に向かって一直線に走り抜ける。幸い、他に車も来ていない。ギリギリ間に合うはずだ。

その刹那、先程見た脳裏の映像と同じく激しいスリップ音が鳴り響いた。そこで彼女も車に気付いたが、距離的にもう避けるのは不可能だ。

間に合ってくれ――。

壮琉はそう祈りながら、少女に向かって身体を投げ捨てるようにして飛び込んだ。飛び込んだ勢いのまま彼女を両腕でかかえ込み、自分の背が地面になるようにして倒れ込む。ずざざ、と地面を擦る音とともに背中に激しい痛みを感じたが、そんなものはすぐに吹っ飛んだ。激しい激突音を響かせながら、つい先程まで彼女が立っていた場所に自動車が突っ込んだのである。

周囲の大人達がざわつき、こちらに駆け寄ってきている。昼下がり故にあまり人は多くないが、近くの家の人達も何事かと飛び出てきてくれた。

「大丈夫か!?」と壮琉達を心配する声が聞こえ、ひとりが慌ててスマートフォンを取り出し、救急車を呼んでいる。手を上げて交通を止める人、事故の状況を確認する人、少ないながらも周囲の人々は何かしらの行動を起こしていた。

これなら、車の方は彼らに任せて大丈夫だろう。壮琉は安堵《あんど》のあまりぐったりと力が抜けてしまい、大きな溜め息とともに後頭部をコンクリートに下ろした。

真上からは真夏の太陽が照り付けていて、背と後頭部には太陽の熱を吸収したコンクリートが容赦なく熱を伝えてくる。おまけにスライディングした背中がじんじんと痛んできた。

事故直後であるし、一刻も早く動いた方がいいのは間違いないのであるが、今の壮琉にとってそんなことはどうでもいい。ただただ安堵感から少女をそっと抱きしめた。

「よかったぁ……」

本心が漏れる。一瞬でも躊躇《ちゅうちょ》していたら間に合わなかった。自分の英断を褒めてやりたい。

そこで、腕の中の彼女がもぞっと少しだけ動いて、はっとする。そうだ。見ず知らずの少女を抱きしめたままだったのだ。

「あっ……ご、ごめん！」

慌てて起き上がり腕の力を緩めるも、彼女はこちらの服をぎゅっと掴んだまま、壮琉の胸に顔を埋めていた。肩を震わせて、ひっくと嗚咽《おえつ》を漏らす。

「おい、大丈夫か……？」

やはり、いきなりのことで怖かったのだろうか。心配になって彼女の細い肩に触れようとすると、彼女はそっと顔を上げた。

その時——夏風が舞った。

流れるような少女の長い髪が風に揺られて、柔らかな光を放つ。そして、改めて彼女と視線が交差する。

彼女の瞳は秘密を隠す深い湖のように輝いていて、星屑がちりばめられた夜空みたいにきらめいていた。細やかな鼻は彼女の顔の中心に控えめに位置しており、その控えめさが彼女の愛らしさを一層引き立てている。

すぐ近くには事故車があって、車のエンジンからは白煙が上がり、周囲の大人達は運転席から老人を救い出そうとドアをこじ開けている。それなのに、壮琉はその全てを忘れ、少女に目を奪われてしまっていた。

それは、ただ彼女が可愛《かわい》らしいから、という理由だけではなかった。そこには壮琉が予想もしていなかった表情があったのだ。

少女は恐怖や驚嘆といった類の表情を浮かべていたのではなく——何故か、感動にうち震えて涙ぐんでいたのである。

彼女は嬉しそうな笑みを浮かべると、涙声でこう呟いた。

「本当に、会えた……」

彼女の予期せぬ言葉と表情に、壮琉の口から思わず「えっ」と困惑の声が漏れる。

事故に遭いかけて、あと少し助けるのが遅ければ悲惨なことになっていたというのに、第一声として出てくる言葉が『本当に会えた』。それも、まるで今生の別れを乗り越えてきたかのような表情で。さすがに意味がわからない。

もちろん、壮琉は彼女と会うのは初めてのはずだ。先程脳裏に浮かんだ映像を除けば、であるが。

「えっと……何が？」

壮琉は苦い笑みを浮かべ、訊いた。

もしかすると、優等生っぽい外見に反して所謂《いわゆる》〝不思議ちゃん〟にカテゴライズされるような子なのかもしれない。柚莉以外に特に親しい女の子がいるわけでもないので、当たり障りのない返答が思い浮かばなかった。

壮琉のその反応に少女は「あっ」と声を漏らし、眉をハの字にして表情を沈ませた。

「何でもない、です」

「……？　まあ、いいけどさ。とりあえず、ここから離れよっか。まだ危なそうだし」

言葉の真意がわからず首を傾げつつも、壮琉は近くで煙を上げている自動車を顎《あご》でしゃくった。

いつ引火するかわからない車の横でじっとしているわけにはいかない。周囲の大人達も心配そうにこちらを見ているし、この場所に留まっているのは不自然だった。

「は、はい。すみません」

少女は慌てて立ち上がると、迷いなくこちらに手を差し伸べた。

「どうも」

拒否するのもどうかと思い、遠慮がちに彼女の細い手を握って、身を起こす。

「痛《い》っ――」

その拍子に背中に痛みが走って思わず呻き声を上げそうになり、慌てて声を押し留めた。

皮膚が伸びるだけでびりびりした痛みが走った。おそらく、皮膚が擦り剥けているのだろう。

ただ、自分のせいで怪我をさせたとなると、彼女が余計な責任を感じてしまうかもしれない。勝手に飛び込んで助けたのは、壮琉である。彼女に罪悪感などは抱かせたくなかった。

壮琉は自らの背を彼女に隠すように立ち振る舞ったのだが――。

「……あっ！　背中、怪我してるじゃないですか！」

壮琉の動作に不自然さを感じたのか、背中の方へと回り込んで少女が言った。

思った以上に目ざとい。観察力が鋭い子なのかもしれない。

「だ、大丈夫。大したことないって」

「大したことありますから！　シャツ、真っ赤になってますよ!?」

「え？　……うわっ、ほんとだ」

言われて自分の背中を見て、ぎょっとする。ワイシャツの背にじんわりと血が滲んでいたのだ。しかも、ワイシャツも破れてしまっている。この状態では、彼女から隠していても他の人に気付かれていただろう。

「……唾付けときゃ治るって」

「背中にどうやって唾を付けるんですか。ちょっと待っててくださいね」

彼女は呆れたように言うと、周囲をきょろきょろと見回した。それから特定の誰かを見つけたのか、一瞬表情を明るくして、エプロン姿の女性に歩み寄る。この近くに住む主婦だろうか？　料理の準備中に飛び出てきた、というような様子だ。

後輩の少女は女性と何かを話し合っていた。女性はしきりに頷き、どこかを指差して示す。その後彼女は軽く頭を下げて感謝の言葉を述べ、こちらへと戻ってきた。

「どうした？」

「あの方が病院まで連れていってくれるそうです」

「え、俺を？」

壮琉の問いに、彼女は「はい」と頷く。

マジかよ、と壮琉は心の中で呟く。怪我を認識してからすぐに病院に連れていってくれる人を見つけるまでの行動があまりに早すぎる。その行動力には脱帽せざるを得なかった。

「あのおばさん、知り合いなの？」

「えっと……そういうわけではないんですけど。人のよさそうな方だったので、連れていってくれないかなって思って」

頼んでみました、と少女は気まずそうに笑った。

見ず知らずの人に車を出してもらうお願いなど、自分だったら絶対にできないことだ。大人しそうに見えて、意外にもコミュニケーション能力が高いのかもしれない。

「コミュ力お化けかよ。……あっ」

思わず心の声が漏れてしまっていたことに気付く。初対面の女性、しかも自分のために動いてくれた人に対して、かなり失礼なことを言ってしまった気がする。

しかし、少女は特段気を悪くした様子もなく、くすくす笑っていた。

「きっと、普段の私ならできなかったと思います。でも、今は緊急事態なので……ちょっと頑張ってみました」

彼女が小首を傾げて笑みを浮かべた。その笑顔を見ているうちに、胸の高鳴りを感じて恥ずかしくなってしまい、壮琉は視線を彼女から外す。

そこで、少女は向かいの歩道を見るや否や、ふと何かを思い出したように「あっ」と声を上げた。

「先輩の鞄、取ってきますね」

「え？」

壮琉が言葉を返す前に、少女は向かいの歩道へと渡って、壮琉の学校鞄を取りに行く。そういえば、彼女を助けようとする際に、向かいの信号機のところで投げ捨てたままだった。

彼女は電柱の横に転がっていた鞄を拾って汚れを払うと、すぐに横断歩道を戻ってきた。鞄を受け取り、彼女に礼を述べる。

「ありがとう。完全に忘れてたから、助かったよ」

「鞄、ないと困りますからね」

彼女は嫣然《えんぜん》としてそう答えた。

確かに、と思う。鞄の中に財布とスマートフォンを入れっぱなしだったので、このまま病院に行ったら面倒なことになっていた。

「あっ。おばさん、迎えに来てくれましたよ」

少女が車道を指差した。彼女の指先を追うと、エプロン姿の女性が運転する軽自動車が見えた。先程彼女が話していた人だ。

おばさんは壮琉達の前に車を寄せて止めると、後部座席に乗るようにジェスチャーした。

「ほら、早く乗りな！　病院行くよ」

「いや、でも……事故の聴取とかってやらなくていいんですか？」

壮琉は周囲を見て訊いた。

そろそろ警察と救急車が来る頃だろう。ならば、自分もいた方がいいのではないだろうか。

「いいからいいから！　あなただって怪我人なんだし、他にも目撃者はいるんだからさ。こういうのは大人に任せときゃいいのよ」

やや気の強そうな――でも根は優しそうな――おばさんは気持ちのいい笑顔で言った。

正直、その方が壮琉としても有り難い。この場にいた方がいいのは間違いないのだろうが、如何《いかん》せん背中が痛むのも事実だ。ピリピリした痛みで思考力が働かないし、破れた服でずっとここにいるのも恥ずかしい。

一応周囲の大人達にも事情を伝えると、おばさんと同じく早く病院に行くようにと言ってくれた。この少女もそうだが、優しい人達が多くて本当に助かる。

事故を起こした当人については、命に関わりそうな外傷は見当たらないとのことだった。ただ、衝撃で気を失っているので、そちらは救急車の到着を待った方がよさそうだ。

後のことは大人達に託し、おばさんの車で近くの病院まで連れていってもらうことにした。

＊

病院に入ると、外傷が目立つが故にちょっとした騒ぎになって、受付も簡単に済まされすぐに診察室へと通された。それからはレントゲン撮影、その他諸々の検査へと回される。検査など必要があるのかと思ったが、骨折など擦り傷以外にも怪我がないか、念のために確認するらしい。

ただ、そこでひとつ問題が発生する。それだけ色々検査をすると、お金が掛かるわけで……壮琉は学校帰りなので、当然財布の中身は心許ない。もちろん保険証も持ち合わせていないので、十割自己負担となると支払いは不可能だ。

心配を掛けそうだったので嫌だったのだが、ここは親を頼る他ない。すぐに親に電話し、病院まで保険証やら諸々を持ってきてほしいと頼んだ。

『はあ⁉ 事故って、あんた大丈夫なの⁉ 今どこ？ 市民病院？ すぐに行くから待ってなさい！』

母・九星佳穂《かほ》はまくしたてるようにそう言って、電話を切った。

何やら壮琉が事故に遭ったと思っていそうな慌てふためきっぷりだったが、事故に遭っていたなら電話などできるはずがない。大丈夫だろうか、うちの母は。

「電話、繋がりましたか？」

電話を終えて待合室に戻ると、後輩の彼女が尋ねた。

どういうわけか、彼女も病院まで付き添ってくれたのだ。来なくていいと壮琉は伝えたのだが、『私のせいで怪我をさせてしまったので……これくらいさせてください』と言って聞かなかった。それからは検査の間もずっと病院の待合室で待っていてくれたのである。

彼女は合間に売店でジュースを買ってきてくれたり、傷を心配してくれたりと甲斐甲斐しく世話をしてくれた。シャツはボロボロで、腕や背中も血だらけの状態で病院に入ったため、待合室では多くの視線を集めてしまい、気まずさを感じていた。しかし、その気まずさも彼女の御蔭《おかげ》で随分と和らいだように思う。

「うん。母親の方には何とか。今から飛んでくるってさ」

「そですか。よかったです」

彼女は嬉しそうに微笑んだ。その笑顔に夕日が掛かり、思わずどきりと胸が高鳴ってしまう。

視線を彼女の膝元《ひざもと》に移すと、そこには綺麗に畳まれた壮琉のワイシャツがあった。病院側が気を利かせて患者衣の上だけ貸してくれた際に、彼女は血や汚れをものともせずそのワイシャツを受け取り、以降はずっと大事そうに膝の上に載せてくれているのだ。壮琉の鞄も彼女の横に置かれている。

「なんか、長いこと付き合わせて申し訳ないな」

壮琉は言って、彼女の座っている長椅子に腰掛けた。

「先輩は命の恩人ですから。これくらい当然です」

「いやいや、大袈裟だって。それより、えっと……」

相手の名前を呼ぼうとしたのだが、そういえばまだ彼女の名前を聞いていなかったことを思い出す。車の中では痛みと背もたれに背中をつけないようにするのに必死で会話どころではなかったし、病院に着いてからは診察やら検査やら処置やらでバタバタしていて、訊くタイミングを逃したのだ。

「……？　どうかしましたか？」

「いや、そういえば名前聞いてなかったって思って」

そこで彼女も名乗っていなかったことを思い出したのか、「そうでした」と苦い笑みを浮かべた。

「遅くなってしまって、すみません。一年E組の星宮弥凪《ほしみやみなぎ》です」

「俺は九星壮琉。二年C組」

「あ、星仲間ですねっ」

壮琉の名前を聞いて、弥凪は顔に喜色を浮かべた。

「星仲間？」

「はい。苗字に星が付いてますから、お揃いです」

九星に星宮、言われてみればお互い星が付いている。ただ、それだけでお揃いと言われてしまうと、何だか少し恥ずかしい。

「あまり星が付く苗字の方はお見掛けしないので、見つけると嬉しくなってしまいます」

「確かに。何気に初めてかも」

「ですよねっ。私も芸能人の方しか見たことがありませんでした」

これまで気にしたことはなかったのだが、思い返してみれば小中高を通して同じクラスに星が付く苗字の奴はいなかった。これが初だ。星野《ほしの》や赤星《あかぼし》は野球選手で見掛けたことがあるが、案外星が付く苗字は少ないのかもしれない。

「ところで星宮さん。もう遅いし――」

「弥凪です」

早く帰った方がいいんじゃないか、という壮琉の言葉は突如として遮られる。思ったより強い語気だったので、少し驚いた。

「弥凪って……呼んでください。そう、呼んでほしいんです」

顔は伏せられており、さらにその横顔には長い黒髪が掛かっているので、表情は窺い知れない。

ただ、これまで出会ってから今に至るまでの間で、一番強い語気を孕《はら》んでいたように思う。

「名前の方がいいのか？」

「はい……その方が、慣れているので」

あまり苗字で呼ばれ慣れていないのだろうか。人懐っこい性格だから、出会ってすぐに名前で呼び合うのが彼女にとっての普通なのかもしれない。

「……？　そっか。じゃあ、弥凪」

「はい、何ですか？　先輩」

弾むような声で、弥凪がこちらを向いた。さっきまでの声音は何だったのか、一転笑顔で控えめで人懐っこい微笑を浮かべている。

「……そっちは先輩って呼ぶのかよ」

「はい。その方が、慣れているので」

どこか機嫌がよさそうに弥凪は言った。

普段からそう呼んでいる先輩でもいるのだろうか？　これまで壮琉を先輩と呼ぶ者などいなかったので、こっちは何だかくすぐったい。

「俺は呼ばれ慣れてないんだけどなぁ」

「きっと、すぐに慣れますよ」

弥凪は何故か自信満々な様子で言って、舌を出した。

結局、彼女はうちの親が来るまで帰ろうとしなかった。何となない会話をして、時間潰しに付き合ってくれたのだ。

柚莉以外の女の子とはそれ程話し慣れているわけではないので、壮琉も本来ならもっと緊張しそうなものなのだが、不思議と弥凪とは自然体で話せた。会話のテンポというか呼吸というか、そういったものがとても噛み合っていて、話すのが楽しいと感じてしまう程だった。

また、趣味が合うのか、話題にも困らなかった。壮琉が見ていた映画やドラマ、漫画なんかは大抵彼女も知っていたし、最近見た映画の感想で盛り上がった。

第一声だった『本当に会えた』の意味を聞こうと思っていたけれど、結局そんなことなどすぐに忘れてしまっていて、待合室で弥凪との会話を楽しんでいた。

母親が保険証を携えて病院に駆け込んできたのは、電話から一時間程経った頃合いだった。

「あ、あの、九星です！　今日事故に遭ったっていう九星壮琉の母でッ。うちの息子は今どこに――」

「ああ、九星さんならあちらでお待ちですよ」

佳穂が何かしら勘違いをしていることは受付の人も気付いていたようで、可笑《おか》しそうにこちらを指した。

佳穂の視線が壮琉と弥凪の方に向いて、きょとんとした顔となる。「……あれ？」と母が首を傾げたかと思えば、そこで自らが何やら思い違いをしていたことに気付き、ずるりと崩れた。

そんな彼女を見て、壮琉が大きく溜め息を吐いたのは言うまでもない。母はこうした早とちりが意外にも多いのだ。

壮琉は弥凪を紹介しつつ、もう一度今回の事故の流れについて説明した。ようやく事情を理解した母は、額を押さえて天を仰いだ。

「あー、ごめん。完ッ全に早とちりしてた。事故に遭いそうな子を庇《かば》って怪我したって話だったのね。理解理解」

曰く、仕事でテンパっていた時に電話を受けたので、驚きのあまりテンパりが加速して勘違いしてしまったらしい。佳穂はそれなりに頭がキレる人だと思うのだが、イレギュラーに弱いという弱点がある。これまでもこうした早とちりをした例は少なくなかった。

「全く……それならそうって言いなさいよ。てっきりあんたが事故に遭ったのかと思って、飛んできたんだから」

「うん、ごめん。説明不足だったよな」

壮琉は苦い笑みを漏らし、自分の非を認めた。

説明不足というよりは、ちゃんと説明したのに勝手に勘違いされて電話を切られた、というのが事実なように思うが、反論したところで逆切れされてしまうのがオチである。佳穂の性格を鑑《かんが》みると、こういう時はするっと非を認めて流す方がいい。それが十七年間、彼女の息子をしてきた学んだことでもある。弥凪の手前、変に事を荒立てたくもなかったというのもあるのだが。

「あの……本当にごめんなさい。私のせいで、先輩に怪我をさせてしまって」

弥凪が申し訳なさそうに頭を下げた。

「いいのいいの！　うちの息子でよかったら全然盾代わりにでも使っちゃっていいから。弥凪ちゃんが無事ならよかったわ！」

佳穂は豪快に笑って、弥凪の肩をばんばんと叩いた。その衝撃で、華奢な身体が前後に揺れる。

「それで、もう検査とか診察は全部終わってるの？」

「ああ。怪我は背中と腕だけで、処置もしてもらってる。後は診察費と処方薬の支払いだけかな」

ここの病院は院内処方なので、診察と処方薬の支払いがまとめて行われる。いちいち薬局まで移動する手間が省けるので、患者としては助かる仕組みだ。

ちなみに、色々検査はしたけれど、結局目立つ怪我は背中と腕の擦り傷――という
レベルのものでもないけれど――だけだった。一応塗り薬を処置室で塗ってもらって
酷い箇所はガーゼが貼られているが、薬が沁《し》みて痛い。

「まー、色々大変だったけど、ずっと弥凪がついててくれたから気持ち的には楽だったかな。ありがとう」

「い、いえ！　私の方こそ……本当にありがとうございました」

素直に御礼の気持ちを述べると、弥凪は顔を赤くしてもじもじと御礼を返してくれた。何だか、今日だけで何回もこんな感じのやり取りをしている気がする。

佳穂はどういうわけか、そんな壮琉達を見て意外そうに目を丸くして「……へぇ」と声を漏らした。

「母さん？」

壮琉が怪訝《けげん》に思って首を傾げると、母は「何でもないわ」と首を横に振って、改めて弥凪の方を向き直った。

「息子の面倒見てくれてありがとね、弥凪ちゃん。保険証を一度家に取りに帰らないといけなかったから、時間が掛かっちゃったの」

「そんな！　もとはと言えば、私のせいで先輩が怪我をしてしまったので。御礼を言われる程のことは、本当に何もしてないんです」

弥凪は恐縮した様子だが、実際には御礼を言われる程のことをしていると思う。

事故の直後で荒れている場から車を出してくれる親切な人を見つけ出して、病院まで一緒に来てくれてずっと付きっ切りでいてくれた。背中が痛いことには変わりないのだが、それでも彼女がずっといてくれたので、気は随分と紛れたように思う。彼女は壮琉を命の恩人だと言って憚《はばか》らないが、事故以降助けられているのは壮琉の方だ。

ふと外を見る。陽は既に沈みつつあり、空の色は徐々に闇に呑み込まれようとしていた。もう間もなく、夜の帳《とばり》が降りる時間帯だ。壮琉は佳穂に訊いた。

「母さん、今日車だよな？」

「ん？　ええ、そうだけど」

「じゃあ、弥凪のことも送ってやってくれないかな。もう暗くなってきちゃったし、危ないからさ」

弥凪がどこに住んでいるのかはわからないけれど、善意でこれまで付き合ってくれた彼女をひとりで帰らせるわけにはいかない。時坂町は治安が悪い町ではないが、夜道だと何があるかわからないのも事実だ。

壮琉の提案に、一方の佳穂は先程よりもさらに目を丸くしていた。かと思えば、何かに納得したかのように、にやりと笑みを浮かべる。

「そう、ね。もう夜だし、親御さんも心配するもんね。弥凪ちゃん、乗っていきなさいな」

「いいんですか？」

「うん。あんまり乗り心地がいい車じゃないのが申し訳ないけどね」

「いえ、乗せてもらえるだけで嬉しいです！　ありがとうございますっ」

弥凪は顔を輝かせ、お辞儀をする。

ただ送ってもらうだけなのに少し大袈裟だなと思ったが、人への感謝をちゃんと伝えられる子なのかもしれない。そういったところにも、弥凪の人のよさが滲み出ているように思えた。

「んじゃ壮琉、先に車の冷房つけといて。支払い済ませてくるから」

佳穂は車の鍵を壮琉に投げて寄越すと、財布と診療費請求書を持ってご機嫌な様子で受付へと向かっていった。

母のテンションがわからず、壮琉は思わず首を傾げるのだった。

「そう、そうなのよ！　やっぱり弥凪ちゃんもあそこ変だって思ったよね!?」

「はい！　あそこであの台詞はちょっと変というか、流れ的におかしい気がしたんですけど……でも、周りに指摘していた人はいませんでしたし、私が変なのかなって」

「そうそう、全く同じ！　いや〜、弥凪ちゃん気が合うわー」

車の中は明るく賑《にぎ》やかで、助手席の弥凪と運転席の母は笑顔で話をしていた。弥凪は手を振りながら熱心に何かを説明し、母は運転しながらも頷いている。

一方の壮琉は、背中の痛みに耐えながら、シートから僅かに身体を浮かせていた。病院で薬を塗ってもらったものの、まだ痛みはひりひりと背中全体に広がっており、背中がシートに触れるだけで激しい痛みを感じる。

母と弥凪の会話は驚く程弾んでいた。波長が合うのか何なのかはわからないが、佳穂がここまで楽しげに会話をしているのを見るのは随分と久しぶりだ。

今はお互いに見ているテレビドラマについてああだこうだと話している。壮琉自身はそのドラマを見ていないので内容についてはわからないが、何やら母がおかしいと密かに思っていた点について弥凪も同じ感想を持ったそうで、親近感を抱いているらしい。

壮琉の時もそうであったが、弥凪は人との距離を縮めるのが上手いようだ。ただ九星家と相性がいいだけなのかもしれないけれど、それはそれで悪い気はしない。

「あっ。そこの家です」

程なくして、弥凪が見えてきた一軒家を指差した。彼女の家は事故現場となった石碑のところから、歩けば一〇分くらいの距離の場所にあった。おそらく、通学路だったのだろう。学校からそこそこ遠いが、歩けない距離でもない。

家の明かりは一切ついておらず、玄関口の外灯も消えていた。その暗さから、何か重い静けさを感じさせる。車を家の前に止めて、佳穂が訊いた。

「ご両親はお仕事中？」

「母は仕事で帰りが遅いんです。父は……今年の冬に亡くなって」

「あっ……」

しまった、というような顔つきで、佳穂は辛そうにきゅっと眉根を寄せた。地雷を踏んでしまったと思ったのだろう。バックミラー越しに気まずい視線をこちらに送ってきた。

そんな視線を送られてもな、と壮琉は思う。壮琉だって彼女と会ったのは今日が初めてで、彼女の家族構成など知るはずもなかったのだから。

「ご病気だったの？」

「心不全でした。その日私は受験で、お母さんも仕事で朝早くから出ていて、家に誰もいなかったんです。それで……救急車も呼べなかったみたいで」

「そうだったの……ごめんなさいね。知らなくて」

「いいえ、そんな。気にしないでください。もう過ぎたことですから」

一方の弥凪は気にした様子もなく、明るくそう返した。しかし、その言葉とは裏腹に、バックミラーに映るその瞳は一瞬だけ遠くへと逸れ、口元もほんの一瞬だけ硬くなっていた。

今年の冬に亡くなったというのだから、『もう過ぎたこと』と割り切るにしてはまだ早い。肉親の死をそれ程簡単に乗り越えられるわけがないのだから。ただ、それよりも車内の空気を暗くしたくないという気持ちから、彼女は明るく振る舞ってくれているのだろう。本当によく気が利く子だった。

壮琉は車を先に降りて、助手席のドアを開けてあげた。弥凪は一瞬申し訳なさそうな顔をしていたが、すぐに「ありがとうございます」と笑みを浮かべた。

「あ、先輩。ちょっといいですか？」

車を降りたところで、彼女はポケットの中からスマートフォンを取り出した。

「ん？　なに？」

「LIME《ライム》、交換しませんか？」

「え、俺と？」

「はい」

弥凪は自分のQRコードを表示させて、にこっと微笑んだ。

彼女の笑顔にはどうにも弱い。何だか、断れなくなってしまうのだ。

「……いいけど」

車の中からの親の視線を気にしつつも、壮琉は自らのスマートフォンを取り出し、画面に表示されているQRコードを読み込んだ。

フレンド申請ボタンをタップしつつ、そのままトークで適当にスタンプを送っておく。

「やっぱり、このスタンプなんだ……」

弥凪は懐かしそうな笑みを浮かべ、そう呟いた。その笑みはどこか寂しげでもあって、壮琉は思わず首を傾げる。

「いえ、何でもないです。ありがとうございます。LIME、後で送りますね。おやすみなさい」

「お、おう……おやすみ」

弥凪は車の中の佳穂にぺこりと頭を下げてから、壮琉に対しても小さく手を振って、家の門扉をくぐっていく。

「可愛らしい子じゃない」

壮琉が助手席に乗り込み車を発進させると、佳穂がにやにやとした目つきで楽しそうな表情を浮かべていた。

「……いや、まあ。それは否定しないけどさ」

壮琉はバツの悪い表情を浮かべて、そう返した。

実際に誰が見ても可愛い子だと思うので、それを否定するのもおかしな話だ。母が何を言わんとしているのかも察してはいるが、そこには触れないようにしておく。

「お、否定しないんだ？　珍しい。これは、柚莉ちゃんに強力なライバル登場かなぁ」

「何でここで柚莉が出てくるんだよ？」

「あらあら……我が息子ながら、鈍いわねえ」

そう呟く母の横顔は、いつになく楽しそうに見えた。息子は座席にもたれかかることさえできないのに、気楽なものである。

こうして、壮琉にとっての長い長い一日が終わった。

ただ、これはこれから訪れる、悠久とも感じられる夏の訪れであったことを、この時の壮琉は知る由もなかった。

2

「せーんぱいっ」

翌日のことだった。授業の休み時間に教室から出たところに、いきなりそう呼び掛けられた。

こんな風に壮琉を呼ぶのは、もちろん昨日命を救った星宮弥凪だ。

「み、弥凪⁉　何でここに……」

「何で、じゃないですよ！　昨日、結局ＬＩＭＥ全然返してくれなくて、全部既読スルーしたんじゃないですか」

「あっ……やべ」

返事を忘れていたのを思い出し、壮琉は額に手を当てた。あの後弥凪からＬＩＭＥが送られてきたのには気付いていたが、家に帰ってからは返事どころではなかったのだ。

柚莉に心配されて色々事故について問い詰められた挙句、風呂に入るのもひと苦労で――あまりに痛かったので、暫《しばら》くの間シャワーは控えて身体は頻繁に拭くようにし、髪は洗面台で洗うと心に決めた――疲れ果てていたところに、痛み止め薬の副作用で意識は朦朧《もうろう》。彼女からのLIMEには目を通していたものの、返事は明日にしようと思ってすっかり忘れていた。

「ごめん。痛み止め飲んだら意識が飛んじゃってさ。返せなかったんだ」

「あっ……そうだったんですね。すみません、先輩の気も知らないで」

「いいっていいって。朝に返事忘れてたのも事実だしさ。気にしないで」

「怪我、やっぱり痛いですよね……」

弥凪は申し訳なさそうに眉根をハの字に曲げて、そっと肘《ひじ》のガーゼ部分に触れた。ガーゼ越しなのに、どうしてか彼女に触れられるだけで顔が上気してくる。

「昨日の今日だからガーゼとか貼りまくってるから痛々しいけど、薬飲んでれば痛みは大丈夫」

壮琉は彼女の手から逃れるように腕を引くと、肩を竦《すく》めてみせた。

シャワーを浴びた時に叫んで泣きそうになったことは伏せておく。これ以上罪悪感を抱かせてしまうのもどうかと思うし、何より怪我を心配されるのはちょっと恥ずかしい。

実際に登校した際は、肘や腕に痛々しいガーゼが貼られていたので、クラスメイトや教師からも随分と心配されてしまった。一応事故に遭いそうになった一連の流れについては学校側にも伝えてあるが、怪我や事故について質問攻めに合うのはあまり気分のいいものではない。大丈夫、見掛けだけだよ、と言うしかないのだ。

「それで、どうかした？ 俺に何か用事とか？」

クラスメイトからの視線も気になってきたので、壮琉は話を急いだ。見知らぬ下級生が訪れ、教室の前で話しているので、何事かとクラスがざわついていた。

ちらりと教室の方を見ると、柚莉はこちらを見て固まっており、何故か他の女子が彼女の肩をぽんぽんと叩いて慰めている。そっちはそっちで意味がわからない状況だが、あまり弥凪を長居させるのもよくない気がした。

「ああ、そうでした。その……先輩に御礼がしたいなって思ってて」

弥凪は少し緊張した様子で、もじもじとしながら言った。

「御礼？ いや、昨日病院で付き添ってくれたし、俺としてはもう十分なんだけど」

「でもッ。それだと私の気が済みません。先輩に怪我をさせてしまったのは事実ですから」

「って言われてもなぁ……」

壮琉は頭を掻いて、視線を彼女から窓の外へと向ける。

確かに助けはしたけれど、そこまで気にされると逆にこちらが恐縮してしまう。別に御礼をしてほしくて助けたわけではないのだ。

「あの、先輩。今日って放課後の予定とかありますか？」

壮琉は放課後の予定を思い返し、「いや、今日は特にないよ」と素直に答える。

今日も昼下校だが、特に予定はなかった。時坂神社の下見にはまた行かなければならないが、別に今日でなくてもいいだろう。

「それなら……お昼、一緒に食べませんか？　お弁当も作ってきたので」

弥凪は重ねて、おずおずとした様子で尋ねた。瞬きが増え、目にはちょっとした不安が浮かんでいる。

「え、弁当って俺のも？」

「はい。お料理には自信がありますから、きっと美味しいですよっ」

不安を隠そうとする笑顔で、彼女は声を弾ませた。

マジかよ、と壮琉は内心で驚く。今日は昼下校なので、もちろんお弁当など作る必要がない。わざわざ壮琉とお昼を食べるためだけに作って持ってきてくれたのだ。

そこまでする必要ないのに、と申し訳なく思う反面、そうした彼女の気遣いに、心地よさを感じた。

「せっかく作ってくれたんなら、頂こうかな。どうせ昼食べる予定もないし」

「やったっ。じゃあ、また授業が終わったら来ますね！」

弥凪はぱっと華やかな色を顔中に広げると、階段の方へと向かっていった。何だか今にもスキップしそうな足取りだ。

階段を下り際にこちらを振り返って小さく手を振るので、照れ臭く思いながらも壮琉も手を振り返す。

何だろう、この甘酸っぱい空気。自分でも驚く程に胸がむず痒くて、でもそれが不快ではない。不思議な感覚だった。

彼女の姿が階段の陰に消えて教室に入ろうとすると――バッチィイン、と背中に激しい衝撃が走った。

「痛っってぇぇぇ！」

痛みに耐えきれず、壮琉は悲鳴を上げた。

もろに傷口がある箇所への平手打ちである。皮膚が少しでも伸び縮みするだけで痛いのに、こんな激しい衝撃に耐えられるわけがない。

「何しやがんだよ、柚莉！」

壮琉は振り返り、奇襲を仕掛けた者を睨み付けた。

後ろを見なくても犯人はわかっていた。こんな乱暴なことをする奴は壮琉の身近には彼女しかいないのだ。

「あー、ごめんごめん。薬飲んでるから痛みは大丈夫ってあの子に言ってたから試してみたんだけど、嘘だったの？」

犯人は全く悪びれた様子もなく言った。

目を細めて、不審そうにこちらを見ている。どうしてこんな扱いを受けなければならないのだ。

「平手打ちされたら何にもなくても痛いわ！　つーか怪我人だぞこっちは！」

「ふん、怪我してるのをいいことに後輩の女の子にデレデレしちゃってさ。ほんとは怪我なんてしてないんじゃないの？」

「なわけねーだろ！　何なんだよ、いきなり！」

「しーらない。ほら、もう先生来るよ。さっさと席つけば？」

廊下の角から現れた担任教師を顎でしゃくってみせ、柚莉は不機嫌そうに自席へと戻っていった。

クラスメイト達の何か面白いドラマでも見ているかのようなからかい交じりの視線がこちらに降り注ぐ。勘弁してほしかった。

それにしても、何故柚莉は突如として不機嫌になったのだろうか。

昨日は眩暈だけで心配してくれたのに、今日はこの始末だ。眩暈よりも余程心配すべき状態ではないだろうか？　本当に意味がわからなかった。

ホームルームが終わり、中庭の自販機へと向かった。

先程弥凪は放課後に教室まで来ると言っていたが、クラスメイトからの好奇の視線にさらされるのは避けたい。さらに、柚莉も弥凪が教室に来てからずっと不機嫌だ。確たる理由はわからないものの、弥凪が関わっていると考えて間違いない。これらの事情を考慮し、壮琉の方から待ち合わせ場所を指定したのだ。

ちなみに、柚莉はこちらに向けてわかりやすく「ふん！」と怒りを示すと、そのまま　さっさと帰ってしまった。どうしてここまで怒られなければならないのだろうか。

しかも、クラスメイトから教えてもらったことなのだが、弥凪は学年一の優等生でもあったのだ。入学試験から成績一位で、期末試験も学年トップ。成績で言うと、何故うちの高校に入学しているのかわからないレベル、とのことだそうだ。そんな可愛くて頭もいい優等生の彼女が、どうして壮琉と色々関わろうとするのだろうか。

スマートフォンを見ると、『向かってます』とゆるキャラがダッシュしているスタンプが弥凪から届いていて、思わず頬が緩む。

そういえば、柚莉以外の女子とこうしてＬＩＭＥをしたのは初めてかもしれない。クラスのグループチャットでやり取りすることはあっても、個人間ではなかった。それに、女子からの連絡はいつも柚莉経由だったので、直接のやり取りがこれまでなかったのだ。

「お待たせしました、先輩っ」

どの飲み物を買おうかと自販機を眺めていると、後ろから声が掛かる。振り返ると、そこには嫣然とする弥凪の姿があった。肩で息をしているところを見ると、走ってきたみたいだ。

ほんの少しばかり夏の風に揺れる髪は昨日みたいに柔らかく太陽の光を反射させていて、彼女の周りにキラキラと光りが舞っているように見える。小首を傾ける仕草が愛らしく、胸がきゅんと高鳴った。

「……お、おう」

恥ずかしくなって、つい彼女から視線を逸らしてしまった。

すると、彼女は壮琉のその態度を別の意図と読み取ったらしく、申し訳なさそうに頭を下げた。

「すみません。ホームルームが長引いてしまって……」

「い、いや、大丈夫だから！　俺もさっき来たところだし。それより……弥凪、どれ飲む？」

壮琉は誤魔化すようにして自販機に小銭を入れて、彼女に好きなものを選ぶよう促した。

もともと彼女の分も買うつもりだったのだが、何だか変な空気になってしまった。彼女に見惚れていたわけではないと自分に言い聞かせるも、胸の高鳴りがその言葉を見事に裏切っている。

「え？　私のも買ってくれるんですか？」

「まあ、せっかく弁当作ってきてもらったわけだし。その御礼ってことで」

「私が好きで作ってきただけなのに……でも、せっかくなので甘えちゃいますね」

弥凪は言って、一番値段の安いミネラルウォーターのボタンをぽちっと押す。壮琉は少し悩んでから烏龍茶を選んだ。

「意外だな。もっと遠慮すると思ってた」

二本のペットボトルを取り出しつつ、壮琉は言った。彼女の性格を鑑みると、もっと遠慮して押し問答になると思っていたのだ。

「遠慮したかったですけど、どうせ先輩、言っても聞かないじゃないですか」

「へえ、よくわかってるな。断られてもゴリ押すつもりだったよ」

「だと思いました」

弥凪は苦い笑みを漏らした。

どうしてか、彼女にはこちらの考えがお見通しらしい。見透かされているようでちょっと癪《しゃく》に触るけれど、彼女にならは見透かされてもいいか、と思ってしまう自分もいて、何だか不思議な気持ちだった。

「非常階段で食べませんか？　日陰もあって、風通しもいいんですよ」

どこで食べようかという話になると、弥凪は予《あらかじ》め用意していたかのように、そう言った。

非常階段は学校の外観を形作る一部ではあるが、普段生徒達が使用する階段ではないし、殆ど人がいないそうだ。そういえば、壮琉も一年の頃はちょくちょく非常階段で昼休みを過ごしていたことがある。

暑そうだけど、まあいっか。人も少なそうだし。

壮琉はそう納得して、弥凪とともに非常階段へと向かった。柚莉のこともあるし、あまり目立つ場所で女の子と弁当を食べるのも如何なものかとも思っていたので、ちょうどいい提案だったのだ。

三階の廊下を突っ切って、突き当たりの鉄扉に手を掛ける。サビがこびりついた鉄扉が、ギシギシと不機嫌な音を立てながら、ゆっくりと開いた。

扉を開いて視界に入ってきたのは、容赦なく照り付ける夏の太陽だった。非常階段に屋根は付いていないものの、壁が日陰を作ってくれていて、ちょうどふたり座れるくらいのスペースを、太陽光から遮ってくれている。

弥凪は日陰部分の階段に腰掛けると、早速スクールバッグからふたつの弁当箱を取り出した。壮琉もやや遠慮がちに隣に腰を下ろしたところで、彼女は大きい方の弁当箱を壮琉に手渡す。

「どうぞ」

「ありがとう……って、どうした？」

ふと弥凪を見ると、笑顔を作ってはいるものの、何となく緊張しているようにも見える。

「いえ、お口に合うかどうか、ちょっと不安で」

「料理には自信あるんじゃなかったっけか？」

「ありますけどっ。でも、好みとかもあるじゃないですか」

「まあ、そりゃあるだろうけどさ。そもそも、人から作ってもらっておいて文句を言う程横柄な人間じゃないよ、俺は」

答えつつ弁当箱を開くと、思わず「あっ」と声が漏れる。弁当箱の中は、まるで駅弁みたいにさまざまなおかずで彩られていたのだ。

中央にはしっとりとした焼き魚があり、その隣には緑鮮やかなほうれん草のおひたしと卵焼きで彩られている、そして、メインを据えるのは衣にちょっとアレンジが加えられているっぽい唐揚げ。とても豪勢な弁当だった。

「え、思ってたより全然凄いんだけど。これ、今朝作ったの？」

「朝から頑張っちゃいました。あっ、冷凍食品は使ってませんよ？」

それは見ればわかるよ、と答えようとした矢先、壮琉の腹がぐぅ～っと鳴った。美味しそうな弁当を見て、人間の本能が呼び覚まされてしまったようだ。

弥凪はその音を聞いて、くすくすと笑っていた。

「お腹、空いてたんですね」

「う、うるさいな。今日は朝が少なかったんだよ」

「そですか。じゃあ、たくさん召し上がってくださいね。足りなかったら、私の分も食べてくださって構いませんから」

弥凪はにこにこしながら箸を渡した。壮琉はむすっとした顔で箸を受け取ると、「いただきます」と手を合わせる。

彼女には逆らえないというか、年下なのにいいように転がされている気がしてならなかった。まだ出会って二日目だというのに、こちらのことを知り尽くしているのではないかと思わされる一面がある。

そして、その一面はおかずの味付けにも表れていた。卵焼きは出汁巻き卵であったし、当たり外れの多いおひたしも味が濃い目で、壮琉の好みをしっかりと押さえていた。空腹だったというのもあるが、美味しくて箸がどんどん進んでしまった。

また、唐揚げを口に含んでさらに驚いた。衣から明太子の味が口の中に広がっていったのだ。

「えっ……？　この唐揚げって、もしかして明太子味？」

「はい。私、好きなんです。美味しいですよね」

「初めて食べたけど……めちゃくちゃ美味い」

「ほんとですか!?　よかったですっ」

安堵したかのように、弥凪は顔を綻ばせた。もしかすると、この唐揚げの味付けが口に合うのかどうかで不安がっていたのかもしれない。

不安になる必要などどこにもない。今度好物を訊かれたら明太子味の唐揚げと答えようと思う程に、好きな味だった。

「あ、先輩。ほっぺについてますよ」

弥凪の言葉に反応して顔を上げた時には既に遅かった。彼女の細くしなやかな指が壮琉の頬を拭い……指についた米粒を、ぺろっと舐《な》め取る。彼女の指、そしてその唇《くちびる》に、壮琉は目を奪われていた。

「……え？　あっ！」

固まっている壮琉を見て自分がしたことに気付いたらしく、弥凪は顔を真っ赤にして頭を下げた。

「ご、ごめんなさい！　私ったら、つい……いきなり馴れ馴れしかったですよね。ほんとに、すみません」

「い、いや、ちょっと驚いたけど、別にそこまで気にしなくていいよ」

一瞬、沈黙がふたりの間に広がった。

壮琉は何を言えばいいのかわからず、手元のお弁当に目を落とす。弥凪も同様に言葉に詰まり、横の壁へと目を逸らした。

「ついってことは、よくするんだ？」

とりあえず沈黙を打破すべく、壮琉の方から切り出してみた。

「あ、えっと……たまに、なんですけど。親戚の子供がよく先輩みたいにご飯粒を付けていたので」

「俺はその子供と同じ扱いかよ」

「……可愛いですよ？」

「そういう問題じゃなくてッ」

そこでふたりの間に笑みが零れ、柔らかい空気が生まれた。

親戚の子供と同じ扱いにされているのが気に食わないが、何となく気まずい空気が解れたのであれば、それでよしとしよう。

親しみやすいんだか、子供扱いされてるんだか……。

昨日から感じていることではあるが、弥凪は妙に距離が近い気がする。まるで昔から知り合いだったかのような距離感とでもいうべきだろうか。少しその距離感に驚いてしまうが、決して悪い気はしないし、むしろ心地いい。何だか不思議な子だった。

それからふたりで談笑しながら、彼女の作ったお弁当を食す。味はもちろん、彼女と話しながら食べる食事は普段の食事よりも一層美味しく感じた。

「ごちそう様でした」

米粒ひとつ残さず食べきると、壮琉は箸を仕舞って、手を合わせた。

美味かった。柚莉は料理のセンスが壊滅的で、いつも毒を煮込んだものを食べさせられていたので、こうして同じ年頃でも美味いものを作れる人がいると思うと、妙な感動を覚えてしまう。

「美味しかったですか？」

「もう、何も文句の付けようがないくらいに」

「それならよかったです」

ふたり分の弁当箱をバッグの中に仕舞うと、弥凪は立ち上がってこちらに向き直った。

「あ、先輩」

「ん？」

「明日も放課後、また誘っていいですか？」

「放課後？　特に予定もないから、別に構わないけど」

明日の予定を思い浮かべるまでもなく、壮琉は答えた。どうせ、予定がなかったらなかったで柚莉に何かしら付き合わされるだけだ。それに、仮に予定が入っていたとしても、時間を作っていたように思う。それだけ、弥凪と過ごす時間は心地よかった。

「やったっ。じゃあ、明日また誘いますね！」

弥凪は嬉しそうに拳を握り、遠慮がちに小さく片手を掲げた。そのままタンタンとリズミカルに階段を下りて、踊り場のところでこちらを振り返った。

その笑顔があまりに眩しくて、少し前に見惚れないようにと誓ったばかりなのに、ばっちりと見惚れてしまっている自分がいた。

3

弥凪はその言葉通り、翌日以降の放課後も壮琉を誘いに来た。目的は特になかった。町をぶらぶらしたり、ふらっと公園に立ち寄ったりとさまざまだ。

正直に言うと、主体的に誘ってくる割に目的がないというのには困惑した。だが、クラスで付き合っているカップル連中を見ていても、高校生の男女交際などというものは案外そんなものかもしれない。目的はないけれど一緒にだらだら過ごしていても、周りから見ているとそれだけで幸せそうで。内容がどうこうよりも、ただ好きな人と過ごす。もしかすると、大人の恋愛でもそうなのだろうか。

そして、それと同じような気持ちを、弥凪からも感じた。目的はなくとも、壮琉と一緒にいるだけで、彼女はとても幸せそうだったのだ。勢いに押されるがまま彼女と過ごすようになっているが、そんな自分も、そして彼女との時間も嫌いではなかった。

って……俺は何を付き合ってるつもりなんだよ。そんなんじゃないだろ？　浮かれそうになった自分に、待ったを掛ける。

壮琉の人生でいうと、ここまで女性にぐいぐい積極的に来られた経験がなかった。正直どう接するのが正解なのかもわからない。

一度柚莉にちらっとだけ話してみたのだが、途端に不機嫌になって『ならさっさと付き合っちゃえばいいじゃん』と言い、会話を終わらされてしまった。男友達に相談しようものなら冷やかされたり嫉妬されたりするのは明白なので——既に可愛い後輩が壮琉を教室まで訪ねてきた、というだけで酷い嫉妬を浴びている——柚莉くらいしか頼れなかったのだが、頼みの綱がこれである。挙句に彼女の友達からは『あんた、デリカシーないよ』と叱られる始末だ。

ただ、それでも壮琉は弥凪と過ごす時間を選んでいた。彼女からメッセージが届いているとそれだけで嬉しくなるし、もっと彼女と過ごしたいと思っている自分がいることも自覚してしまっている。

弥凪と肩を並べて歩いているだけでドキドキして、弥凪が笑うだけでこっちまで嬉しくなってしまって、つい彼女を笑かせようと冗談を言ってしまう。自分にこんな一面があったなんて、思いもよらなかった。

ただ、彼女を笑わせたいと思うのは、別の意図もあったように思う。

弥凪は時折、とても寂しそうな表情を浮かべているのだ。そこには孤独であったり、妙な寂寥感があったりして、そんな表情を浮かべている彼女は、普段よりも随分と大人っぽく見えてしまって、妙な不安に襲われる。その不安を払拭したくて、彼女を笑わせて、普段の彼女に戻そうとしてしまうのだ。

そうした不安は、時折弥凪から感じるある種の不思議さにあるのかもしれない。弥凪と過ごしていると、時々『えっ』と驚かされることがあるのだ。それがまさしく今で——学校帰りにカフェに寄った時に、それは起こった。

ふたりともアイスコーヒーを頼み、店員がコーヒーと一緒にガムシロップとミルクを持ってきて、テーブルに置いた。ここまでは普通だった。

そこで、弥凪は今日学校であった出来事を話しつつ、ガムシロップの蓋《ふた》を開けて自分のアイスコーヒーに半分入れ……余った残りの半分を、壮琉のアイスコーヒーに入れたのである。

まるでいつもそうしていたかのように、自然な流れ。壮琉自身でさえも何の違和感も抱かない程に、自然すぎる流れだったのだ。

え……？

予想もしていなかった弥凪の行動に、思わず壮琉も固まってしまった。

壮琉は普段アイスコーヒーを飲む際、ガムシロップを半分だけ使う。それは紛れもない事実で、ガムシロップを入れられることには抵抗はなかった。むしろ無駄にならずにいいことだとは思う。

だが——彼女とカフェに来たのは今日が初めてである。加えて、ガムシロップを半分だけ使う旨を、彼女に話したことなどない。

そこで、壮琉が固まっていたことに気付いたのだろう。弥凪が「え？」と会話を止めてから、自分の手元を見て「あっ」と声を上げた。その時の表情は、あからさまに『しまった』とでもいうような色が見て取れた。

「す、すみません。つい、勝手に入れちゃって……その、注文し直します！」

「いや、それはいいよ。普段からガムシロ半分だけ使ってたからさ。でも……何で、俺がガムシロ半分だけ使うって知ってるんだ？」

あまりに自然すぎる流れであったからこそ、それはあまりに不自然だった。彼女の行動は、まるで日常的にそうしているかのようで、そして壮琉がガムシロップを半分だけ使うことを当然知っているような行動だ。

弥凪は決して無神経でも無遠慮な人間でもない。むしろよく気が利く女の子である。そんな彼女が何の前置きもなく、ましてやこちらに確認を取るでもなく、いきなりガムシロップを半分入れるとは考えられなかった。

「えっと……ごめんなさい。私、いつも親戚の子とコーヒーを飲む時にこうしてて、それで、つい癖で……先輩がブラック派じゃなくてよかったです」

弥凪は誤魔化すように笑って言うと、アイスコーヒーをストローで掻き混ぜた。

前からちょくちょく出てくる親戚。果たして、親戚とそんなにも距離が近いのだろうか。

それに、前のお弁当でのやり取りの時にはまるで小さな男の子のように語っていた。

だからこそ、壮琉もそれ程不自然には感じなかった。

だが、今回はアイスコーヒー。小さな子供が飲むとは考えにくいし、先程彼女がガムシロップを分けた一連の流れは、まるで恋人とするような手つきだった。

それは先日のご飯粒の一件でもそうだ。友達や歳の近い親戚にあんな振る舞いをするとは思えない。そこで、嫌な可能性に行きあたる。

「もしかして、それって……親戚じゃなくて、実は元カレ、だったり？」

よせばいいのに、壮琉はつい不安から訊いてしまった。

これだけ可愛らしい容姿をしている上に、愛嬌もあって気が利くのだから、元カレのひとりやふたりくらいいておかしくない。そう思ったのだが――弥凪は全力でその推測を否定した。

「ち、違います！　絶対にそれだけは違いますから！」

弥凪は首と両手をぶんぶんと横に振って、それが間違った推測であることをこちらに伝えた。

「……ほんとかよ？」

それでも壮琉は信じられず、重ねて確認した。

たぶん、既に彼女に気持ちが入っているが故に、不安になってしまうのだ。誰かと比べられているような、そこに自分以外の誰かがいるような気がして、でもそれを否定してほしくて。

どんだけ女々しいんだ。ちょっとだけそんな自分が嫌になった。

弥凪は壮琉のそんな気持ちを慮っているのか、じっと見据えて「ほんとです」と前置いてから、続けた。

「私……こうして男性とふたりきりで出掛けるの、先輩が初めてですから。これまで仲のいい男友達もいませんでしたし」

「その割に、慣れてそうな感じだけど」

「それはッ……早く、先輩と仲良くなりたくて。その……迷惑、でしたか？」

おずおずと上目遣いで覗き込むようにして、弥凪が訊いた。

自分がやらかしてしまったかもしれないという不安感と、どことなくある焦り。その瞳からはそんな感情を抱きつつも、同時に嘘を吐いているようにも思えなかった。

「い、いや！　別に、迷惑とかそういうんじゃないんだ。俺もここ最近毎日弥凪と一緒にいて、楽しいからさ。他にもこうしてる人いたのかなって、ちょっと不安になっちゃったのかも。ごめん、女々しいよな」

壮琉は自嘲《じちょう》的に笑って、手元のおしぼりを指先でいじった。

思い返さなくても、さっきの自分はちょっとしつこかった。ただ仲良くなりたいだけの彼女に対して、意地悪が過ぎたのかもしれない。

でも、どうしてだろう？　何かある違和感だけが拭いきれなかった。それは、次の彼女の一言にも表れていた。

「そんなの、有り得ませんよ。先輩以外と過ごすなんて……絶対、ないですから」

弥凪は断言するようにそう言って、視線をテーブルのアイスコーヒーに落とした。

その時の彼女は、年不相応に大人びていて、それでいて寂しそうで。壮琉がどことなく不安を感じてしまう表情だった。

「そっか。それなら、よかった……のか？」

「……はいっ」

弥凪はそれまでの雰囲気を振り払うようにして、いつもの嫣然とした笑みを浮かべた。

そこに違和感を残しつつも、壮琉も肩を竦めて笑みを返す。これ以上この話を続けても、きっといいことはないだろう。

「それにしても、早く仲良くなりたいからって、急ぎすぎじゃないか？」

壮琉は口調を明るくして、話の流れを変えた。

当然、予期していなかった質問に弥凪は首を傾げる。

「だって、もうあと数日もしたら夏休みだろ？　これからいくらでも遊べるのに、なんか毎日放課後に遊べることを探してる感じがするからさ」

美術館であったり、少し離れたショッピングモールに行ってペットショップで動物と戯《たわむ》れたり、フードコートでご飯を食べたり。この短期間に色々な場所に行ったけれど、何もこんなに急がなくてもいいように思うのだ。

「海とか、祭りとか、花火とか……これから色々あるのにさ」

これまで自主的に放棄してきた夏の風情を並び立てている自分に気付いて、思わず苦い笑みを浮かべてしまった。今まで散々その夏の風情を面倒だ、と切り捨ててきた自分がよく言えるものだ。

ただ、彼女から返ってきた言葉は、予想もしていないものだった。

「だって……人間、いつ死ぬかわからないじゃないですか」

その言葉に、壮琉ははっとして顔を上げた。

そこで蘇るのは、先日の事故。あとほんの少し壮琉が彼女を助けることを躊躇していれば、彼女はきっと、車とガードレールの間に挟まれていた。その華奢な身体などぽっきりと折れ、見るも無惨なものとなっていただろう。

そして、壮琉は……その映像を、デジャブのように脳内で一度見ている。あれが見えていなければ、きっとあそこで助ける勇気など出なかっただろう。

「この前みたいに、いきなり事故に遭う可能性だってあるわけで。そしたら……今を全力で生きたいって、そう思うようになったんです」

弥凪はそこまで言うと、力なく微笑んだ。

それを言われてしまうと、何も反論などできない。壮琉も弥凪も、死の隣にいたのだから。その気持ちを鑑みれば、多少生き急ぐのもわからなくもなかった。

「何だか暗い話になっちゃいましたね。話題、変えませんか？」

弥凪は困った顔で笑うと、そう提案した。

どうしてか、今日は変な方向に話が行ってしまう。その全てが壮琉の話題に起因しているので、ここは彼女に従った方がよさそうだ。

「それもそうだな。何について話そっか」

「じゃあ、いつも私ばかり話しているので……たまには先輩の話も聞いてみたいです」

「俺の？　俺の話って言われてもなぁ」

「何か悩み事とかないんですか？」

弥凪の質問に、ううむと唸る。

成績のことだったり進路のことだったり、背中の怪我でシャワーを浴びられないことだったり……思い浮かぶ悩みを挙げればキリがないが、その中で特に気になるのが、最近不機嫌そうな柚莉だった。

「悩みっていう悩みでもないんだけど……柚莉っていう幼馴染がいるんだけどさ」

柚莉という名前を聞いて、ストローを持つ弥凪の手がぴくりと止まった。

「なんかあいつ、最近ずっとすげー機嫌悪くてさ。困ってるんだよな。ずっとツンケンされてて、理由聞き出そうとしても、会話にもなんなくて」

「柚莉さん、いつからそうなっちゃったんですか？」

弥凪は再びストローでコーヒーを掻き混ぜると、訊いた。

からんからんと、彼女がコップの氷を掻き混ぜる音が響いてくる。

「んー、あの事故の後くらいかなぁ。事故の前は普通だったと思うんだけど。ここ数日、あんまり話すらしてないんだよな」

「そっか……そうなってしまうんですね」

弥凪は小さく溜め息を吐いて、そう独り言ちた。

その言葉に、壮琉は首を傾げる。そうなってしまうとはどういう意味だろうか。

「いえ、何でもありません。それよりも先輩、もしかして何か約束を忘れてしまってるんじゃないですか？　それで怒らせてしまってる、とか」

「約束……？」

約束という単語が何か引っ掛かり、はてと天井を仰ぐ。そういえば、何か彼女と約束をしていた気がする。

暫く記憶を遡《さかのぼ》ってみて、そこでようやく柚莉との会話を思い出した。

「ああ、そうだった！　時坂神社！」

今日は七月十九日で、明後日は二十一日。天泣彗星が夜空に降る日だ。彗星を一緒に見に行く約束をしていて、その下見を頼まれていたのだ。それなのに後輩の女の子と遊んでばかりいるから怒っていたのかもしれない。

それだったか、と納得したのもつかの間。目の前にいる少女が、何故か固まっていた。

「時坂、神社……？」

声を絞り出すようにして、弥凪は言った。

「そうそう。ちょっと神社の下見に行かないといけなかったんだ」

「下見!?　下見って、何のですか!?」

血相を変えて、弥凪が立ち上がった。

いきなり立ち上がるものだから、テーブルの上のアイスコーヒーが振動で零れそうになっていたが、彼女はそれを気にも留めなかった。

その勢いに圧倒されながらも、壮琉は正直に答えた。

「いや、何のって……彗星が流れるの、もうすぐだろ？　柚莉からいいスポット探しとけって言われててさ。その候補が時坂神社だったんだ」

「……そ、そうでしたか。そういえば、もうすぐ、でしたよね」

壮琉の答えに、弥凪は安堵の表情を浮かべ、すとんと腰を下ろした。

一体何を驚いているのだろうか。

「どうせなら帰りに寄って見てこようかな。ここからそんな離れてないし——」

「ダメです！」

何気なく言った言葉に対して、弥凪が再び声を荒らげた。度重なる大声に、周囲の客からの視線がこちらに一気に集まっていた。

そこで自分が声を荒らげていたことに気付いたのか、弥凪はどこか居心地が悪そうに「すみません」と頭を下げた。

「何かあるのか？」

「いえ……特にそういうわけではないんですけど。どうせなら私も一緒に行きたいなって思っただけです。ご一緒していいですか？」

「……？　まあ、それは構わないけど」

顔を青くしてしまった弥凪を、壮琉は訝《いぶか》しむように眺めた。

一体どうしたというのだろうか？　明らかに今日の弥凪は様子が変だ。

確かに、これまでにもおかしなところはあった。何かこちらを見透かしているような態度や、言葉の断片にも不可思議なところがある。だが、時坂神社の話題になってからはあからさまにおかしい。その顔には焦りや恐怖といった負の感情がひしひしと浮かび上がっていたのだ。

結局、それから彼女は店を出るまで一言も喋らず、ただ黙ってコーヒーを飲んでいただけだった。


時坂神社――町の名前の由来ともなっているこの神社は、その名の通り町内でも伝統と神秘に満ちた場所として知られている。

人が集まるのは毎年八月末頃に開かれる夏祭りと正月の初詣くらいで、それ以外は閑散としていて殆ど人など訪れない。町の名前になっている割に他の観光地とのアクセスが悪いので、ここを訪れる観光客はあまりいないそうだ。

弥凪が事故に遭いそうになった場所は神社の裏手にある石碑の前で、小さな山を半周すると神社へと続く長い石の階段がある。その長い石段を上り切ると、重厚感のある赤い鳥居が姿を見せた。神社の入り口だ。

一歩重厚感のある赤い鳥居を越えると、そこは別世界のような空気感を放っている。古びた石畳の参道は代々の参拝者の足跡を感じさせ、その独特の凹凸からは時の流れと歴史の深さを感じ取ることができた。参道の両側には、古くからの苔《こけ》むした石灯籠が並び、その先には篠竹のような杉の木々が参道を覆うように立ち並んでいる。

風が吹くと、その杉の木々が囁くような音を立て、淡い樹液の香りが空気中に広がった。

ふと、足元の古い石畳を見る。昔訪れた将軍とやらも、今を生きる壮琉と同じくこの石畳の上を歩いたのだろうか。それを思うと、何だか感慨深かった。

「なあ、弥凪。ここってさぁ……」

振り返って彼女に呼び掛けようとすると、彼女は神社の境内にある石碑の前で立ち止まり、ぼーっと眺めていた。

カフェで下見をすると言って以来、ずっとこんな感じである。心ここにあらずといった様子で、殆ど言葉も発しない。

弥凪は特別饒舌《じょうぜつ》な女の子というわけではなかったが、口数が少ないわけでもなかった。話し掛ければいつでも言葉を返してくれたし、いつでも笑顔をこちらに向けてくれる……壮琉にとって星宮弥凪とはそんな女の子だったのだが、今の彼女は出会ってから抱いていた印象とは程遠いようにも思えた。

「弥凪？」

「あっ、先輩……」

「何見てんの？　石碑？」

弥凪の横に並んで、彼女が眺めていた石碑へと視線を移す。

石碑には何だか不思議な絵が彫られていた。

石碑の中心には、流れる水の姿。その流れの中に浮かぶ葉っぱが、時には上流へと逆流しているかのように刻まれている。隣にある巨大絵馬に視線を移すと、昼と夜が共存する風景や、四季の変化をひとつの景色で表現したものが描かれていた。中には流れ星みたいなものも描かれている。

「これは、時間……なのかな？」

「……はい。逆流する葉っぱは時間の不変性や繰り返しを描いていて、時間が一方通行でないこととか、過去と未来、現在が密接に繋がっていることを暗示しているみたいです」

いつになく暗く静かな声で、弥凪が言った。

「詳しいんだな」

「……昔、自由研究で調べたんですよ。小学生の時に」

「なるほどな。じゃあ、これは？」

石碑の中心にある『時の輪を紡ぎ直す者は、身の一部を神に捧げるべし』というフレーズを指差して訊いてみた。

「そのままの意味だと思います」

「そのまま？」

「はい。今風に意訳すると、『何かを変えようとするからには、何かを失わないといけない』といったところでしょうか」

「何かを変えようとするからには何かを失わないといけない、か」

弥凪の言葉を復唱して、もう一度石碑をじっと見つめる。

『身の一部を神に捧げるべし＝何かを失わなければならない』というのはわかる。では、『時の輪を紡ぎ直す者＝何かを変えようとするからには』は何を指しているのだろう……？

そこで、ふとひとつの結論に思い至る。

「タイムリープってことか。過去を変えるには犠牲が必要ってな感じか？」

「だと思います。時坂神社には、タイムリープと過去改変に関する伝承があるそうです」

さすが先輩です、と弥凪は笑みを浮かべた。

何に対する『さすが』なのかはわからないが、その笑みはどこか力なく、諦観のようなものさえ感じられた。

「時坂って名前からしてそんな感じだもんな。だから将軍様とかも参拝してたのかな？　時間を戻せたら何でもやり直し放題だし」

「かもしれませんね。でも、先輩。周りを見てみてください」

「ん？」

弥凪の言葉に従い、周囲を見回してみる。

境内には壮琉達以外誰もおらず、閑散としたままだった。

「もしここにそんな都合のいい力があったなら、時坂神社はもっと観光客がたくさんいて、繁盛していると思いませんか？」

「確かに」

弥凪のツッコミに納得する。もしそんな力が神社にあったならば、神主だか神社の代表者が時間跳躍を行って、ここにもっとたくさんの人が訪れるように仕向けるだろう。奉納金で大儲けして、今も悠々自適に暮らしているかもしれない。まあ、現実的に有り得ない伝承なので、これだけ閑散とした神社になっているのだろうけども。

それにしても、タイムリープで過去改変か……もし過去に戻れたら、俺なら何を変えたいと思うだろう？

思い返してみて、特に強く変えたいものはないなと思う。何も特別なものはないけれど、今過ごしている日常にそれ程不便はなかった。強いて言うなら、背中を怪我しないようにして弥凪を助ければよかった、というくらいだ。

そういえば、弥凪は何か変えたい過去でもあるのだろうか。彼女の内面を知るにはよいテーマかもしれない。

「なあ、弥凪。もしこの伝承が本当で、実際にタイムリープができると仮定したら、なんだけど……弥凪は過去に戻って、何かやり直したいこととかある？」

「えっ……!?」

壮琉の質問に、弥凪は目を見開いて一瞬だけ驚いたような表情を浮かべたかと思うと、すぐに顔を伏せた。

それからほんの少しだけ首を傾けつつ、深く考えている様子だった。

「そうですね……何をすればいいんでしょうね」

暫く考え込んだ末に出た答えは、それだった。弥凪は困ったように笑って続けた。

「いざ戻ってみたら……案外何をすればいいのかわからなくなってしまうかもしれません」

壮琉からすれば、弥凪の回答は予想外だった。少なくとも、『どう過去改変をしたい？』という質問に対して、壮琉ならば絶対に出てこない答えだったからだ。

「どうしてそう思うんだ？」

純粋に疑問に思って、壮琉は訊いた。すると、彼女の口から出た答えは、さらに意外なものだった。

「だって、過去と違う行動を取ってしまったら、その分世界は変わっちゃうじゃないですか。そしたら、それは私が知っている過去とは違っていて、結局何が起こるのかわからない未知の世界になってしまいます。そうであれば……あんまり過去に戻ったとしても意味がなくて、何をすればいいのかわからなくなってしまうのかもしれません」

「『風が吹けば桶屋が儲かる』みたいな話か」

「……はい。バタフライエフェクト、とも言いますね」

弥凪はこくりと頷いて補足した。

バタフライエフェクト――遠くの地で蝶が羽を動かすだけで、その微細な動きが他の場所で大きな嵐を引き起こす可能性がある、という理論または現象だ。いくら小さな原因であっても、それがどんな影響を与えるかを予測するのは誰もできない。たとえそれが神であったとしても、だ。その理論がある限り、過去に戻ったとしても上手く過去改変などできないのではないか、と彼女は言うのである。

そういえば、弥凪は学年トップの秀才だ。賢い彼女ならば、そのように考え至ってもおかしくない。

「なるほど。何だか凄く現実味がある考えだな。普通なら、あれを直したいとか、これを変えたいとか色々思い浮かびそうなものだけど」

「もちろん、私にだってありますよ？　変えたいものは」

弥凪は小首を傾げると、力なく笑った。

過去ではなくものと言ったことが少し意外だった。

「それはずばり？」

「先輩、デリカシーがないですよ？　女の子の秘密を暴こうとするなんて」

冗談っぽく訊いてみたら、咎《とが》められてしまった。唇を尖《とが》らせ、少し怒った顔を作っている。

本当に怒っているわけではないのだろうけども、最近クラスの女子からも言われたばかりの言葉でもあるので、少し傷付いてしまった。もしかすると、自分で無自覚なだけでかなりデリカシーがない男だったのかもしれない。

そんな壮琉を見て、弥凪はくすっと笑った。

「……冗談です。今は言いたくないだけですから。言える時が来たら、教えますね」

「そっか。じゃあ、その時を楽しみにしてるよ」

「はいっ」

そこで笑顔を交わした時に、視界の隅に入った石碑の絵にふと目を奪われた。流れる水の絵の上に、流れ星のような絵が刻まれているのだ。そして、その流れ星は涙のような形をしている。

これ、もしかして……天泣彗星か？

記憶の中の彗星と、石碑に彫られた絵がぴったりと一致する。

壮琉がそこに気付いて近付こうとした時——弥凪から、声を掛けられる。

「先輩っ。下見、するんじゃないんですか？」

「あ、そうだった。高台はどっちだっけ」

「こっちです」

「おお、ありがと」

弥凪に促され、神社の裏手へと歩を進める。小学生の頃に自由研究をしていたからか、妙に彼女は時坂神社に詳しい。

石碑だの過去改変の伝承など、今の壮琉にとってはどうでもいいことだ。それよりも、今は柚莉との約束が先である。

裏手の高台に出ると、時坂町の景色が視界に広がった。遠くまで見渡せるので、ここからならさぞ彗星も綺麗に見えるだろう。

高台には古木の桜が立ち、春にはその桜の花が咲き誇る。その場所からの花見は格別だそうで、桜の名所のひとつとなっている。今はその賑わしさもなく、町の喧騒を忘れ、神社の鈴の音や風の音が流れてくるだけだ。

この高台は昼間は立ち入り自由であるが、夜間は落下防止のため立ち入りが禁止されている。高台には柵が設けられているものの、安全を確保するための措置として夜間は制限があるようだ。そこにこっそり忍び込んで彗星を堪能しよう、というのが柚莉の計画だった。

柵のところに身を乗り出してみると、驚いた。真下には、弥凪が事故に遭いそうになった例の大きな石碑があったのである。

「あそこの上なんだな」

「……ですね」

弥凪の方を振り向くと、事故のことを思い出したのか、浮かない表情をしていた。

どこか緊張で頬が強張っているようにも思える。

彼女にとっても気分のいい場所ではない。さっさと帰ろう――そう弥凪に呼び掛けようとした時である。あの頭痛が、再び襲い掛かってきた。

「痛《い》って……！」

あまりの痛みに耐えきれず、額を押さえて思わず蹲《うずくま》る。

弥凪を助けた時と同じだ。頭の中でホワイトノイズが鳴り響き、モノクロのノイズ画面が揺れ動く。

そして――また記憶にない映像が走馬灯のように流れてくる。

今回見えてきた映像は、夜の時坂神社だった。ちょうど今いる高台から星空を見上げて、壮琉自身が夜空を覆う天泣彗星に向けて、手を伸ばしていた。

あれ……？　俺、ここから彗星なんて見たことないはずなのに。

だが、まるで実際に自身が見たことがあるような感覚。既視感《デジャブ》にしてはあまりに明確で、現実味がある映像だった。

いつだ、と記憶を掘り返そうとすると――。

「――輩!?　先輩、大丈夫ですか!?」

弥凪の心配そうな声が聞こえてきて、壮琉の意識はすぐに現実へと引き戻された。先程視えた像は既視感と同じように記憶の奥へと消えていき、頭痛もそれと一緒に解消された。

「あ、うん……悪い。大丈夫、なんか最近、ちょくちょく眩暈がするんだよな」

「えっ!?　もしかして、事故の後遺症とかですか?」

「違う違う、これは事故の前から。たぶん、球技大会で頑張りすぎたんだと思う。あの時くらいからだから」

球技大会で頑張った記憶は、正直ない。だが、他に原因が思い当たらなかった。

ただ、この眩暈の御蔭で弥凪の命が救えたのも事実。なら、このよくわからない現象にも感謝した方がいいのかもしれない。あそこで壮琉が走っていなければ間違いなく弥凪は死んでいたし、こうして彼女と過ごす時間もなかったのだから。

「具合も悪そうですし、もう帰りませんか?　下見ならもう十分したと思いますし」

弥凪はどこか急かすように言う。彼女の言い様は、ここから壮琉を遠ざけたいとも取れた。確かに、事故に遭いそうになった石碑が真下にあるからか、どうにもここの空気感が落ち着かないのも事実だった。彼女の言う通り、早く離れた方がいいのかもしれない。

「ああ。弥凪も悪かったな。まさかあそこの上だと思ってなくてさ。嫌なこと思い出させたよな」

「私のことは気にしなくていいですから……それよりも先輩、本当に大丈夫ですか？」

「それは大丈夫。もう治ってる」

境内に戻ってきた頃には、頭痛は綺麗さっぱり消えていた。もはやその痕跡さえ残っていない。

それにしても、あの時折襲ってくる頭痛と頭の中に流れてくる映像は何なのだろうか？　弥凪が事故に遭いそうになった時も見た。だからこそ、壮琉は後先考えずに走り出したのだ。

これって、もしかして予知夢とかの類なのかな？

弥凪の事故の一件で見た映像は、まさしく予知夢だった。ならばさっきの映像も、ここで彗星を見るという予知夢なのかもしれない。そう考えると色々辻褄が合いそうだ。

「あっ、先輩……」

鳥居をくぐったところで、弥凪がふと振り返った。

眉根をきゅっと寄せており、その表情はどこか険しい。

「うん？　どうした？」

「明後日の天泣彗星は、柚莉さんと一緒に見に行くんですよね？」

「あー……」

弥凪の質問に、思わず言葉を詰まらせる。何となく彼女の表情が意味するところがわかったような気がした。出会ってから数日、毎日これだけ一緒に過ごしているのに、五年に一度しか見られない彗星は幼馴染と見に行くのか、といったところだろうか。何だか責められているような気もするし、責められる理由もわからなくもない。

というか、壮琉も本音を言うと弥凪と一緒に見たいと思っていた。一瞬だけ柚莉の誘いを断るという選択肢も思い浮かんだが、最近の不機嫌そうにしている幼馴染の顔がふと頭を過《よぎ》り、その選択肢を消す。

「前から約束してたからさ。ほんと、ごめん」

気まずさを感じつつも、壮琉は素直に謝った。

物凄く感じが悪いというか、デリカシーがないことを言っている自覚はあった。クラスメイトの言うことは案外正しいのかもしれない。あっちに行ったりこっちに行ったりと、自分でもコウモリ野郎だと思えてならなかった。

「い、いいえ、大丈夫です！　先約を優先してほしいって、私も思ってますから」

意外にも弥凪はそこに対して不快さを一切見せなかった。むしろ、そういった意図はないと言わんばかりに慌てふためいている。

一緒に彗星を見に行きたいだとか、そういった話をするつもりはないようだ。

「今回は先輩とのデートは諦めます。でもその代わり……ひとつだけ約束してほしいことがあるんです。いいですか？」

「約束？ 俺にできることなら、全然いいけど」

そこから弥凪が紡いだ条件は、壮琉が予想もしていなかったもので、さらに全く以て不可解なものだった。

彼女は力なく、でもどこか申し訳なさそうにして、こう言ったのである。

「明日と明後日は、ずっと柚莉さんと一緒にいてあげてください」

4

『明日と明後日は、ずっと柚莉さんと一緒にいてあげてください』

そう約束して以降、弥凪は連絡を寄越してこなかった。いつもなら夜になれば用事がなくても適当な話題がＬＩＭＥで送られてきていたのだが、神社から帰ってからそれらの連絡がぷつりと途絶えたのだ。

それは翌日になってからも変わらなかった。学校でも無理に壮琉に話し掛けてこようとせず、廊下で目が合ってもにっこりと会釈してくる程度。これまでなら、『先輩っ』と彼女が話し掛けてきて、クラスの男子から嫉妬を買ったり、柚莉から睨まれたりしていたのだが、そういったことも生じなかった。

ただ、目が合った刹那、微笑む前にこちらをじっと見ていたのが印象的だった。それはまるで、『約束は守っているか？』と問い掛けてきているようだった。

今更柚莉とずっと一緒に過ごせって言われてもな……。

正直なところ、〝弥凪との約束〟に壮琉は困惑していた。彼女の狙いがさっぱりわからなかったからだ。

もともと柚莉とは意図的に一緒にいたわけではない。幼馴染であるが故に、何となく一緒に過ごしていただけである。

柚莉と弥凪に接点は一切なさそうだし、柚莉に関して言うと、弥凪のことを嫌っているように思う。それは過去に何かしらの因縁があったわけではなく、『はいはい、どうせ男子はああいう子が好きだもんね』というやや僻《ひが》みに近い感情だ。

成績優秀で真面目、楚々だとか清楚だとか、そういった形容詞が似合いそうな後輩の女の子。確かに、多くの男子は弥凪みたいな女の子が好きだろうなと思うし、壮琉自身もそれは例外ではなかった。

実際に、壮琉は弥凪への恋心を自覚していたし、彼女もそれに近い感情を自分に持ってくれているのではないか、と思っていた。だが、ここにきて幼馴染と過ごしてほしい、である。

仮に立場が逆で、弥凪に異性の幼馴染がいて、その男と一緒に彗星を見に行くことを知ったら、壮琉なら気が気ではない。間違いなく嫉妬していたと思う。だが、弥凪からはそういった感情は見られなかったし、嫌がってもいないようだった。

彼女から感じていた好意は、ただの勘違いだったのかもしれない……壮琉がそう思い至るまで、あまり時間は掛からなかった。

そうした経緯もあって、結局壮琉は弥凪との約束を守ることにした。彼女の真意を知るためにも、その方がよいのではないかと思ったからだ。

少なくとも、弥凪は人に約束を守らせておいて『私のこと、選んでくれなかったんですね』などと唆《けしか》けてくるメンヘラ女ではない。そこにはきっと、彼女なりの意図があるはずなのだ。

壮琉はホームルームが終わるや否や、早速柚莉の席へと向かった。

「なあ、柚莉。今日ってバイトだっけ」

「ん？　そうだよー」

柚莉は帰り仕度をしながら、どことなく気怠そうに答えた。今日は特段不機嫌というわけでもなさそうなので、内心ほっと安堵の息を吐く。

「じゃあ、送ってくよ。バイト先まで」

ほんの少しだけ勇気を出して、そう切り出した。

何だか、こうして改めてちゃんと誘うと恥ずかしいものがある。いつも何となしに一緒にいたり同行するケースが多く、意識して誘ったり誘われたりしたことがなかったからだ。

案の定、柚莉も仕度する手を止めて「……はい？」と固まってしまっている。

「え、なになに？　いきなりどうしたの？　怖いんだけど」

柚莉は席から立ち上がり、小動物のように身構えた。

自分はいつも無理矢理誘ってくるくせに、こちらが誘えばこれである。失礼にも程がある。

「怖いって何だよ。別に普通だろ？」

「いや、今日もあの子とデートするのかなって思ってたから、びっくりしちゃって」

「デートじゃねーって。帰りにちょっと寄り道してただけだよ」

「それ、一般的にデートって言うと思うんだけど」

柚莉のツッコミに、どうなんだろうか、と首を傾げる。

壮琉自身はあまりデートをしているという感覚はなかった。壮琉のイメージするデートは、もっとしっかりと行先を決めて目的があるものだと思っていたからだ。

弥凪とは一緒に過ごしていたが、特に目的があったわけではなかった。昨日だって、何となしに学校帰りにぶらぶらとカフェに寄った時に時坂神社の下見を思い出しただけである。

「それを言うと、お前とも毎日デートしてたことになるだろ」

「は!? いやいやいや！ あ、あたしは違うじゃん。幼馴染っていうか、ずっと一緒だっただけだし……デートとかそういうのじゃなくて、どっちかっていうと腐れ縁ってやつ？」

壮琉の返しに、途端に柚莉はあたふたとし出した。

その認識は壮琉も同じだった。腐れ縁とまでは思っていないが、何となく一緒にいて当たり前、というのが昔から染みついてしまっていて、今更特に意識するものでもなかったからだ。

そんな壮琉達のやり取りを見ていた柚莉の女友達が、彼女に言った。

「柚莉～、素直になりなよ。取り返すチャンスじゃん」

その言葉に顔を真っ赤にして「うっさい！」と叫んだのは柚莉だ。友達はそんな彼女を見て、げらげらと笑っている。

「ほら、もう行こ！　バイト遅れるから！」

「あ、おい――」

柚莉は顔を背けたまま壮琉の手を取ると、こちらの制止の声も聞かずにぐいぐいと引っ張っていく。友達からは「柚莉、頑張ってー」と謎のエールが送られていたが、柚莉は無視を貫いていた。

「何か応援されてるけど、何の応援？」

「あんたは知らなくていいの！」

訊いてみると、何故か怒られてしまった。何だか納得できない。

柚莉に手を引かれたまま、廊下を引っ張られていく。こうして無理矢理どこかに連れていかれるのはよくあることではあるものの、学校内では視線も集まるし、さすがにちょっと恥ずかしかった。

ただ、いつもとほんの少し違ったのは、手を引く柚莉の耳が終始真っ赤だったことくらいだろうか。

「……そんで、いきなりどうしたの？　もしかして、女心がわからなすぎてあの子から嫌われちゃったとか？」

昇降口に着くと、柚莉は手を離して不機嫌そうに言った。ようやく口を開いたかと思えば、失礼な物言いである。

「何でそうなるんだよ」

「どうせ、デリカシーがないこと言って喧嘩《けんか》でもしちゃったんでしょ」

「……別に、そういうのじゃないと思うけど」

そう返しつつも、一瞬言葉に詰まってしまった。

実際に『デリカシーがない』と昨日も言われたばかりであるし、最近やたらとデリカシー云々と言われるので、神経質になっているのかもしれない。

ただ、そんな壮琉の反応に、柚莉はどこか嬉しそうだった。

「諦めなって～。壮琉にあの美少女は荷が重かったんだよ」

「何だそりゃ。酷いにも程があるだろ」

決してそうではない、と思いたい。ただ、『柚莉と過ごしてほしい』発言の真意もわからないので、何とも返しがたかった。

「ほら、早く元気出せ出せ～！　仮にあの子に振られても、あたしがいるっしょ？」

柚莉は一瞬だけ寂しそうに笑ったかと思えば、すぐにいつもの満面の笑みを浮かべてそう言ったのだった。

昇降口は下校する生徒と部活の生徒で入り乱れており、夏休みを目前に控えているからか、いつもよりも賑やかな雰囲気で溢れていた。校舎の入り口近くのタイルは日差しに照らされて暖かく、太陽の光が金色に反射する。靴箱の扉が開いたり閉じたりする音が、ひときわ響いて校舎内に木霊していた。

玄関付近で立ち話をしている生徒達は、大体が夏休みの予定について話しているようだ。友人同士での旅行計画に夏期講習、部活、それから直近では彗星鑑賞など、さまざまな会話が交差していた。

「ところで、明日だけど……待ち合わせとかどうする？　一応、昨日神社の下見はしてきたんだけど」

校門を出たところで、壮琉はふと彗星当日の予定について思い出した。下見を頼まれて以降、その日の段取りや予定を何も決めていなかったのだ。

というより、あの事故以降壮琉は弥凪と過ごすようになり、柚莉と話す機会も減ってしまったのである。実際のところ、柚莉がどういったスケジュールを考えていたのかも知らされていなかった。しかし、当の本人はまるで忘れていたかのように、きょとんとしている。

「え？　明日って、天泣彗星の？」

「それ以外に何かあるのかよ」

壮琉は呆れたように溜め息を吐いて、ジト目で柚莉を見つめた。

彼女は昔からこういった能天気なところがある。人に頼み事をしておいてすっかり忘れていた、などというのも一度や二度ではなかった。

「あー、ごめんごめん。今回は忘れてたわけじゃないよ？　ただ、てっきりあの子と一緒に行くんだとばっかり思ってたから、ちょっと意外で」

壮琉の視線から他意を感じたのか、慌てて否定した。今回はと言っているところを見ると、自分に忘れ癖があることは自覚しているらしい。

「ってか、ほんとに喧嘩したの？　それとも振られた？」

柚莉がおずおずとした様子で訊いた。

期待しているような、ちょっと申し訳なさそうな、そんな複雑な表情だった。

「だから、別にそういうのじゃないって。彗星見に行く約束はもともとお前としてたじゃんか」

壮琉はほんの少しだけ罪悪感を抱きつつも、そう返した。

柚莉との約束を断ることも一瞬視野に入れたとはとてもではないが言えない。そして、その弥凪との彗星デートを断る代わりに、何故かこうして柚莉と過ごすことを約束したことも。

「あ、わかった！　あの子にあたしと彗星見に行くって言って、怒らせちゃったんでしょ！」

　壮琉のバツの悪い顔を別の意味に汲み取ったのか、びしっとまるで探偵が犯人を指すように柚莉は言った。

「いや……怒らせたわけではない、とは思うんだけど」

　否定はしてみるものの、あながち外れているわけでもない気がして、思わず言い淀んでしまった。

　怒らせてはいないはずだ。その後によくわからない約束を取り付けてきて、さらには連絡もろくに寄越さなくなったというだけである。いや、これを怒っているというのだろうか？　女心、難しすぎる。

「え、何その反応？　まさか、ほんとに言ったの？」

　壮琉の反応を見て、柚莉が顔を引き攣《つ》らせた。

　冗談で言ってみたものの、まさか本当に言ったとは思ってもいなかったのだろう。

柚莉は心底呆れたといった様子で続けた。

「あんたさー、アホなの？　ほんと、デリカシーないんだから」

「どうせ、俺はデリカシーないよ……」

壮琉は不貞腐れた顔で、小さく溜め息を吐く。

今の壮琉にとってその言葉は響く。ここ数日で何度も言われて、本当に自分がデリカシーがない人間に思えてきてならなかった。

「……ま、あたしはそのデリカシーのなさに救われたってことなのかな」

柚莉が独り言のようにぽそりと呟いた。「え？」と顔を上げたが、彼女は「なーんでもないっ」と誤魔化したように笑っただけだった。

そのまたたたっと前を数歩走って、こちらを振り向く。そこにはいつもの輝かしい笑顔があった。彼女は言った。

「明日は夜までバイトあるから、それ終わってから待ち合わせよ？　現地集合にしよっか！」

＊

七月二十一日──彗星観測当日も柚莉はバイトだそうだ。今日のバイトは夕方スタートらしく、放課後は一旦家に帰ることとなった。

もちろん、弥凪との約束を守るために下校も一緒だ。今日は昨日のように気持ち悪がられることはなかったが、進んで自分と一緒にいようとする壮琉の行動に、柚莉は少し怪訝そうにしていた。

昼過ぎに家に着いて、昼食を取ってから自分の部屋でごろっと寝転がる。ネットもテレビも彗星のことで持ち切りだ。

彗星観測までやることもないし、チャンネルを回していると、地方局の特集番組でふと手が止まった。〝時坂神社と天泣彗星の関係〟という、今日の予定にぴったりの特集が組まれていたのだ。柚莉との会話のネタになるかと思ってぼんやりと眺めていると――少し気掛かりな情報が入ってきた。

番組によると、弥凪の言っていた通り、時坂神社には時間跳躍……即《すなわ》ちタイムリープの伝承があるらしい。神社には〝過去を変える力がある〟といった内容の書物がいくつもあるそうだ。実際に過去を変えたと記録されている書物も中にはあるのだという。

また、専門家曰く、時坂神社と天泣彗星は密接な関係にあり、神社の持つ〝過去を変える力〟を最も強めるのが天泣彗星の流れる夜らしい。古い伝承によれば、天泣彗星の接近時に、何人かの人々が過去や未来を変える力を手に入れたとも言われているのだそうだ。

「アホらし。そんなの誰が証明するんだよ」

壮琉は番組を見ながら、ひとりでそうぼやいた。

過去を変えたかどうかなど、所詮は記録者の主観的観測に過ぎない。誰も証明できないのだ。ただ、昔は呪術的・信仰的なものが今よりも力を持っていたので、信じる人は多かったのかもしれない。コメンテーターが専門家に訊いた。

『いやぁ、過去を変えられるなんて都合のいい力があるなら、どうして皆その力を使わないいんでしょうねえ？』

専門家は神妙な顔で返した。

『その力を使ってしまうと、大切な何かを犠牲にしなければならないと言われています。その昔、時坂神社の力で過去を変えた者がいましたが、その代償として愛する人を失った、とする伝説もあるくらいです。その代償を恐れて、皆使わなかったのでしょう』

その返答に対して、コメンテーターは『ならば〝無敵の人〟ならやりたい放題ですな』と適当に茶化していた。専門家が嫌そうな顔をしていたのは言うまでもない。

事実はともかくとして、今の話は境内の石碑に書かれていたこととも一致する。石碑には『時の輪を紡ぎ直す者は、身の一部を神に捧げるべし』と記されていた。これがその伝説と繋がっているのだろう。

結局のところ、それっぽい伝承を付け足しているようにしか思えなかった。記録に合わせて伝承を作ったのか、伝承に合わせて記録を作ったのかはわからないが、所詮は卵が先か鶏が先かという問題とほぼ同義である。

バカバカしくなってテレビを消すと、壮琉は自室に戻った。

彗星が流れるのは夜だし、現地集合。あと半日程せいぜいゆっくりさせてもらおう——そう思ってベッドに寝転がった時、スマートフォンにＬＩＭＥのメッセージが届いた。メッセージを開いて、ぎくりとする。

【約束、ちゃんと守ってますか？】

送信者は弥凪だった。約束とはもちろん、昨日と今日の二日間を柚莉とともに過ごすことだろう。何だか、今からごろごろしようとしていることまで見透かされているような気がして、ちょっと怖くなる。

【まさか監視してるんじゃないだろうな？】

壮琉は引き攣った笑みを浮かべて、そう返信をした。

【先輩のことは何でもお見通しです！　サボっちゃダメですよ？】

彼女からの返信は、二頭身のはちわれ猫のスタンプとともにすぐに届いた。何だか、本当に監視されている気分になってくる。

壮琉はふと壁掛け時計を見て、時刻を確認した。時刻は十五時前。そろそろ柚莉がバイトに向かう時間だった。

バイト、送っていけってことか？

何となく、【サボっちゃダメですよ？】の文字がそう訴えかけてきているような気がしてならなかった。

「……わかったよ。行けばいいんだろ、行けば」

壮琉は諦めたようにそう独り言ちると、財布とスマートフォンだけ持って家を出た。

玄関を出ると同時に、柚莉も家から姿を現して、ふたりの目が合う。

「なに、どうしたの？　この暑い中珍しくお出掛け？」

「……ちょっと親に用事を頼まれてさ。方角同じだし、途中まで一緒に行くか？」

「へー！　いつもなら絶対に外出ないのに。珍しいこともあるもんねー。じゃ、一緒に行こっ」

柚莉の声は、夏の陽射しみたいに明るかった。

炎天下の住宅街を、駅に向かってふたり並んで歩く。

柚莉は明るくお喋りなので、基本的に壮琉は聞き役に回ることが多かった。学校の帰りは学校での出来事を楽しそうに話し、今はバイト先での変わったお客さんエピソードを楽しそうに語っている。

壮琉は柚莉の話に耳を傾け、時折相槌《あいづち》を打ちつつも、頭の中では帰りにどこに寄るべきかについて思考を巡らせていた。また気持ち悪がられるのが嫌で咄嗟《とっさ》に親から用事を頼まれたことにしたが、実際にはそんな用事もない。柚莉をバイト先まで送った後は、特に予定もなかったのだ。

せっかく駅前の方まで行くのだから、本屋にでも寄って、適当にぶらぶらしようか——そんなことを考えているうちに、柚莉のバイト先の喫茶店〝クローネ〟が入っているビルが見えてきた。クローネは老夫婦が経営している昔ながらの純喫茶だ。ビルは随分と老朽化してしまっているようだが、そのボロボロ具合がレトロな雰囲気の内装と相まって、いい味を出している。

柚莉は以前からここでバイトをしたがっていて、先月ようやくアルバイトの募集が掛かり、応募に至ったのである。建物の前に着くと、柚莉は照れ臭そうに言った。

「なんか悪いね、連日送ってもらっちゃって」

「別に、大したことじゃないだろ。昨日は途中までだったし」

「んーん。それでも嬉しい。いつもありがとね、壮琉」

柚莉は目を細めて、穏やかな笑みを浮かべた。

いつになくしおらしい幼馴染に、思わず壮琉は「えっ」と驚く。こんなに御礼らしい御礼を彼女から言われたのは、随分と久しぶりな気がしたからだ。御礼を言うことはあっても、『ありがと～』とか『さんきゅ』とか割と適当な感じで、それがふたりにとっての当たり前だった。壮琉も然りである。

「……いきなりどうした？」

「いやぁ、何ていうのかな。あんたと過ごすのなんて当たり前だって思ってたけど、実は当たり前じゃなかったんだな〜って最近つくづく思っててさ。だから……あたしとの約束覚えててくれたのも、こうして一緒に来てくれるのも実は結構嬉しかったりして。それで、ありがとって」

そう言って、柚莉はいつもの笑顔をこちらに向けた。いつもと少し違うところは、頬が随分と赤くなっていることだった。

言ってから恥ずかしくなったのか、彼女は誤魔化すようにして言葉を紡いだ。

「でも、そっかー。もしかしたら、これが壮琉と見る最初で最後の天泣彗星になるのかもね。悔い残さないようにしないとなぁ」

いきなりよくわからないことを言い出す。話の流れがさっぱりだ。どうしていきなりそんな話になるのだろうか。

「何だそれ。無理矢理最後にしなくても、今日みたいにまた予定合わせればいいだろ」

「そういう意味じゃないってば。次に彗星が見れるのは五年後でしょ？　その時にはあたしらも二十歳過ぎてるわけだしさ、壮琉もカノジョと見たい、とか言い出すかもじゃん」

「まあ……それは、どうなんだろうな」

壮琉は言葉を濁し、視線を宙に泳がせた。

現実味がある話と言えば現実味がある話だったし、少し耳が痛い話でもあった。実際に、今年も柚莉との予定がなければきっと弥凪を誘っていただろう。それを思うと、幼馴染と過ごすこの時間も、当たり前のようで当たり前ではなかったのかもしれない。もっとも、柚莉から下調べを頼まれていなければ弥凪と出会うこともなかったのだが。

「それに、あたしだってこう見えて結構モテるんだぞ？　次は彼氏と行く〜って言い出すかも！」

「そうなのか？」

「うん。この前、三年生の先輩に告白されたもん」

「え、マジで⁉」

唐突な柚莉の報告に、壮琉は目を丸くする。

柚莉は男女ともに友達が多く交友関係も広いが、これまでそういった浮いた話は聞いたことがなかった。人当たりがよく容姿もいいのに、よくよく考えればおかしな話だ。もしかすると、壮琉が知らなかっただけでこれまでも何度か告白されていたのかもしれない。

「そんで、どうしたの？」

「告白のこと？　もちろん断ったよ」

「それをあたしに言わせるかなぁ。まあ……壮琉だもんね。仕方ないか」

壮琉の質問に、柚莉は心底呆れた様子で笑みを浮かべていた。

「この続きは今夜言うつもりだからさ。だから、ちゃんと時間通り——」

柚莉が何か言葉を続けようとした時だった。突然の異音によって、その言葉は遮られた。周囲のざわつく声の中、何かが歪《ゆが》むような、嫌な音が耳に届く。

何だ、と思った時には既に遅かった。その直後、金属やプラスチックが割れるか曲がる時のような独特の音が続いたのだ。音がした方向——即ちビルの方を咄嗟に見上げると、大きな看板が空から落ちてくる影が地面に浮かび上がり、柚莉をすっぽりと覆っていた。柚莉は何が起こったのかわかっておらず、自身が突然影に覆われたことに、不思議そうにしていただけだった。

「え、何で？」

「おい、柚莉！　危な——」

壮琉は咄嗟に柚莉の方に手を伸ばした。その間、ゆっくりとゆっくりと、彼女を覆う影が濃くなっていく。この瞬間だけ、時間が遅く流れているように感じられた。

もうすぐ、柚莉に手が届く——そう思ったのに、目の前に大きな何かが落ちてきて。

そして、ゆっくりとゆっくりと、柚莉を黒い影が覆っていく。周囲の空気が振動するような大音響とともに、肉と骨がぐしゃりと潰れる音がしたのは、その直後のことだった。

町の喧騒は一瞬で遠ざかり、壮琉が手を伸ばした先には幼馴染の姿はもうなかった。ただ、大きな看板が瓦礫《がれき》となって、目の前に立ちはだかっているだけだ。

目線を下に送る。そこには、赤い血だまりと——瓦礫の下敷きになって、潰れてしまった柚莉。愛らしかった面影は、もはやない。

「ゆず、り……？」

声を絞り出して、幼馴染の名前を呼ぶ。その呼び掛けに応えるようにして、彼女の指先がぴくぴくと動いていた。そして、その指先までもが静かに動きを止める。

「おい、柚莉……嘘だろ？　なあ、おい……」

壮琉の呼び掛けに、彼女が答えるはずもなく。ただ幼馴染の形をした肉塊が、瓦礫の下にあるだけだった。

彼女の生命が途絶えていたのは、誰の目にも明らかだ。

「あぁ……ぅ、あ、ああああああぁぁぁぁぁ！」

声にならない叫び声が、町の中に響き渡った。

そこからの記憶はなかった。危ないから、と周囲の人から引き離されたかと思えば、警察が来て、その次に気が付いた時には警察署にいた。事故の後、柚莉の遺体は警察署に搬送されていたようで、そのまま一緒に連れてこられたのだろう。色々訊かれた気がしたが、何を話したか全く覚えていなかった。

家の人が来るまで待っているようにと言われ、壮琉はただ警察署の長椅子に座り込んだまま、動けなかった。

柚莉が死んだ。死んでしまった。実際に目の前で看板の下敷きになるのを見ていれば素人目にも明らかだったし、柚莉の両親の様子を見ていてもそれは見て取れる。だが、目の前で起こったことなのに、信じられなかった。

彼女が生命活動を終える最後の瞬間まで、壮琉は柚莉と話していたのだ。彼女の肉声を聞いて、数時間後の予定や数年後の展望を語り合っていた。今夜何か伝えたいことがある、と言ってくれていた。だが……彼女は二度と声を発することができない状態、いや、有機物でさえなくなってしまったのである。

「こんなの……信じられるはずがないだろ」

掠れた声が漏れる。そう、信じられるはずがなかった。夢に違いない、と思った。そう思いたかった。

だが、自分自身がそれを否定してしまう。目の前で看板に潰される光景が脳裏に焼き付いている。血の臭いも、声に応えようとぴくぴくと動く指先も、全てを覚えている。夢と言い切るには、無理があった。

ふと窓の外を見ると、もう薄暗くなっていた。彗星が流れるまで、あと一、二時間といったところだろうか。

「天泣彗星……そうだ。見に行かないと……」

あいつと約束した。柚莉と、今夜の彗星を一緒に見に行こう、と。壮琉は気になっている女の子とのデートを諦め、幼馴染との約束を優先した。柚莉は何か伝えたいことがある、と言っていた。それなのに――。

「――輩！　先輩！　しっかりしてください！」

身体を揺すられ、聞き覚えのある声が耳に入ってくる。はっとして顔を上げると、そこには見知った顔があった。

ここ数日毎日一緒に過ごした、壮琉が気になっていた女の子。星宮弥凪だ。彼女は泣きそうな顔で、壮琉の顔を覗き込んでいた。

「みな、ぎ……？」

「――先輩！」

弥凪の声に反応すると、彼女はがばっと壮琉の頭を自らの胸にかかえ込んだ。そして、壮琉に詫びるように、「ごめんなさい、ごめんなさい……」と小さな声で呟いていた。

彼女の香りと温かさに包まれながらも、ぼんやりとした頭で冷静に状況を判断しようとしている自分がいた。彼女がここにいる理由がわからなかった。壮琉は誰にも連絡を取っていないし、柚莉の両親と弥凪に接点はない。彼女が警察署に来ることなど、有り得ないはずだ。壮琉は声を絞り出して訊いた。

「弥凪、何でお前がここにいるんだ？」

「私のことはどうだっていいですから……それよりも、話してくれませんか？」

弥凪は壮琉の頭をかかえる力を弱めると、長椅子の前に両膝を突き、座ったままの壮琉をじっと見上げた。その瞳は今にも泣き出しそうに潤んでいる。

「話すって、何を」

「どうして、柚莉さんが亡くなったのか……その理由と原因を、できるだけ詳しく教えてほしいんです」

「は……？」

弥凪のあまりの非常識な質問に、言葉を上手く返せなかった。

信じられなかった。弥凪が傷をえぐり返すような質問をしてくるなど、思いもよらなかったのだ。これまで散々警察官達に根掘り葉掘り訊かれた。その度に目の前で生命の輝きを失っていく柚莉を思い出す羽目になった。負ったばかりの傷を穿《ほじく》り回されているような、そんな気分になったのだけは何となく覚えている。それをまさか弥凪にもされるとは思ってもいなかった。怒りが沸々と湧き上がってくる。

「何を言ってるんだ、お前は……？」

「先輩が辛いのはわかってます。話したくないのも、自分が無神経なのも……全部わかってます。後でたくさん謝ります。ですから、教えてください……お願いします！」

弥凪は立ち上がって、懇願するように頭を下げた。辛いのがわかっているというなら、どうしてそんなことを訊くのだろうか。怒りのあまり、全身の血が逆流していくのがよくわかった。

「何で……何で今、そんなこと訊くんだよ⁉」

気が付けば、立ち上がって弥凪の制服の胸元を掴み、怒鳴りつけていた。

「柚莉が死んだのを知ってるなら、俺が今どんな気分かわかってるはずだろ⁉　目の前で……目の前で、あいつは死んだんだぞ！　さっきまで話してたのに、一瞬で瓦礫の下敷きになって、潰されて……！　それを詳しく教えろって……一体どういうつもりでモノ言ってんだお前⁉　お前がそんなに無神経な奴だと思わなかったよ！　有り得ねえだろ！」

だが、弥凪も引き下がらなかった。彼女は泣きそうな顔のまま、壮琉の腕をぐっと押し返して声を張り上げた。

「でも、話してくれないと困るんです！　今日中に話してくれないと……そうしないと、先輩が……先輩がッ！」

それは悲痛極まりない叫びだった。壮琉が持つ怒り以上の感情が込められているような言葉だ。興味本位な言動や警察が行う事情聴取とは明らかに意図が異なっていた。ただただ必死。その言葉に尽きるように思う。

彼女の頬から、一滴の涙が零れた。そこで壮琉は腕の力を緩めて、彼女の制服から手を離す。

それはただ弥凪の涙を見て冷静になったからではなかった。彼女の言葉に、強烈な違和感を感じたからだ。それは、これまでの弥凪との会話でも何度か持った違和感だった。

「今日中に、だって……？」

彼女が言った言葉を、繰り返す。壮琉が持った違和感はそこにあった。仮に彼女が何かしらの理由があって、柚莉の事故について知る必要があったとする。だが、それは必ずしも今日である必要はない。壮琉は訊いた。

「どうして、今日中なんだ？」

「何でも、ないです。気にしないでください」

弥凪は誤魔化すようにそう言って、顔を伏せた。顔を伏せたまま、彼女は続けた。

「大丈夫です……私が、全部何とかします。今のその気持ちも、全部なかったことにしますから……だから、お願いです。今日あったことを教えてください。そうでないと、私には、何も……」

またた。また、強烈な違和感が壮琉を襲った。

さっきから妙に弥凪の言葉が引っ掛かる。『今日中』に続いて、今度は『なかったことにする』。このやり取りにおいてその言葉は普通出てこないはずで、だからこそ妙に引っ掛かる。必死に頭を下げる彼女をぼんやりと見下ろしながらも、壮琉の頭の中はそのふたつの言葉で占められていた。

今日……今日は何日だ？　七月二十一日だ。終業式で、明日から夏休み。その夏休みの開始を知らせるかのように、夜空には彗星が降り注ぐ。柚莉と一緒に見に行くことを約束していて、壮琉自身も楽しみにしていた彗星だ。だが、結局彼女と見ることは叶わず――と一瞬考えそうになって、制止を掛ける。今はそこじゃない、と自分に言い聞かせた。

再度冷静になって、考え始める。壮琉達はどこで彗星を見ようとしていた？　そう、それは時坂神社だ。夜間は立ち入り禁止の高台から彗星を見ようと約束して、下見にも行った。

時坂、神社……？

その固有名詞が出てきて、別の何かが引っ掛かった。何かこれまでの違和感と繋がるものが、そこにある気がしたのだ。そのタイミングで、ふと下見に行った時の弥凪との会話と今日見たテレビ番組が蘇った。

『時坂神社には、タイムリープと過去改変に関する伝承があるそうです』

『神社には過去を変える力がある』

はっとして、目の前で頭を下げたままの少女を見る。星宮弥凪……彼女には色々と不自然なところがあった。

たとえば、あの事故の日。壮琉を気遣って付きっ切りでいてくれた。ただ献身的なだけなら、事故から救ってもらえた御礼で説明がつく。だが、彼女の行動は時折まるで全てを知っているかのようではなかっただろうか。

壮琉を病院まで連れていってくれる人を一発で見抜いたり、壮琉でさえ忘れていた鞄の存在を覚えていたりした。壮琉や壮琉の母親の趣味も細かく把握しているかのように話をしていたし、気が合うにしては少々度が過ぎていた。

それだけではない。味の好みまで精通していたし、知り合って間もないとは思えない程に距離が近いこともあった。それはまるで、もっと深い仲であった頃があったかのように。

そして、何より引っ掛かったのがガムシロップの件だ。他のことは偶然の一致で無理矢理済ませられなくもないが、この一件だけは難しい。何故なら、彼女は壮琉がガムシロップを半分だけ使うという知りようのないことを知っていたし、それを半分で分け合うという発想にも普通は思い至らないはずだ。そう……日常的にそうした習慣でもない限り、そういった行動はしないはずなのだ。

　そして、弥凪と話していて、時折空気が変わる瞬間もあった。それが時坂神社の話題を出した時だ。彼女は血相を変えて、壮琉が神社に立ち寄るのを阻止しようとした。挙句に自分がついてきて、神社の伝承について深く触れようとすると、話題を逸らされていたように思う。まるで、そんな伝承などあるはずがない、というように。

　まさかな、と思う。ただ、もし弥凪が未来からタイムリープしてきていたとするならば、これらの説明はつくのではないだろうか。

　それに、彼女にはこれまで、不自然な発言がいくつかあった。たとえば、初対面の時。事故から救った際に、壮琉を見た彼女は『本当に、会えた……』と言った。初対面なのに、これは明らかにおかしい。柚莉との仲について話していた時も、彼女はこんなことを言っていた。

『そっか……そうなってしまうんですね』

　普通、これらの言葉は思い浮かばない。自分が知っている過去と異なることをして、自分の予期できない結果が生じていないと、そんな言葉は口にしないはずだ。

　そして、過去に戻れた場合何をしたいかと問うた際には、このように言っていた。

『そうですね……何をすればいいんでしょうね』

『いざ戻ってみたら……案外何をすればいいのかわからなくなってしまうのかもしれません』

『だって、過去と違う行動を取ってしまったら、その分世界は変わっちゃうじゃないですか。そしたら、それは私が知っている過去とは違っていて、結局何が起こるのかわからない未知の世界になってしまいます』

これらは、実際に過去に戻った実体験がなければ出てこない言葉ではないだろうか？　少なくとも、壮琉が同じ質問を受けたならば、絶対にそうは答えない。自分にそのような経験がないからだ。そして、極めつけは彼女から持ち出された約束だ。

『明日と明後日は、ずっと柚莉先輩と一緒にいてあげてください』

これまで柚莉と一緒にいろなどと一言も言わなかった弥凪が、唐突にこんな意味不明な約束を持ち出してきた。その二日後に今回の事故だ。これではまるで、柚莉が今日死ぬことを知っていたかのようではないか。

さらには、壮琉が警察署にいることなど知るはずがないのにこの場に現れて、柚莉の死因について質問してくる。こんな非常識、これまでの彼女なら絶対にしなかった。

それに加えての先程の発言、『今日中に話してくれないと』『今のその気持ちも、全部なかったことにしますから』だ。

これらは即ち、今日中に過去に戻り、壮琉の今の感情も、そして柚莉の死さえもなかったことにするという意味ではないだろうか。そして、今日……即ち、天泣彗星が流れる日だ。

時坂神社と天泣彗星は密接な関係にあり、神社の持つ〝過去を変える力〟を最も強めるのが天泣彗星の夜。その夜、過去や未来を変える力を手に入れたという伝承もある。そこまで思い至った時、全てが繋がった気がした。

弥凪は下げていた頭を上げて、訴えかけるようにじっと涙目でこちらを見つめた。壮琉から胸倉を掴まれても一切怯んだ様子もなく、絶対に柚莉のことについて聞き出さなければならないという決意さえ感じられる。

まさか、本当に……未来から来たのか……？

そう考え至ってしまう。幼馴染を目の前で亡くして、頭がおかしくなっているのかもしれない。決して正常な思考ではない。だが、自分の予測が外れているとも思えなかった。

確かめてみるか……？

そう思ってみたものの、普通に訊いても絶対に否定されるだろう。ならば、どう訊けば否定されないだろうかと考え、ひとつの案を思いつく。カマを掛けてみるのだ。もし壮琉の予想が外れていれば、こいつは何を言っているんだろうかと思われるに違いない。幼馴染が死んで頭がおかしくなったのだろうかと疑われるだろう。だが、それでもいい。壮琉は意を決して、声を絞り出した。

「なあ、弥凪……話す前に、教えてほしいことがあるんだ」

「……？　はい、何でしょう？」

「お前は……何年後から来た？」

普通なら、こんな質問をされたならば不思議そうにするか、怪訝そうにするかの二択だろう。或いは気味悪がるかもしれない。

だが――弥凪の反応は、そのどれでもなかった。その青み掛かった瞳を大きく見開いて、息を詰まらせている。

「先輩……どうして？　え、何で……？　だって、先輩は失敗したんじゃ……？」

顔をふるふると横に振って、信じられないといった様子で弥凪は二歩程後退《あとずさ》った。

ビンゴだった。自分で質問しておいて、頭をかかえたくなってしまった程だ。人が死んでいて、そして幼馴染を亡くして落ち込んでいる人間が目の前にいるような状況下で、演技でこんな返しができるはずがない。カマ掛けは成功してしまったのだ。しかも、さらに気になる発言もしていた。

『だって、先輩は失敗したんじゃ……？』

これはどういう意味だ。まるで、壮琉自身もタイムリープをしようとして失敗したと言わんばかりではないか。

「……マジかよ」

壮琉は大きく溜め息を吐いて、額に手を当てた。それから横目で彼女をちらりと見る。そこで、カマを掛けられたことに気付いたのだろう。弥凪は「あっ！」と声を上げて、自らの口を両手で押さえた。

だが、もう遅い。一度出してしまった言葉は、二度と戻すことはできないのだから。

壮琉は大きく溜め息を吐いて、彼女に訊いた。

「詳しく聞かせてくれ、弥凪。お前、一体何者なんだ？」

＊

夜の時坂神社の境内は、静謐な雰囲気に包まれていた。暗くなった夏の空から星々が輝きを放ち、その光が境内の石畳に優しく映し出されている。もう間もなく、涙を零すような彗星がこの星空に映し出されるのだろう。

「まさか、先輩がカマを掛けてくるだなんて思ってもいませんでした」

そんな星空をぼんやり眺めていると、隣からぼやくような声が届いた。視線を隣に移すと、石段に座る弥凪がじいっと責めるようにこちらを見ている。

カマを掛けることで弥凪が時間跳躍者《タイムリーパー》であることを露呈させた壮琉は、警察署を出て時坂神社へと向かう過程で、その推測に至った理由を説明した。説明を受け、彼女は納得。自身が時間跳躍者であることを改めて自白した。そして、この発言に至ったのである。

「前から色々引っ掛かってたからな」

「そこに関しては私の不注意ですね……バレないと高を括《くく》っていましたから」

弥凪は苦い笑みを零し、頬を掻いた。

それもそうだろうな、と壮琉も思う。普通なら目の前にいる少女が時間跳躍者であるとは思わない。柚莉の死がなければ、壮琉だってそう思い至らなかったはずだ。きっと、ちょっと変わった女の子くらいにしか思わなかっただろう。

「それで、話してくれるか」

壮琉は改めて訊いた。こちらの謎解きに関しては伝えたが、まだ彼女が時間跳躍者であること以外は何も聞けていない。タイムリープをしてきた理由も、方法も何も知らないのだ。

弥凪は力なく笑うと、視線を壮琉から逸らした。

「どこまで話せばいいんでしょうね……正直、ちょっとその判断がつかなくて。ショックを受けることもあると思いますし」

「もうショックなら十分受けたよ。この状況下で隠し事をされる方が辛い」

「そっか。それもそうですよね」

彼女は何かを決意するように大きく息を吐いた。そして、「驚かないでくださいね？」と前置きしてから、衝撃的な言葉を紡いだのだった。

「その、実は……私達、付き合ってたんです」

「付き合ってたって……俺と、弥凪が？」

「はい」

「……マジかよ」

唖然《あぜん》として、まじまじと弥凪を見つめる。

確かに彼女には好意を抱いていたが、まさかこんな可愛い子と付き合うことになるだなんて……これ以上驚くものなどないと思っていたが、唐突に告げられた彼女との関係にはやはり驚きを隠せなかった。

ただ、そう言われると色々納得できる部分もある。たとえば、弥凪が壮琉の好みを知っている理由や、時折見せる近すぎる距離感。これらは、恋人同士だったことを考慮すると理解できる。

曰く、壮琉と弥凪はあの事故の一件を切っ掛けにして距離が近付き、交際に至るのだという。もっとも、実際に付き合うのはまだまだ先のようであるが、彼女は壮琉にとって将来の恋人であるらしい。

「未来のことなのに過去形って何だか変ですね」

自分の言葉に恥ずかしくなったのか、弥凪は少し照れくさい様子で言った。

「過去形？　過去形ってことは、別れたのか？」

時系列的には未来形が相応しいのだろうが、彼女の主観世界では過去形だ。実にややこしい。

彼女は少し躊躇《ためら》いつつ、頷いた。

「別れた……ことになるんでしょうね、きっと」

「ことになる？　どういうことだよ」

「たぶんこっちの方が先輩は驚くと思うんですけど……交際が終わったわけではなくて、死に別れ、つまり死別したんです」

「はっ、死別⁉　俺、死ぬの⁉」

付き合っていた云々よりもさらに衝撃的な事実が彼女の口から飛び出してきた。

驚きつつも、どこか他人事でもあった。自分が死ぬなんて露程にも思わなかったからだ。しかし、弥凪はゆっくりと頷いた。

「先輩は……私の目の前で亡くなりました。タイムリープに失敗して、そのまま」

「ちょっと待った。情報量が多すぎる」

壮琉は手のひらを彼女に向けてから、その手を額に当てた。

頭が痛くなってきた。自分が死ぬことを伝えられた上に、その死因がタイムリープの失敗だという。とてもではないが、信じられなかった。未来人の彼女が言うのだから、事実であるのは間違いないのだろう。しかし、事実であることと受け入れ可能なことかどうかは別問題である。ひとつひとつ紐解いていく必要がありそうだ。

「まず整理させてくれ。タイムリープに失敗すると死ぬのか？」

「……はい。失敗すると死にます。方法的に、そうなってしまうんです」

その言葉に、目を瞠《みは》る。何度彼女に驚かされればいいのだろうか？　壮琉はほんの少し、彼女が時間跳躍者であると見抜いてしまったことを後悔していた。あと何度、現実味がない話を聞かされ、そして受け入れなければならないのだろうか。考えただけで嫌になる。

弥凪は狼狽する壮琉を心配そうに覗き込んだ。

「あの……大丈夫ですか？」

「ああ、悪い。大丈夫だ。続けてくれ」

壮琉が手で続きを促すと、彼女はタイムリープの方法について説明してくれた。

タイムリープに必要な条件は三つあるという。その条件のひとつ目がここ、時坂神社だった。ふたつ目がもうすぐ流れる天泣彗星だ。

「タイムリープは天泣彗星が流れる日にしかできません。つまり、五年に一度しかできないんです」

「じゃあ、お前は次の彗星の日から……？」

「はい。五年後の未来から来ました。見た目は高校生、頭脳は大人、というやつです。もっとも、私は見た目も頭脳もこの五年間でそれ程変わらなかったので、某探偵さんのような違和感はないんですけどね」

冗談っぽく言い、弥凪はくすくす笑った。見た目は子供で頭脳は大人の名探偵の漫画のことを言っているのだろう。壮琉も好きな漫画のひとつだ。ただ、気になる発言もあった。

「見た目は高校生、頭脳は大人ってことは……タイムリープってのは、記憶だけ過去に遡る形になるのか？　物理的にタイムトラベルするわけではなくて」

「はい。簡単に言うと、そういうことです。跳んでいるのが記憶なのか、人格も含めた魂そのものなのかまでは正直わからないんですけど……時坂神社の時間跳躍では、記憶だけ過去へと飛ばすことができます。私達は、肉体を含む物理的な時間跳躍をタイムトラベル、記憶だけの時間跳躍をタイムリープと名前を分けることで区別していました」

「私達？」

「私と……先輩です。私達、これから五年間ずっと時坂神社の伝承について調べるんですよ。と言っても、私は先輩を手伝っていただけなんですけどね」

案の定、また驚かされた。まさか自分主導でタイムリープについて調べて方法を見出し、さらに実際に試みようとするなど思いもしなかった。だが……柚莉を失った今なら、その気持ちがわからないでもない。弥凪が時間跳躍者ではないかと疑ったのも、そこに対する期待があったからだろう。彼女が時間跳躍者ならば、自分にもできるかもしれない、と。無意識のうちにそう考えてしまっていたのだ。

「先輩は、柚莉さんの死をどうしても受け入れられなかったみたいです。そこで目を付けたのが、時坂神社の伝承でした。伝承に纏《まつ》わる色々な場所に出向いて、たくさん資料を読んで……それで、条件が揃えばタイムリープが可能だとわかったんです」

「待ってくれ。それが何で俺の死に繋がる？　そこまで方法を調べてたら、失敗しないだろ」

「それが、三つ目の条件なんです。ついてきてください」

弥凪は立ち上がると、神社の裏手の方へと歩いていった。彼女の後をついていくと、そこはこの前彼女と下見をした場所で……柚莉と一緒に彗星を見る予定の高台だった。

彼女は高台の柵に手を掛けて、崖下へと視線を下ろす。壮琉も彼女の隣に立って下を見てみた。そこには、彼女が事故に遭いそうになった石碑があった。あたりは暗いが、ぼんやりと月明りがその石碑を照らしている。弥凪が言った。

「天が涙する夜に、強い想いを持って石碑に飛び込むべし……つまり、天泣彗星の夜に、過去改変への強い想いを抱いて、ここからあの石碑に向かって飛び込むこと。これが、この時坂神社に隠されたタイムリープの伝承だったんです」

「なッ……!?」

壮琉は弾かれたように顔を弥凪へと向けた。それでは、身投げするようなものではないか。タイムリープできるかどうかわからないのに石碑に向かって身投げするなど、伝承としても狂っている。

「時坂ってね、昔は字が違ったんですよ。時を遡ると書いて、時遡神社……これが、この神社の正式名称だったんです」

彼女は続いて改名された歴史を教えてくれた。昔から時を遡る神社として祀《まつ》られていた場所で、たくさんの参拝者が訪れていたのだが、ある時期を境に名前が変わった。この地域に飢饉《ききん》が生じた時、この伝承を信じて高台から身投げする者が増えたのだという。彗星が流れていない日に飛び込んでも、ただ人が死ぬだけである。当然多くの死者が出た。これ以上自殺者を出さないためにも、そして時を遡る伝承を隠すためにも、当時の大名が改名を命じたのだという。

「この資料に辿り着くまで、随分と苦労したんですよ？　見つけたのがよかったのか悪かったのか……私には判断がつきませんけれど」

弥凪は寂しそうに言った。

　真相が記された資料に辿り着いたのは、ある意味不幸だったのかもしれない。その資料を読んでいなければ壮琉は五年後にタイムリープしようとは思い至らなかっただろうし、失敗して死ぬことにもならなかった。弥凪も絶望する必要がなかったわけで……壮琉のその決断が彼女を不幸にしているとしか思えなかった。

「それで、俺はここから飛び降りたのか」

　弥凪は視線を落として、こくりと頷いた。

　先程彼女は、壮琉が彼女の目の前で死んだと言っていたことを思い出す。ここから飛び降りて失敗した壮琉を、彼女は見ているのだ。その絶望感はきっと、柚莉の死を目の前で見たのと変わらないはずだ。彼女の気持ちを考えると、胸が痛くなった。

「じゃあ、今ここにいるお前も……？」

　弥凪は視線を壮琉の方に戻すと、もう一度頷いた。

「はい。先輩が失敗したすぐ後に、同じようにして」

「──バカかよ！」

　その返答を聞いて、反射的に壮琉は怒鳴っていた。

「俺が失敗して死んでるのに、何だってそんなことしたんだよ！　だって、身投げだぞ!?　お前だって死んでたかもしれないじゃないか！」

この怒りは誰に向けられているのだろうか。

柚莉の死を受け入れられず、夢物語のような伝承を信じてしまった将来の自分なのだろうか。それとも、彼女にも同じような思いをさせてしまったことか、危険行為をさせてしまったことかもしれない。或いは、その全てだ。

「嫌だったんです！」

弥凪は壮琉のその言葉に声を荒らげて反論した。

彼女が大声を出すのは珍しいので、思わず壮琉もびくっと身体を震わせる。そこで自分が声を荒らげたのに気付いたのか、弥凪は口を手で隠して「すみません」とすぐに謝った。

「どうして先輩が失敗したのかは、正直わかりません。でも、私には先輩がいない世界なんて耐えられなくて……だから、先輩がタイムリープしなくても済むように、過去を変えたかったんです」

それが、弥凪がタイムリープをした理由だった。

密かに想いを寄せていた少女の一途な気持ちは、嬉しくもあり、彼女からここまで想われているのに死を覚悟で時間跳躍を試みた未来の自分に怒りを覚えざるを得なかった。こうして成功したからよかったものの、もし時遡の伝承がただの作り話だったならば、ふたり揃って身投げして終わっていたのだから。

だが、そこでもうひとつの疑問が生じる。壮琉は訊いた。

「じゃあ……何で柚莉を助けてくれなかったんだよ？　あいつが死ぬってわかってたんだろ？」

そうなのである。もし弥凪が柚莉を助けてくれていたら、壮琉が将来タイムリープすることもないだろうし、弥凪の時間跳躍にも気付かなかった。何事もなく全てを終わらせるには、それが一番手っ取り早かったはずだ。

弥凪は項垂れて理由を説明してくれた。

「今日亡くなることだけしか、わかってなかったんです……原因も、正確な時間も私は知らなくて。わかっていたのは、亡くなった日付だけでした」

どうして、と理由を訊く前に、彼女は続きを話してくれた。

「私の知っている先輩は、柚莉さんの死に立ち会っていなかったんです。柚莉さんから送ってと冗談で頼まれたらしいんですけど、先輩は断ってしまって……それを、凄く悔やんでいました。『俺が面倒臭がらず送っていってやればあいつは死ななかった』って、ずっと言っていましたから」

普段の柚莉との関係を鑑みれば、その光景は容易に想像できた。

きっと、普段の壮琉なら柚莉から誘われても面倒がって断っていたに違いない。今日だって、弥凪からＬＩＭＥが来ていなければ、間違いなく行かなかった。

「詳しい状況とかを、俺から聞かなかったのか？」

「聞けませんよ……だって、ずっと塞ぎ込んでしまっていて。ちゃんと話してくれるようになるまで、凄く時間が掛かったんですよ？」

弥凪によると、壮琉と弥凪が仲を深め始めたのは、夏休みが終わってからだったそうだ。夏休みに入る前は、事故から助けられたことの御礼を言って自己紹介をしていた程度。生前の柚莉と弥凪には接点がなかったらしい。

「それに、先輩が本当にタイムリープするつもりだったなんて思ってませんでしたから」

「まあ……そうだよな」

普通は思い至らない。過去に戻りたいと思っても、何だかんだ言って今を受け入れ、悲しみを少しずつ咀嚼していくのが普通だ。そうであれば、相手の傷口に敢えて自分から踏み込もうとは思わないだろう。弥凪が柚莉について詳しく聞こうと思わなかったのも、彼女の優しい性格を考えれば理解できる。

「最初はきっと、柚莉さんの死が受け入れられなくて伝承を調べていただけなんだと思います。私だってそうです。先輩のことが好きで、一緒にいたくて……それで、一緒になって調べていただけですから」

弥凪は力なく笑って、星空を仰いだ。

だが、そうして神社のタイムリープ伝承について調べていくうちに、最終的に方法がわかってしまった。実行できるのは天泣彗星が流れる夜だけで、タイミング的には五年に一度だけのチャンス。未来の壮琉も、悩み悩んだ末に実行したのかもしれない。

五年後の今日、弥凪は壮琉と天泣彗星を見る約束をしていたという。しかし、壮琉は約束の場所に現れなかった。そこで嫌な予感がして時坂神社に来てみれば、タイムリープに失敗して瀕死の状態の恋人を見つけたそうだ。

「正直、悲しかったです……私じゃ先輩を救えなかったんだって、自覚させられた気がして。回復してたように見えたんですけどね」

「バカかよ……そんな、ずっと自分を支えてくれてた恋人を捨てて過去に行こうと身投げした奴を助けるために自分も身投げするなんて。放っといて、自分が幸せになる方法探せばいいのに」

正直、それが今の壮琉の感想だった。どうしてこうまで自分を想ってくれる恋人がいるのに、こっそりと内緒で過去に行こうとしたのだろうか。そうした自分に苛立ち、弥凪を憐《あわ》れに思う反面……柚莉を助けたいという気持ちも、もちろん理解できた。

目の前で柚莉を亡くした今でもそう思うのだ。自分が誘いを断ってしまったが故に柚莉の死を招いたと感じていたなら、余計に自責の念は付き纏《まと》っていたのかもしれない。ただ、それは壮琉の事情であって、弥凪には関係ない。彼女には、そんな不幸を背負ってほしくないという気持ちも壮琉にはあった。

「忘れたんですか？　私は先輩に何度も助けられてるんですよ？　そんな人を、簡単に忘れられるわけないじゃないですか」

壮琉のそんな忠告を、弥凪はにっこりと笑って伏した。

何度も、と今彼女は言ったが、壮琉の記憶ではあの事故の一度しか助けたことがない。弥凪の知る世界では、他の場面でも助けられた経験があるのだろうか。

「ともかく……それが、柚莉さんがどういう状況で亡くなったのか詳しく知りたがっていた理由です。嫌な思いをさせて、本当にごめんなさい」

「それで、さっきも謝ってたのか」

「はい。先輩が辛い思いをするってわかってて、柚莉さんの傍にいるように仕向けましたから。最低、ですよね」

先程警察署に駆けつけてくれた時、弥凪は壮琉を抱きしめ、耳元で何度も謝っていた。その理由が、これだったのだ。

「本当は、私の方からもっと柚莉さんに近付いていかないといけなかったんです。でも、先輩とまた会えたのが嬉しくて……つい、傍にいたいって思ってしまって。柚莉さんのことで傷付いてない先輩と会ったのも初めてでしたから。それで柚莉さんから嫌われるとも思ってませんでしたし」

「そっか……弥凪は、生前の柚莉とは話したことがなかったんだもんな」

壮琉の言葉に、弥凪はこくりと頷く。

彼女の話では、柚莉の死後に壮琉と仲良くなっている。生前に壮琉と近付いて、柚莉がどんな反応を見せるかなど知るはずがなかったのだ。

それがきっと、一昨日に彼女が話していたバタフライエフェクト云々に繋がるのだろう。自分が知っている過去と違うことが起こりすぎて、どうすればいいのかわからなかったのである。

「でも、これに関しては私の想像力が欠如してました。自分だけのものだと思ってた幼馴染の男の子を、事故から助けられただけの女がひょっこり持っていったら、腹が立って当然ですよね」

弥凪は苦い笑みを零して、小さく溜め息を吐いた。

「自分だけのものって、どういう意味だよ？　俺と柚莉はそんな関係じゃないぞ」

「……先輩はやっぱり鈍いですね。柚莉さんにとって、先輩はただの幼馴染じゃなかったってことです。もしかすると、先輩にとってもそうだったのかもしれませんけど」

そこまで言ってから、彼女は大きく息を吐いた。空を見上げてから、もう一度視線を壮琉へと戻す。その青み掛かった瞳からは、何か強い決意を感じた。

「でも、次はもう失敗しません。だから先輩、教えてほしいんです。柚莉さんのこと」

「お前、まさか……」

「はい。今夜、もう一度跳びます。私は……タイムリープに成功していますから」

「待て！　そんなの許さない……ここから飛び降りるなんて……絶対に、許さないからな」

弥凪の決意に、壮琉は反射的に反対していた。

脳裏に浮かんだのは、つい先程の映像。目の前で有機物から無機物へと変わっていった、幼馴染の姿だった。

「もう、俺にあんな思いをさせないでくれ。柚莉にあんな死に方をされて、その上弥凪にまでもしものことがあったら……俺は、耐えられない」

じっと弥凪を見据えて、本心を紡いでいく。半分くらい告白のようなものだが、彼女から散々秘密を告白されているのだ。

ひとつくらい、壮琉の秘密を伝えておくのが筋だろう。

「お前と過ごした俺がどんなだったのかは知らないけど、その俺と今の俺は絶対に違う。少なくとも、この俺は……自分の好きな女の子に、そんな危ないことはしてほしくない」

「先輩……ッ!?」

壮琉の思わぬ告白に、弥凪は手のひらを口に当てた。

この段階で、彼女が知る壮琉は弥凪と殆ど話していないだろう。どちらが告白して付き合うに至ったのかまでは知らないが、こうして気持ちを伝えられた覚えもないはずだ。

そう……今の壮琉は、彼女の知る壮琉とはもう異なる。たった数日ではあるが、彼女と過ごした時間と記憶がある。そして、彼女がどれだけ壮琉を想ってくれているのかも知ってしまった。そんな彼女の想いを知って尚、彼女にだけ危ないことをさせるわけにはいかない。

「でも、でもッ……！　このままだと、五年後に先輩はッ」

弥凪は受け入れられないのか、いやいやをするようにして首を横に振った。彼女の綺麗な黒髪が、夜空にふわりと舞う。

「だったら、今から俺が戻る。もう方法もタイムリープの実証もされてるわけだしな。俺が戻って柚莉を助けた方が早い」

「な、何を言ってるんですか！　だって、先輩は失敗してるんですよ!?　また失敗したら、どうするんですか！」

愕然として、弥凪は怒鳴った。彼女が言いたいこともわかる。心配する気持ちも、もちろん伝わっている。だが、壮琉は反論した。

「それは、五年後の俺だから、だろ？　その俺は目の前であいつの死に様を見てない。五年後の俺と今の俺とじゃ過去をやり直したいと思う気持ちの度合いが全然違うんだよ」

五年後の壮琉は、弥凪と交際に至っていても、ずっと柚莉を引きずり続けていた。でも、それは……この数日間、弥凪と過ごした時間を知らないからだ。ここまで尽してくれる彼女のことを、その大バカ野郎は知らないのだろう。先程、弥凪は自分の想像力が欠けていたと言っていたが、壮琉から見れば、五年後の自分の想像力の方が欠けていると感じる。彼女の深い愛を知らず、失敗した光景を見ても進んで身を投げて過去に戻ろうとしてしまうような、強い気持ちを持っている女の子なのだ。

ここで彼女を行かせてしまえば、壮琉が悲しむ必要のない、柚莉の死を引きずらない未来を得るために、彼女は何度でもこの七月二十一日にタイムリープを試みるだろう。

それは彼女の役割ではない、と壮琉は思う。目の前に柚莉がいたのに、彼女がただ無惨に死ぬのを見守ることしかできなかった壮琉こそが、その役割を担うべきなのだ。

未来の壮琉が何故タイムリープに失敗して、弥凪が成功したのかはわからない。おそらく、条件のひとつである〝過去改変を望む強い想い〟が足りなかったからだろうが、詳しいことはわからない。

「ほんの、ついさっきの出来事なんだ。あいつは目の前でぐしゃぐしゃになって……あんな死に方をされて、後悔なんてない方がおかしい。あいつを救えるなら、弥凪にそんなことをさせるくらいなら……俺が、過去に跳ぶ」

それに、これを提案したのは何も感情的なものだけが理由ではない。過去改変の勝算を鑑みても、壮琉が跳ぶべきなのだ。

というのも、弥凪と柚莉には接点がない。出会い方からして、壮琉を介さないと弥凪と柚莉は知り合うことさえ不可能だろう。そうであるならば、弥凪では柚莉を救えない。そこまで説明してから、壮琉は「でも、俺は違う」と続けた。

「俺と柚莉には、これまでの関係性がちゃんとある。見ず知らずのお前の言うことは聞かないかもしれないけど、俺の話なら聞いてくれる」

弥凪は何も言い返せなかった。自分自身、一度タイムリープしてみて、自分が柚莉を救うのは如何に難易度が高いかを実感していたのかもしれない。

「それに、もしまた俺が失敗したとしても、彗星が流れている間ならお前もタイムリープできる。その時はお前がタイムリープしたらいいんじゃないか？」

「それは……確かに、そうなんですけどッ。でも、私だってまた先輩が失敗するところなんて見たくありません」

「大丈夫、信じてくれ。未来の俺が何で失敗したのかわかんないけど、お前ができたのなら、この神社の伝承は間違いない。じゃあ、きっと俺にもできる。いや、今の俺……だからできるんだ。信じてみてくれないかな？」

弥凪の目を見て、しっかりと気持ちを伝える。そこで根負けしたのか、弥凪も大きく溜め息を吐いた。

「……わかりました。でも、ひとつだけ約束してください」

「約束？」

「はい。未来の記憶を持つ私と、協力してほしいんです。先輩がタイムリープに成功したなら、一週間前の私……つまり、五年後からタイムリープしてきたばかりの私がいます。未来から来たと言えば、絶対に力になりますから」

そういうことか。ここで壮琉もタイムリープに成功すれば、七月十四日には未来からタイムリープしてきた弥凪もいる。時間跳躍者が同時期にふたり存在することになるのだ。

五年間の未来を知っている弥凪と、そして柚莉と仲がよく、さらには彼女の死について知っている壮琉が協力すれば、何とかなるのではないだろうか。

「先輩がいつにタイムリープするのかは私にもわかりませんが……私は七月十四日の事故の直前に、未来からタイムリープしてきます。あの事故の後なら、私にこの話をしても信じるはずです。逆に言うと、それ以前の私は五年後の記憶を持ってないので、話し掛けてもたぶんびっくりするだけだと思います」

「具体的に、お前はいつ未来から跳んでくる？」

「先輩に助けられる、ほんの少し前でした」

　事故の直前を思い浮かべて、あの時か、と思い返す。

　タイムリープ直後に壮琉と目が合ったから、彼女は驚いていたのだ。

「タイムリープ先の細かい時間指定はできません。あくまでも基準は自分の想いや記憶が基となるみたいで……そこに戻りたいという強い意思や強く記憶に残る想い出、記憶がある場所にしか戻れないんです」

「なるほど。強い想いと記憶か」

「私の場合は、先輩との出会いだったみたいです。私、先輩のこと好きすぎますね」

　弥凪は言って、恥ずかしそうにはにかんだ。

　これから壮琉が飛び降りなければいけないことを知っているからか、緊張を和ませてくれているのだろう。

　それにしても、いつ戻るのかの指定ができないのは怖い。ある程度イメージを固めておく必要があるのかもしれない。

　柚莉が死ぬ直前……はやめた方がいいだろう。正直、死の衝撃が強すぎてあの直後に戻られてしまうと何もできないし、看板が落ちてからだと間に合わない。

それ以前に記憶に強く残っている時期となると……壮琉も弥凪と出会った頃になるかもしれない。実際のところはやってみないことには何とも言えなかった。

その時、夜の空が青白く光った。壮琉はその光に導かれるようにして、夜空を見上げる。夜空には数多の星々がきらめき、月も満ちていたが、その全てを凌《しの》ぐような美しさで天泣彗星が輝いていた。彗星が流れ始めたのだ。もう迷っている時間はない。

「先輩……ほんとに、大丈夫ですか？」

弥凪が不安そうにこちらを見つめていた。

だが、どうしてだろうか。全く失敗する気がしなかった。まるで、以前にも経験があるかのように思えてならなかったのだ。

「ありがとう、弥凪。でも、大丈夫。なんか知らないけど……大丈夫な気がするんだ」

壮琉は柵を乗り越えて、弥凪の方を振り返る。

不思議と、恐怖はなかった。

「お前も、柚莉も……どっちも救ってみせるよ」

壮琉は自らに言い聞かせるようにしてそう弥凪に伝えてから――彗星が流れる夜の空へと舞った。

二章

1

自分がどこにいるのか、わからなかった。

心配そうにこちらを見ていた少女に対して、精一杯強がった笑みを返し、崖から飛び降りたところまでは覚えている。だが、飛び降りてからの記憶がなかった。すぐに何か白い光に覆われたと思ったら、記憶と意識と視界が混濁して、自分がどこにいるのか、そして自分が何者なのかさえわからなくなったのだ。頭の内側で響く超音波のような音が、爆音として激しい渦を巻きながら鳴り響いている。

「あ……ああ、あああぁぁぁぁぁぁ――ッ！」

激しい頭痛、というだけでは表現できない痛みが壮琉を襲った。脳の奥を、何度も何度も針でザクザク刺される感覚、といえようか。とにかく痛いとしか表現ができない。

その次の瞬間には、徐々に自分が何か別の身体に憑依《ひょうい》していくかのような、不思議な感覚を味わった。まるで自分があるべき場所に入っていく安心感とでも言うのだろうか。まるでここそが自分の居場所だと思えるような、迷子になっていたところで自分の家を見つけたかのような心地よさ。その安堵感は快楽でさえあった。

「——ッ!?」

そして、次の瞬間——一度壊れて散乱した世界が瞬時に形を取り戻し、再構築される。再び激しい頭痛を感じて、全身に電流が流れたかのように痙攣《けいれん》した。

「はぁっ！　はぁっ……はぁっ」

とにかく息が苦しかった。窒息して死んでしまうかと思った程だ。気道を確保できて、呼吸を自覚すると同時に聞き慣れた声が耳元に流れてきた。

「——琉？　ねえ、——琉！」

それは、聞き慣れた声であるはずなのに、酷く懐かしい声だった。もう二度と、聞けないと思っていた声。瓦礫に、圧し潰されてしまった少女の声だ。彼女は両手で顔を挟み、こちらに向けて叫んだ。

「——ねえ、壮琉ってば！」

ゆっくりと目を開けると、ひとりの少女がくっきりと見えてくる。茶髪ショートボブでくりくりとした大きな瞳が印象的な少女が、心配そうにこちらを覗き込んでいた。

ゆず、り……？

彼女を見た瞬間、我に返った。

「柚莉！」

「ひゃい!?」

壮琉は目の前にいた少女を力一杯抱きしめると、これまでの長い付き合いでも聞いたことがないような困惑した声が聞こえた。真夏のコンクリートに手と尻を付いていたらしく、左の手のひらと尻が焼けるように熱かったが、お構いなしだった。

柚莉の肌はほんのり汗ばんでいて、でも柑橘系のとてもいい香りが漂っていた。いつも彼女が使っているシャンプーの香りだ。五感の全てから、天野柚莉という人間の存在を感じ取れた。

生きている……柚莉が、ちゃんと生きている。

「柚莉……よかった。よかった……！」

「な、なになに!? いきなり何なの!?」

柚莉は無理矢理離そうとするでもなく、どうしていいかわからない様子で身じろぎをしていた。

「暑くて頭おかしくなった!? それとも、試合中にどっか頭でも打ったの!?」

「試合……？」

柚莉の発したその単語に、思わず息を呑《の》む。

そうだ、彼女とこんな会話を以前にも交わした気がする。壮琉は彼女の肩を掴んで、揺さぶるようにして訊いた。

「柚莉！ 今日は……何日だ？ 俺達は何をしていた!?」

「はぁ？　さっきから何なのよ、もう」

「いいから、教えてくれ！」

今はいつだ。柚莉が生きているので二十一日の夕方よりは前だが、今がいつかによって取り得る策が限られてくる。

柚莉は壮琉の手をぐいっと押しやると、掴まれていた肩を恥ずかしそうに撫でた。

「七月十四日の下校中だよ。もうすぐ天泣彗星が流れる日だから、どこで見ようかって話だったじゃんか」

「七月十四日の下校中、だって……？」

驚いて周囲を見渡す。普段の通学路とは異なる、柚莉のバイト先への道中だ。そして、壮琉はこの後ひとりで時坂神社へと向かうことになって……そして、事故に遭遇するのだ。

――弥凪！

大切なことを思い出した。そうだ、この後弥凪が事故に遭いそうになるのだ。

「柚莉、今からバイトだよな？　下見は俺ひとりで行っとくから」

壮琉は慌てて言った。こんなところで呑気《のんき》に会話をしている場合ではない。

「え、ああ、うん……大丈夫なの？　さっき、凄い声上げてたけど」

「もう大丈夫！　じゃあちょっくら時坂神社まで――」

「待って、壮琉」

壮琉が駆け出そうとすると、柚莉は鞄の中から新品のペットボトル水を取り出し、投げて寄越した。

「これ、あげる！　熱中症にならないようにね！」

「……サンキュ、柚莉」

柚莉のいつもの溌剌とした笑顔。それを見るだけで、こんなにも安心すると思わなかった。

「お前のことも、ちゃんと助けるから」

「はあ？」

壮琉の決意の言葉に、柚莉は怪訝そうに首を傾げただけだった。それも当たり前だが、彼女のそんな顔でさえも今ではとても貴重なもののように思えてきた。

それにしても、七月十四日の午後か。弥凪は壮琉と出会う寸前にタイムリープしたと言っていたが、それはどうやら壮琉も同じらしい。全く、お互い相思相愛すぎて嫌になる。

だが、弥凪が戻ってくるよりも少し早くに戻れたことは幸いだ。事故まではまだ少し余裕がある。以前はだらだらと歩いて向かっていたせいで弥凪を助けるのはギリギリになってしまったが、今回は違う。急げば壮琉自身もあんな命からがらな救出劇を演じなくて済む。

　真夏の炎天下、壮琉は走った。絶対に普段ならこんな日に走ろうなどとは思わないだろう。でも、今はそんなことを言っていられない。ひとりの少女――そして、未来の恋人の命が懸かっているのだから。

　走った御蔭で、随分と早くに例の石碑の前の信号機に辿り着いた。その直後、遠くの方から弥凪が歩いてくるのが見えた。

「弥――」

　弥凪に声を掛けようとして、既《すんで》のところで思いとどまる。タイムリープする直前に彼女から言われた言葉を思い出したのだ。

『私は七月十四日の事故の直前に、未来からタイムリープしてきます。あの事故の後なら、私にこの話をしても信じるはずです。逆に言うと、それ以前の私は五年後の記憶を持ってないので、話し掛けてもたぶんびっくりするだけだと思います』

　そうだった。まだ、この時の弥凪は五年後の未来から跳んできていない。タイムリープしてくるのは、事故の直前だ。今声を掛けても不審者扱いされるだけだろう。

　そこで、もしこの段階で彼女に声を掛けて、事故に遭わないように誘導してみればいいのではないかとも考えてみる。壮琉自身も危険な目に遭わないので、安全策と言えば安全策かもしれない。

だが、そこで弥凪が同時に困っていたことも思い出す。バタフライエフェクトだ。彼女は柚莉の死の直前に壮琉と仲良くなってしまったことで、自分が知っている過去と違うことが起こりすぎて、どうすればいいのかわからなかったと言っていた。ここで未来を変えてしまえば、弥凪がどんな反応をするかも含めて、何が起こるのか壮琉にもわからなくなってしまう危険がある。

そうであれば、今ここで勝手に自分の判断で行動を変えるのはやめた方がよさそうだ。まずは歴史通りに弥凪を事故から助けて、跳んできた彼女と相談した上で動き方を考えた方がいいだろう。

そう判断するや否や、壮琉は石碑の陰に隠れた。その直後、激しい頭痛と眩暈が壮琉を襲う。

頭の中でホワイトノイズが鳴り響いたかと思えば、再び脳裏に弥凪が事故に遭って無惨に死んでしまう映像が流れた。

「ちっ……またかよ」

壮琉は石碑にもたれかかって、頭痛を抑えるために深呼吸をする。

そういえば、以前助けた時も同じような予知夢を見た。一体これは何なのだろうか。これもタイムリープと何か関係しているのだろうか——そう考えようとした時、視界の隅に、遠くから蛇行運転をする車が迫ってくるのが見えた。先程の映像で見た、彼女に突っ込むであろう白い自動車だ。

じっと弥凪を観察した。未来から跳んできた彼女にタイミングよく声を掛ける必要があるが、正確な時間はわからない。

いつだ、弥凪……これ以上待ってられないぞ。

あと幾許《いくばく》もしないうちに、車は突っ込んでくる。もう待っていられないと思った直後、弥凪がはっとして顔を上げた。雰囲気が明らかに違う。困惑した様子で、周囲を不自然にきょろきょろ見ていた。

来た！　未来の弥凪だ。

そう判断し、壮琉は石碑から飛び出て彼女に向かって走り出す。その直後、激しいスリップ音が鳴り響いた。以前は横断歩道の向こう側にいたが、今回は距離が近い。十分に間に合うはずだ。

「弥凪！」

壮琉が叫んで手を伸ばすと、弥凪が驚いてこちらを見た。

「先輩⁉　どうして……ッ⁉」

明らかに困惑している顔だった。それもそのはず。弥凪の記憶の中の壮琉は、石碑側にはいるはずがないし、この時点で彼女の名前を知っているはずがないのだから。

壮琉は彼女に向かって手を伸ばして腕を掴むと、そのまま走り抜けた。その直後、激しい激突音とともに、つい先程まで彼女が立っていた場所に車が突っ込んだ。間一髪、わかっていてもひやりとする。

周囲の住民達が事故の音を聞き付け、ぞろぞろと集まってきた。これも記憶通りだ。

「せん、ぱい……？」

隣から少女の震えた声が聞こえてくる。そちらを見ると、信じられない、といった様子で彼女は壮琉を見ていた。事故の驚きとは明らかに色が異なる困惑の仕方だった。

「どうして……どうして、先輩がそこにいるんですか……？　だって、だってッ！」

壮琉は苦い笑みを見せて、過去の自分が倒れていた場所を眺める。

「そりゃあ……背中を擦り剥いて、シャワーを浴びれないのはもう嫌だからな」

その言葉に大きく目を見開く弥凪に、壮琉は笑みを浮かべてこう続けた。

「びっくりさせてごめん。俺は一週間後の未来から来た。五年後から来た弥凪、でいいよな？」

「ほんと、最低です。どうして先輩のタイムリープを許したんですか……一週間後の私を引っ叩いてやりたいです」

事故現場は大人達に任せて時坂神社まで来ると、弥凪は呆れているような、怒っているような様子でそう言った。

神社までの道中で、軽く事情は説明してある。その後に出てきた言葉がこれだった。

「だから、お前はちゃんと反対したって。俺が弥凪のタイムリープを見抜いて、方法を聞いて……そんで、反対を押し切って半ば無理矢理跳・ん・だ・んだよ」

「それでも、です！　私、先輩が死んだのを目の前で見ているんですよ？　成功したからよかったものの……もしまたあんな場面を見るかもしれないと思うと、耐えられません」

余程辛かったのだろう。弥凪は一瞬瞳に涙を浮かべたかと思うと、すぐに顔を伏せた。

ただ、その言葉には何となく覚えがあった。壮琉自身も言ったことがあるような台詞だ。

「……それと似たようなことを、俺もお前に言ったよ」

言うと、「え？」と弥凪は顔を上げた。

「俺はさ、目の前で柚莉が死ぬのを見たんだ。看板に潰されて、血だらけで、ほぼ即死に近い感じで……正直、気が狂いそうだった。弥凪がいなきゃ、きっと立ち直れなかったと思う」

それは間違いなかった。弥凪がいなかったら、あんなに早く立ち直れなかった。すぐに過去を変えようだなんて思えなかっただろう。何となくだが、これからの五年間、自分がどのようにして弥凪に救われたのかがわかった気がした。

「でも、あそこからお前が飛び降りてタイムリープして、もし失敗したらさ、また同じような想いをするだろ？　さすがに一日のうちに柚莉と弥凪が死ぬところを見せられたらって思うと……俺だって耐えられない」

「すみません……軽率でした。先輩だって辛い想いをしたんですよね……」

弥凪は項垂れて、涙の浮かんだ瞳をしっかりと閉じた。その顔には、申し訳なさが深く滲み出ている。自身が経験しているからこそ、そんな想いを壮琉にもさせてしまったことを悔いているのだろう。

「いや、もとはと言えば五年後の俺が悪いからさ。自分に寄り添ってくれてるカノジョをほっぽり出してタイムリープしようとして……そんで呆気なく死んで、そのカノジョに無茶させてる。どう考えても俺が悪いよ」

壮琉は慌てて取り繕う。彼女に泣いてほしくないという気持ちもあったが、これは同時に本音でもあった。だが、弥凪は首を横に振って否定する。

「寄り添えてなんて、ないですよ。私なんて全然ダメで……ただ一緒にいることくらいしか、できませんでしたから」

「弥凪？」

「さっきの事故の時だってそうです。先輩が怪我をしていたのに、車を出してくれる人が名乗り出るまで、私はただおろおろしていただけでした。先輩が鞄を置き忘れていることにも気付いてなくて、スマホがなくて親御さんへの連絡で困ったっていうのも、後で知って……命の恩人なのに、私、本当に何もできなくて」

「そんなことない。弥凪はちゃんとしてくれたよ」

　壮琉は柔らかい笑みを浮かべてみせてから、弥凪の頭にぽんと手を乗せる。言っていることがわからなかったのか、彼女は驚いてきょとんとしていた。

「お前の記憶にはないかもしれないけどさ、ちゃんとしてたよ。すぐに病院まで連れていってくれる人を見つけてくれたし、鞄も持ってきてくれた。御蔭で、今の俺はスマホやら保険証で困った記憶はないよ。ありがとう」

　改めて、しっかりと御礼を伝えた。確かにあの時は手際がいいとは思っていたが、彼女がそんな想いから動いてくれていたとは思わなかった。彼女はしっかりと、過去をやり直していたのだ。

「そうですか……私、ちゃんとできたんですね。戻ったら、今度はちゃんとしようって思ってたんです。でも、自分のしてないことで感謝されると、何だか変な気分ですね」

　そこで弥凪も安堵したのか、嬉しそうにはにかんだ。壮琉が一番好きな、彼女の笑顔だ。

二十一日はとにかく忙しかった。柚莉の死に始まり、弥凪による時間跳躍の判明、そして天泣彗星が流れるまでの時間も短く、満足に感謝も伝えられていなかった。あの時の弥凪とは異なるかもしれないが、その気持ちを伝えられたのは嬉しい。

そこで壮琉はふと以前の彼女の不可解な行動を思い出した。

「そういえば、一週間後の弥凪に聞きそびれてたことがあるんだけど」

「……？　何でしょう？」

「明太子の唐揚げってどこから仕入れたの？」

そう、お弁当で作ってくれた明太子の唐揚げだ。壮琉の人生で明太子の唐揚げを食べたのは、あの時が初めてだった。自分の見知らぬ好物を言い当てられた気がしたのだが、どうして明太子に至ったのかも疑問だ。

だが、問われた弥凪は驚きを隠せない様子で、目を白黒させていた。

「え⁉　先輩、それ食べたんですか⁉」

「ああ、うん。めちゃくちゃ美味かったよ」

正直に答えると、彼女は顔を赤くして両手で顔を覆ったかと思えば、その場でしゃがみ込んでしまった。何だか、凄い恥ずかしがりようだ。

「ああもうっ……私、何でそんなに攻めてるんですか！　最悪ですっ」

「何、どういうこと？」

訊いてみると、彼女は指の隙間からちらりとこちらを見た。

「昔……って言っても未来の話なんですけど、一緒に行った定食屋さんで先輩が明太子の唐揚げが美味しいって言ってたんです。それで、自分でも作ってみて先輩に食べてもらったんですけど、あんまり美味しくなかったみたいで。いつかリベンジしたいなって思ってたんです」

「あー、それで緊張してたのか。納得」

「あぅぅ……緊張するのもわかる分、何だか自分の心を覗き見られてるみたいで恥ずかしいです。もう忘れてくださいッ」

弥凪は言って立ち上がると、ふいっと顔を背けた。そんな拗ねている彼女も可愛らしくて、思わず安堵してしまう。

「ありがとな。弥凪と知り合ってから、ほんとすっげー楽しかったよ。充実してた。あんな風な毎日がずっと続くんなら、きっと幸せだったんだと思う。でも……」

そこまで言ってから、柚莉の死に様を思い出して、暗い気分になる。確かに、弥凪との時間は楽しかった。あのまま何事もなく時が進んでいれば、間違いなく幸せになっていて、理想的な日常を過ごせていたであろうことも想像に容易い。だが、それはあくまでも柚莉が生きていればの話だ。彼女にあんな死なれ方をして、幸せなど追えるはずがない。

「……柚莉さんを救わないと、意味がありませんよね」

固い決意とともに、弥凪が壮琉を見据えた。その瞳は真剣そのもので、彼女の内に湧き上がる感情と決意が伝わってくる。

「何があったのか、詳しく教えてください。私がしてしまった失敗も含めて、全部」

それから、壮琉は弥凪と過ごした五日間と、柚莉と過ごした二日間について話した。

弥凪が過去と違いすぎる行動をしてしまったが故にバタフライエフェクトが生じ、予測できない事態となってしまったこと、柚莉と接点を持てずに悩んでいたこと、それから柚莉がどのようにして死んだかについてまで、記憶にある限りのことは説明した。

「私、バカすぎます……どうして自分が楽しんじゃってるんですか」

壮琉の話を聞いて、弥凪は額に手を当てて天を仰いだ。

「俺と再会できて、嬉しくなったって言ってたよ」

「その気持ちもわかるので、余計に腹が立ちます。だって……今の私も、凄く嬉しいですから。きっと犬だったら尻尾をぶんぶん振ってます。先輩が苦しんでるのに……最低ですよね」

弥凪は力なく笑って、溜め息を吐いた。

彼女からすれば、壮琉は死別した恋人だ。しかも、目の前で死んだところまで見ている。ならば、再会できたことを嬉しく思うのは当然だろう。現に、壮琉だって先程柚莉と会えた時は喜びを隠せなかった。

「大体の事情はわかりました。柚莉さんが亡くなったのは、二十一日に起こるアルバイト先の事故だったんですね」

「ああ。となると、バイトを休ませれば問題ないかな？　問題はどうやって休ませるかなんだよな」

「休めないんですか？」

「シフトが固定で決まってるらしくてさ、よっぽどのことがないと休めないんだよ。自分が働きたい店だったから、余計にあいつも休もうとしなくて。テスト期間中でも働いていたぐらいだからなぁ」

柚莉はお調子者だが、その実真面目だ。学校をサボったこともなければ、ズルをすることもない。気持ちがいいくらい、真っすぐな女の子なのだ。そんな彼女に、バイトをサボらせるのは至難の業のように思えた。

「では、先輩が柚莉さんをデートに誘ってみるというのはどうでしょう？」

弥凪が何となしにとんでもない提案をする。未来の恋人からそんな提案をされるとは夢にも思わなかった。

「デートって……それ、お前は嫌じゃないのかよ？」

「嫌ですよ？　他の誰かが先輩とデートするだなんて、嫌に決まってるじゃないですか。でも……先輩が苦しむ方が、もっと嫌ですから」

弥凪は寂しそうに笑った。きっと、どちらも本音なのだろう。それが痛い程伝わってくるが故に、何とも言えない気持ちになってしまった。

「俺がいきなりデートに誘ったところで気味悪がられるだろうし、デートならその日でなくてもいいだろ。バイトを休む理由にはならないと思う」

誘った時の柚莉の反応を考えつつ、答えた。

弥凪に気を遣ったわけではない。実際に、それが壮琉と柚莉の関係性だった。幼馴染とは、複雑なのである。

「そっか、それもそうですね。そのあたりをどうするか考えないといけませんね……」

「大丈夫。まだ日数はある。今回はお前だけじゃなくて、俺も未来を知ってるんだ。大丈夫、どうにかなるよ」

自分に言い聞かせるようにして、そう鼓舞する。

時間跳躍者がふたりもいるのだ。そのふたりが協力すれば、未来は変えられるはず。

「私も先輩がいてくれたら心強いです。きっと、私ひとりだったら何もできなかったと思いますし……って、先輩がここにいることがそれを証明してますね。すみません」

弥凪は微苦笑を浮かべて、頬を掻いた。

確かに、前の時間軸で彼女は柚莉を救う手立てを考えられなかった。接点がなかったのだから、当然だ。だが、それは新たな可能性を生んだ。それが今の壮琉の存在である。

「それで……柚莉さんを助けたら、今度は私と柚莉さんでバトルですね。問題が目白押しです」

緊張を和らげるためなのか、弥凪が軽口を叩いた。

「は？　何で弥凪と柚莉が戦うんだよ」

もちろん意味がわからず、壮琉は訊き返す。それに対して、「どっちが先輩のカノジョに相応しいか、の戦いに決まってるじゃないですか」と弥凪は答えた。

「先輩と付き合った記憶のある私と、幼馴染としてずっと先輩の傍にいた柚莉さん、どっちが有利だと思いますか？」

「アホか！　何をしょーもない話をしてるんだよ」

「冗談です。でも……きっと、それって凄く平和で、誰も傷付いていない、素敵な未来だと思いませんか？」

弥凪が嫣然として言い、小首を傾げた。

きっと、気負いそうになっていた壮琉の気持ちを和らげてくれていたのだ。五年後の恋人は、本当によく気が利く。

「……だな。俺達はそれを目指さないといけないんだよな」

「目指せ修羅場、ですねっ」

「それは勘弁してほしいんだけど」

彼女の笑顔に、壮琉も笑みを返す。

そうだ。そんな自由で平和な未来を、これからふたりは目指さないといけないのだ。

だが、ふたりならできる。弥凪の笑顔にそう勇気付けられた気がした。

2

目的が決まってから、弥凪との作戦会議が頻繁に開かれるようになった。前回はその期間を、柚莉曰く『デートみたいなこと』に費やしたわけだが、今回は違う。どうやって柚莉を生存させるか、という迫り来る未来に対して建設的な時間の過ごし方だ。弥凪と以前みたいな過ごし方をしたいな、とも思う。だが、天泣彗星までの間にどれだけ弥凪と仲良くなっても、柚莉が死んでしまえば、壮琉はまた過去に戻る決断をするだろう。過去を変える手段があるならば、絶対にそっちを選んでしまう。過去に戻ると、この七日間はなかったことになってしまうのだ。

ならば、少なくともこの七日間は弥凪と楽しい時間を過ごしてもあまり意味がない。柚莉の死という未来がある以上、ふたりにとっての幸せな未来は訪れないのだから。壮琉と弥凪は暗黙の了解でそう感じていたように思う。

幸い、壮琉には弥凪と過ごした楽しい数日間の記憶、弥凪にはこれから五年間壮琉と過ごした記憶がある。お互いの相手との想い出が一致しないのが滑稽《こっけい》ではあるものの、一緒に過ごした想い出があるからこそ、今は柚莉を救うことを第一に動けた。

弥凪には、前回タイムリープしてきた弥凪がどのような行動を取ってどのような結果を招いたのかは既に伝えてある。弥凪が柚莉から敵愾心《てきがいしん》を持たれてしまったこと、壮琉と柚莉の会話の回数が減ってしまったことなどが主な結果として挙げられた。

また、弥凪だけが知る壮琉についても教えてもらった。即ち、弥凪がタイムリープする前の、一番最初の壮琉である。

曰く、その時点において壮琉と弥凪の関係は浅いものだったらしいので、細かい壮琉の行動についてはわからないそうだ。ただ、断片的に聞いていた限り、変わったことはしていない。気怠く学校生活を過ごし、帰りは柚莉と下校をする。弥凪と深く関わるようになっていなければあったであろう、壮琉と柚莉の日常だ。

そうした日常をふたりが過ごしていたことは、一度目の柚莉の死の状況からも想像に容易い。柚莉は壮琉にバイト先まで一緒に行こうと壮琉を誘ったが、壮琉は面倒臭がって家で過ごした。その結果、バイト先で柚莉が看板落下事故に遭って死に、壮琉は柚莉の誘いを断ったことを酷く後悔。タイムリープによる過去改変を試みる。結果的に何故か失敗してしまい、その壮琉の死を防ぐために今度は弥凪がタイムリープすることとなったのだ。実際にバイト先までついていっても柚莉を死なせてしまったので、どちらにせよ後悔する結果になるのではあるが。

しかし、そうしたふたつの時間軸を経て、ふたつの未来を知る者同士が、こうして再び七月十四日に相まみえることとなった。弥凪は壮琉の死を防ぐために、そして壮琉は、その要因となる柚莉の死を防ぐために、ふたりは協力するのだ。

お互いがお互いの知らない自分を知っていて、それをお互いに教え合うという何とも変な関係である。そこで、壮琉はもうひとつだけ気になっていたことを訊いた。

「そういえば、俺と弥凪って、どういう流れで付き合うの？」

その質問に対しての答えは、こうだった。

「内緒です」

もちろん、「何でだよ」と壮琉はツッコミを入れる。

「だって、それを知ったら今の私達の関係に響くかもしれないじゃないですか」

弥凪曰く、その関係はあくまでも柚莉が死んだ世界で発展したものなので、知ったところで今の時間軸に役立つ情報とは思えない、とのことだった。それに、弥凪の言う通り、それを知ったことで今の壮琉の行動に変化が生じてしまうかもしれない。どうしても気にはなってしまうものの、無暗やたらに未来のことは知らない方がいい。それは、前の時間軸の弥凪がバタフライエフェクトによって困っていたことを鑑みれば、一目瞭然だ。

ただ、壮琉にはどうしても気になることがあった。

「じゃあさ、これだけ教えて」

「何ですか？」

「……キスは、した？」

ダメ元で訊いてみた。どうせまた『内緒です』と返されるのもわかりきっていたが、気になるものは気になるのだから、仕方ない。自分が目の前の美しい少女を前にして、そんな度胸があるのかも知りたかった。

その質問に、弥凪は目元を細めてみせると――。

「少なくとも、この唇はまだ誰ともしてませんよ？」

自身の唇を指差して、そう言ったのだった。

夏の木漏れ日が、弥凪の繊細で整った顔を照らす。リップクリームを塗っているのだろう、薄い唇は潤い艶《つや》めき――彗星の夜空のごとく、きらめいていた。

彼女の唇を凝視してしまっている自分に気付き、壮琉は慌てて視線を逸らした。

「い、いや……それもう答え言ってるようなもんじゃん」

「自分で訊いておいて、気まずくならないでくださいよ」

「訊いたことを後悔してる」

本当によせばよかった。複雑な気分になるだけだ。

別の時間軸で、彼女がキスをしたことがあるということ。加えて、その相手が自分だということ。しかし、当の壮琉にはその記憶がないので、何とも言えない気持ちになってしまう。自分であって自分でないような、自分相手に彼女のファーストキスを奪われたことに嫉妬してしまっているような、不思議な感覚だった。

「じゃあ……今してみますか？」

落ち込んでいる壮琉に気を遣ったのか、弥凪は上目遣いでこちらを見てそう言うと――ゆっくりと瞳を閉じて、顔を僅かに持ち上げた。

「な、何でそうなるんだよ！」

思わず、ツッコミを入れる。何となく、場の空気で持っていかれてしてしまいそうになったからだ。というか、ここでツッコミを入れないと、自分を律せる自信がなかった。

「それは残念です。私はいつでも大歓迎なのに」

弥凪は閉じた瞳を開けると、まんざらでもなさそうな感じで照れ臭そうに笑った。

そういう反応をされてしまうと、こちらも反応に困ってしまう。思いっきりからかわれた方が、まだ気持ち的に楽だったのに。

「そんな話はどうでもよくて！」

「先輩が訊いたんじゃないですか」

「そうだけどッ」

そんな無益な言い合いを間に挟んでは、また作戦を練っていく。

数日後に柚莉が死ぬというのに、随分とふたりとも余裕があった。お互いに、少し安心していたのだと思う。

というのも、過去をやり直せる方法があるということ、協力者がいること、加えて、柚莉の死因までもがわかっていること。特に、最後の点・死因がわかっていることは大きかった。要するに、柚莉をバイト先に向かわせなければいいのだから。弥凪が言った。

「これまでの先輩の話だと、たぶん普通に遊びに誘うだけだと柚莉さんはバイトを優先してしまうと思うんですよね」

「だろうな。遊びに誘うだけなら別日でいいわけだし」

「そうなると、やっぱり柚莉さんをデートに誘うのが一番だと思うんです」

またそれか、と壮琉はうんざりとして項《うなじ》を垂れた。何度かこの提案が出る度に押し戻しているのだが、弥凪もなかなか引き下がってくれない。それが一番手っ取り早いと思っているのだろうが、少しこちらの関係性も考えてほしい。

「だからさ、俺と柚莉はそういう関係じゃないって言ってるじゃんか」

「デートって口に出さなくてもいいんですよ。デートっぽさを期待させるというか、ただ遊びに行くんじゃないぞって柚莉さんに思わせられたら、来てくれると思います」

弥凪が自信満々な様子で言った。何となく彼女の言わんとすることもわからないでもない。要するに、用事に特別感を持たせれば柚莉も来てくれるのではないかと期待していたのだ。

しかし、既にその日は特別な予定が組み込まれている。しかも、五年に一度の彗星観測ときたものだ。なかなかそれ以上に特別な予定を提案するのは難しい。弥凪はそれに対して訊いた。

「それって、誘ったのは柚莉さんですよね？」

「ああ、うん。そうだな」

正直に答えると、弥凪はこれ以上ないというくらいわざとらしい大きな溜め息を吐いた。

「何だよ」

「ほんと、先輩って鈍いですよね。私の時も全然気付いてくれなかったですし……」

「え、何が？」

「何でもありません。こっちの話です」

弥凪は不機嫌そうな様子を改めず、話を戻した。

「これまで毎年夏休み、柚莉さんは先輩を色々遊びに誘ってくれたんですよね？」

「うん、まあ。今回の彗星観測もその一環だと思うんだけど」

「……一度でも、先輩から誘ったことってありますか？」

「言われてみればないな」

思い返してみるが、柚莉から誘われることはあっても誘うことはなかった。というより、特に行きたい場所もなかったし、仮にあったとしても壮琉の場合はひとりで行けば完結する場所が多かった。わざわざ柚莉を誘おうという選択肢が浮かばなかったのだ。

弥凪は「それですよ」と呆れた様子で言った。

「先輩に誘われた経験そのものが柚莉さんにはないんです。それだけで特別なイベントになると思いませんか？」

「そんなものかなぁ……ちなみに、誘うとしたら、何がいい？」

「映画とかどうでしょう？　事前に柚莉さんの行きたい映画なんかを聞き出しておいて、映画のチケットを買っておくんです。見たい映画なら断りにくいでしょうし、事前に誘えばバイトも休みやすいんじゃないでしょうか？」

「映画か」

確かに、映画なら時間の指定がしやすいし、バイトの時間帯とも被せられる。映画館は繁華街や柚莉のバイト先の場所とも離れているので、万が一にもあのビルの下に行くこともないだろう。

「にしても、俺に誘われて嬉しいかなぁ」

「嬉しいと思いますよ？　だって……先輩から誘われて、私は嬉しかったですから」

少し照れた様子で、弥凪は上目遣いでこちらを覗き見た。もちろん、壮琉から弥凪を映画に誘った記憶などない。おそらく、彼女との関係を築いた別の壮琉が誘ったのだろう。

「……まるで俺が誘ったみたいに言うのはやめろって」

弥凪は悪戯っぽく舌を出して「すみません」と平謝りすると、柔らかい笑みを浮かべてこう続けた。

「でも、私のこともまた誘ってくださいね？」

控えめながらも確かなその願い。未来の恋人、現好きな人から頼まれたら、断る理由なんて見当たらない。

でもなぁ……**また**って言われても、俺にはその記憶がないんだよな。

そんな不満も、内心でふと思い浮かべてしまうのだった。

＊

結論から言うと、映画をダシに柚莉を誘い出す作戦は見事に成功した。正直、壮琉の方が拍子抜けしてしまった程だった。

壮琉は日常会話の中から予め柚莉が興味ありそうな映画を聞き出して、映画館の上映時間を調査。その中で柚莉のバイトの時間帯と被っている上映時間のチケットを予約し、柚莉を誘った。この誘いに柚莉の命運が懸かっていると思うと、妙に緊張したものだ。

するとこと、柚莉はデートの誘いを承諾し、すぐにバイト先に休みの連絡を入れたのである。

まさに、弥凪の予想通りの展開だった。

「……まさか、本当に上手くいくとは思わなかったよ」

壮琉は小さく溜め息を吐いて言った。上機嫌なままバイトへと向かっていった柚莉を昇降口から見送っていると、靴箱の陰からひょっこりと弥凪が姿を現したのだ。

「だから言ったじゃないですか。先輩から誘われるだけで、特別な予定になるんです」

「そんなものかな」

「そんなもの、ですよ。先輩はスケコマシですから」

「スケコマシって……酷い言い草だな」

隣を見ると、弥凪がじぃっと責めるような視線を送ってきた。彼女の提案に従っただけなのに責められるのは、何だか納得がいかない。

壮琉がスケコマシかどうかは一旦置いといて、今回の一件は殆ど弥凪の力であるように思う。弥凪はとても頭がキレる。きっと、地頭がいいのだろう。

そこで、ふと昇降口に貼り出されていた期末テストの成績優秀者表が視界に入った。

一年生のところの最上位にある名前は、『星宮弥凪』だ。名前の横にある合計点は殆ど満点に近い。

「うわ、あんな点数取ったことねえよ。弥凪ってめちゃくちゃ頭よかったんだな」

「……？　ああ、テストですか。今このテストを受けたら悲惨なことになると思いますよ？　私の主観では、五年前のテストなので」

そうだった。つい数日前に終わったばかりの一学期末のテストだが、彼女からすれば五年前の出来事なのだ。

「そういえばさ、弥凪って何でうちの高校来たの？」

「どうしたんですか？　いきなり」

「いや、成績的に明らかに時坂のレベルに見合ってないだろ。何でもっと上の高校とか狙わなかったのかなって」

以前の時間軸で、弥凪が壮琉の教室に遊びに来た時にクラスの男子からそんな話をされたような記憶がある。実際にこの点数を見ると、壮琉達が通う時坂高校にしては賢すぎる気がした。

「実は……私、ルチア女子が第一志望だったんですよ」

弥凪は少し迷った末、呟くような小さな声で言った。

ルチア女子とは、聖《せい》ルチア女子学院のことだ。県内ではトップの女子高と言えよう。

彼女の成績なら、確かにルチアでも余裕で入学できそうな気がする。

「落ちたのか？」

訊くと、彼女は首を横に振った。

「試験、休んじゃいました」

「休んだ？　欠席したのか」

「はい。ルチア女子の試験日直前……ちょうど時坂高校の入試の日に、お父さんを病気で亡くして。そのショックで、ルチア女子の入試どころじゃなかったんです」

そうだった。これも前の時間軸の話だが、壮琉の母親との会話で彼女は今年の冬に父親を病気で亡くしたと言っていた。まさか第一志望校の受験直前で、しかも時坂高校の入試当日だったなんて。不運にも程がある。

「それで、滑り止めで受けていた時坂に進学することになりました。でも、それも実は結構危なかったんですよ？」

「危なかったって言っても、この成績なら時坂に落ちることはないだろ」

「いえ、そうではなくて……恥ずかしながら、道に迷ってしまって。親切な人が道を教えてくれなかったら、試験に間に合わなかったと思います」

危うく高校受験で浪人するところでした、と弥凪はくすくす笑った。

笑い事ではない。道に迷って受験できなかったとなれば、暫くは立ち直れないだろう。

「なるほど。じゃあ、その親切な人に感謝だな」

「はい。とっても……とっても感謝してます」

弥凪は顔を綻ばせて、小首を傾げてみせた。それはまるで、壮琉に感謝しているかのようだった。そんな彼女を見て、壮琉の頭に何かが引っ掛かる。

……あれ？　そういえば、俺も誰かに道を訊かれなかったか？

二月あたりに女の子に学校までの道のりを尋ねられた記憶がうっすらとある。どんな子だったっけ、と思い出そうと試みたところで、弥凪に背中をどんと押された。

「さっ、私のことはもういいじゃないですか！　先輩は明日のデート、頑張ってくださいねっ」

彼女はそう言って、自分の靴箱へと向かっていく。全く以て彼女が何を考えているのかわからず、壮琉は首を傾げる他なかった。

＊

たとえ柚莉が死ななくても、彼女のバイト先のビルの看板が危ういのは間違いがない。他の誰かがあんな目に遭うのも避けたかったので、タイムリープに成功後、ビルのオーナーには看板がぐらぐらしていて危ないと電話をしておいた。オーナー会社はすぐに対応してくれて、柚莉を殺した看板は一旦取り外されている。今回七月二十一日に柚莉はバイトを休んでいるので不要な処置かもしれないが、念には念を、である。

兎角《とかく》、全てが上手く運んでいた。柚莉を殺したあの看板は撤去されたし、その柚莉自身をバイト先から遠ざけることで、万が一の事故も起こり得ない。壮琉と弥凪、ふたりの時間跳躍者が手を組むことで全てが上手くいく。そう信じていた。

七月二十一日当日、前回と同じく壮琉は柚莉と一緒に帰り、時間まで家で過ごしてから玄関口で待ち合わせた。会う時間帯も、もちろん以前と合わせてある。予測不可能なことを起こさないためだ。

かくして、壮琉は柚莉とともに映画館へと向かった。映画館がある繁華街は柚莉のバイト先から遠く、彼女の頭上に看板が落ちることは考えられない。

昼下がりの陽射しを受け、繁華街は活気に満ちていた。今日から夏休みの学校が多いのか、多くの学生や家族連れでいつも以上に混雑している。アイスクリーム屋の前には長い列ができており、クレープやタピオカドリンクのお店も人々で賑わっていた。

「まさか、壮琉が映画に誘ってくるなんてね～。初めてじゃない？」

何だかいつもより上機嫌な様子の柚莉が、こちらを見上げて言った。笑顔が印象的な彼女だが、いつも以上にその笑顔が輝いて見える。

「そうかな」

「初めてだよ～。いつも誘うのあたしじゃん？」

「そうだっけ？」

壮琉は若干気まずい思いを感じつつも、視線を遠くの人だかりに逸らす。

きっとこの言葉を弥凪が聞けば、それみたことか、と自信満々に壮琉を責め立ててくるに違いない。彼女には何でも見透かされている気がして、少し癪だ。

「まあ、この映画は俺も見たかったし」

「え～、意外！　だって、恋愛映画だよ？　絶対壮琉好きじゃないじゃん」

「この前番宣見たらちょっと興味湧いたんだよ」

適当に話を合わせてみるものの、正直映画には全く興味がなかった。きっと柚莉から誘われていても、断っていたであろう内容。

でも、今は何だっていい。どんなに映画がつまらなくても、時間の無駄だったとしても、柚莉が無事で済むならそれに越したことはない。そうすれば、壮琉も弥凪もタイムリープしなくて済むのだから。

「映画見て、ご飯食べて……ちょっと早いけど、そっから彗星見に行こっか。お菓子とかジュース買って、あとピクニックシートも必要かも」

柚莉が指を折りながら今日の予定を考えていく。子供みたいに楽しそうにしているのが印象的だった。

こっちから誘うだけでこんなにも柚莉が喜んでくれるなど、思いもしていなかった。何だか、これでは本当に自分がスケコマシに思えてくる。

「……ほんと言うとさ、今日の彗星観測も断られるんじゃないかって思ってたんだよね」

柚莉は指を折って数えるのを止めると、ふとそう漏らした。

「え、何で？」

「事故から助けたっていう一年生の子、いたじゃん？　最近あの子とよく話してるとこ見掛けてたから……ほら、可愛かったしさ。てっきり彗星もあの子と見に行くのかなって」

少し意外だった。極力柚莉の前で弥凪とは話さないようにしていたのだけれど、学校で会って話している僅かな時間も見られていたのだ。

「まさか。あの子とは、そんなんじゃないよ」

「そっか」

壮琉の返事に安心したのか、柚莉は顔を綻ばせた。「壮琉」と名を呼んで立ち止まると、こちらをじっと見上げる。

「今日は誘ってくれて――」

ありがとう、と彼女は続けるつもりだったのだろう。だが、その言葉は途中で遮られた。視界に突然、焦燥感に満ちた、不穏な男が飛び込んできたのだ。

嫌な予感がした。どうしようもなく嫌な予感。それは、あのビルで看板の壊れる音がした時と同じようなものだった。

「柚莉――」

咄嗟に彼女の手を引こうとしたが――遅かった。その男は柚莉の背後に向かって真っすぐ接近してきたかと思えば、柚莉の背中に何か鋭利なものを突き立てていたのだ。

「えっ……？」

柚莉の瞳が、広がった。驚きの中には明確な痛みや恐怖が浮かんでいなかった。何が起こったのかを理解するより先に、壮琉の顔を見て胡乱げに首を傾げていた。その直後、彼女は自分の背に違和感を抱き、振り返って自身の背に突き立てられたそれを見て、顔面を蒼白にした。

「え、あたし、刺され……えっ？　何、で……？」

柚莉は痛みと驚きで身を捩《よじ》り、崩れ落ちそうになった。壮琉は即座に柚莉のもとへ駆け寄り、彼女を支える。彼女の背中からはどくどくと血が流れていて、致命傷であることは明らかだった。

「おい、柚莉!? 何で……何で!」

悔しくて、腹が立って堪《たま》らなかった。また柚莉に起こり得ないことが起こった。意味がわからない。バイト先の看板は撤去させたし、バイトにも向かわせなかった。柚莉が死ぬはずがないのだ。それなのに、今度は通り魔だ。こんなの、どうしようもないではないか。

「あたし……本当に、刺されたの? 何それ……意味、わかんない……」

柚莉は痛みに耐えながら、弱々しく壮琉に微笑みかけた。その瞳からは、生命の光がどんどん薄まっていっていた。

「ま、待ってろ! 今すぐ救急車を呼んでもらうから! 大丈夫、絶対に助かるから!」

壮琉は咄嗟に顔を上げて、周囲を見渡す。周りは騒然としているが、近くにいた男性が救急車を既に手配したと教えてくれた。

柚莉に凶刃《きょうじん》を突き立てた通り魔は、逃げ去ろうとしたところをその場に居合わせた警察官に取り押さえられている。しかし、今の壮琉にとっては犯人のことなどどうでもよかった。

とにかく柚莉だ。こんな意味不明な死に方をされて堪るか。そう思っていたのに——。

「壮琉……？　あたし、さ……あんたに、伝えたい、ことが……あったんだよね」

「いいから喋るな！　絶対に助かるから……こんなことで死なせねーから！　ふざけんなよ、ちくしょう！」

柚莉の手を強く握る。今はただ、救急車が着いて、彼女の命が救われるのを待つしかできない。

「ごめ、ん……あたし、もう、無理、かも。なんか、そんな気が……する」

「黙ってろって言ってんだろ！　お前が諦めんじゃねーよ！」

「怒んないで、よ……あたし、今日、誘ってくれたの、本当に、嬉し、かったんだから」

彼女も手を握り返してくれているはずだが、その力がどんどん弱まっていく。彼女の瞳に涙がどんどんと溜まっていき、壮琉の視界も滲んでいく。

「ちゃんと、今日の夜、言うつもり、だったんだけどなぁ……壮琉、あたしね……？　ずっと、あんたのことが――」

何かを壮琉に伝えようとしたタイミングで、彼女の瞳から生命の光が消えた。ぽとりと彼女の手が、地面に落ちる。

「ゆず、り……？　おい、ふざけんなよ……ッ！　勝手に話すのやめてんじゃねぇよ……なあ、おい！」

壮琉は声を絞り出しながら、幼馴染の手を取る。しかし、彼女の手は、もう一度ぽとりと地面に落ち——もう二度と、動くことはなかった。

言葉にならない壮琉の叫び声が、響き渡った。


「何で、だよ……何でこうなるんだよ！　バイト先から遠ざければよかったんじゃないのかよ！」

時坂神社に辿り着くや否や、壮琉は手に持っていた鞄を石畳に叩きつけた。

映画館近くにいた弥凪が騒ぎを聞き付け、警察やらのごたごたに巻き込まれないうちに壮琉を神社まで連れてきてくれたのだ。

「ふざけんな。ふざけんなよ……クソッ！」

「落ち着いてください、先輩！」

壮琉が八つ当たりで壁を殴ろうとした瞬間、弥凪が後ろから彼を強く抱きしめた。

弥凪の必死の説得と彼女の温かさを感じて、壮琉は徐々に落ち着きを取り戻し、上げていた手をゆっくりと下ろす。

悲しいかな、一度柚莉の死を経験しているからこそ、この状況に正気を保っていられる自分もいた。

「落ち着いてられるかよ……だって、全然前と違うじゃないか。何で柚莉が通り魔なんかにやられなきゃいけないんだよ？　通り魔事件なんかあったか!?　なかっただろ！」

壮琉の反論に、弥凪は力なく頷いて視線を落とした。

そう、繁華街での通り魔事件など、前回の時間軸では起きなかった。弥凪の知る五年前にもなかったに違いない。要するに、壮琉が柚莉を助けようとしたからこそ生じた事象なのだ。

「こんなの、どうしろってんだよ。まるで……まるで、柚莉が世界の意思によって殺されてるみたいじゃないか！」

「世界の意思って……そんなの、有り得るわけないじゃないですか！　いくらなんでも非現実的すぎます！」

「実際に柚莉は非現実的な死に方をしてるじゃねえかよ！　看板の落下に、通り魔……普通はこんなの、絶対に起こらないだろ！」

通り魔や看板の落下は、可能性としては起こり得る事象かもしれない。通り魔犯の動機はわからないが、看板の落下は老朽化によるものだ。いずれは起きていただろう。

だが、そのどちらもが柚莉を殺すものとして働くのは明らかにおかしい。

「それは、確かにそうなんですけど……でも、世界の意思で全てが決まるだなんて、そんなの有り得ないです。だって、因果律《いんがりつ》に反するじゃないですか」

「因果律って……原因と結果の話か？」

「……はい。シンプルに言えば、何かが起きるには必ず理由がある、ということです。世界はこの法則がないと成り立ちません」

弥凪は因果律の説明を続けた。たとえば、ボールを蹴るという原因とボールが飛ぶという結果に於《お》ける関係のように、何かが起こる前にそれを引き起こす要因や事象が存在する。雨が降るから傘を差す、コップを落とすと割れる、なども同じように因果律から成り立っていると考えられるだろう。これらは原因があれば結果として何かが起こる、と予測できるものだ。

世界の意思で全てが決まっているとすると、結果が先に決まっていて原因が存在することになる。傘を差すから雨が降る、コップが割れるからコップを落とす、といった具合に因果が逆転してしまうのだ。傘を差すから雨が降る、など有り得ない。これを根拠に、彼女は世界の意思も有り得ないと言っているのである。

「……確かにな。因果律についてはわかったよ。でも、原因が違うのに、同じ結果になるってのは意味がわからない。世界の意思で結果が決まるのは因果律的におかしいってお前は言うけど、だとすればこの状況は明らかに因果が歪んでるだろ」

そう。看板落下による事故と、通り魔刺殺事件……どちらも原因は違うのに、同じ時刻に柚莉が死ぬという結果が起きた。老朽化したビルの看板と通り魔に関連性や接点はない。これは間違いないだろう。

それに、壮琉と弥凪は別々の時間軸から今この時間軸に来ているが、そのどちらの世界でも繁華街での通り魔事件はなかった。通り魔事件は壮琉が柚莉にバイトを休ませ、喫茶〝クローネ〟が入っているビルから遠ざけたことで起きたとしか思えない。

そうであれば、柚莉の死は世界に運命として定められていて、柚莉の死という結果を齎《もたら》すために原因も歪められていることになってしまう。

「ううん……柚莉さんが死ぬ原因については、もっと大きな枠組みで因果律を考えた方がいいのかもしれませんね」

弥凪は顎に手を当てて暫く考え、そう言った。

「もっと大きな枠組みで因果律を考える……？　俺には難しいな。悪いけど、もうちょっとわかりやすい言葉で頼む」

柚莉の一件があった直後にこの小難しい話なので、頭が全然ついてこない。

弥凪はもともと頭がいい上に、別の時間軸で五年間もタイムリープの伝承について調べている。もととなる頭脳もさることながら、タイムリープに関する知識量も壮琉とは比べ物にならないだろう。壮琉の地頭だけで彼女の話についていくのは無理があった。弥凪は「あっ……すみません」と一言謝ってから、壮琉にもわかるように詳しく説明してくれた。

「つまり……大きな範囲から物事を見て、ひとつのことがどのように他のたくさんのことに影響を与えるかを考える、ということです。たとえば、友達とのひとつの小さな喧嘩がクラス全体の雰囲気にどう影響を与えていくか、と考えるとわかりやすいかもしれません」

彼女は続けてクラスメイトとの喧嘩をたとえに出し、さらに噛み砕いて解説していった。

たとえば、Aくんが同じクラスの友達Bくんとの間で、取るに足らない些細《ささい》な喧嘩をしたとする。最初はAくんとBくんのふたりだけの問題のように思えるかもしれないが、この小さな喧嘩が大きな影響を及ぼすことがある、というのである。

まず、喧嘩をしたことで、AくんとBくんの機嫌が悪くなる。その不快感や不機嫌さは、他の友達に伝わるかもしれない。友達と喧嘩の話をしているうちに、他の人達もイライラしたり、心配したりするようになるだろう。

そうなると、クラス内でグループの分裂が起きる。この喧嘩が原因で、クラスの中にAくんを味方するグループとBくんを味方するグループにそれぞれ分かれてしまうのだ。これによって、クラス全体の雰囲気が悪くなり、以前よりも不和が生じる可能性も格段に上がる。

そして、そういったクラス全体の雰囲気の悪化は、共同活動に影響が出る。文化祭や体育祭など、クラスで一丸となって活動する行事では、おそらく上手くいかないだろう。誰も楽しくないギスギスした行事になってしまって、その行事の失敗が原因で、今度は別のCくんとDくんの間で喧嘩が勃発。もっと大きな傷害事件に結びついてしまった……といった感じだ。

Cくんと Dくんの間で起きた傷害事件については、行事が上手くいかなかったことが発端で生じた、というのが表面的な原因だ。しかし、その根本的な原因を紐解いていけば、最初のAくんとBくんの些細な喧嘩に行き着く、ということである。

「わかりやすく説明するためにシンプルな問題を例に挙げましたけど……実際はもっと原因と結果が離れていたり、複雑に絡み合っていたりする可能性だってあります」

「なるほど。今回の件で言うと、全然関係がないように見えることが原因で柚莉の死という結果が生じていた、ということか」

「はい。たとえば、柚莉さんが喫茶店でバイトを始めたり、先輩が球技大会にちゃんと取り組まなかったりしたとか、そういった些細なことが原因となって、柚莉さんの死という結果に結びついていた……そう考えれば、因果は歪んでいません」

確かに、それだと因果律は機能していることになるし、世界の意思でもないと言える。先程のクラスメイトの例で言うと、CくんとDくんの間で起きた傷害事件をタイムリープによって解消しようとする場合、行事を成功させても意味はない、ということだ。傷害事件を起こさないためには、クラスのグループが分裂してしまう前に、Aくんと B くんの些細な喧嘩を解消しなければならないのである。

「つまり……柚莉が死ぬ原因が、何かしらあるって考えた方がいいってことか」

「そうです。正確に言うと、柚莉さんの死を引き起こすトリガーとなっている要因がどこかにあるんだと思います。今回の一件で明らかになったのは、そのトリガーがバイト先や看板ではなかった、ということです」

ようやく、弥凪の言っていることがわかってきた。

前の時間軸では、バイト先の看板落下で柚莉は死んだ。タイムリープする前の弥凪の時間軸でも同じ要因で柚莉が死んでいたということから、バイトにさえ行かなければ柚莉は死なないと思っていた。しかし、今回は別の要因で柚莉が死んでしまった。それは、もっと別のところで柚莉の死を引き起こすトリガーがあったからだ。

「逆に言えば、そのトリガーさえ取り除くことができれば……」

「柚莉さんは死にません」

弥凪は壮琉を見据え、断言した。

普通ならば、できない会話。覆水《ふくすい》は盆に返らないのだから。しかし――壮琉達は違う。天泣彗星が流れる今夜ならば、何度でも時を遡れる。時間跳躍によってその原因を取り除けば、柚莉が死なないという結果を生めるのだ。ただし、同時にその原因を想像できないという問題点も存在する。

「まずは原因の特定が先か。タイムリープができるとしても、こうも当てがないときついな」

「正直、かなり難しいと思います……それに、もし特定できたとしても、それが私達ではどうにもできない事象である可能性もありますから」

弥凪がしょんぼりと肩を落とす。その言葉が引っ掛かり、壮琉は尋ねた。

「どうにもできない事象って何だよ？」

「私達が絶対に干渉できないことです。『風が吹けば桶屋が儲かる』じゃないですけど、天候とか戦争とか……私達の力じゃ干渉できないことがトリガーとなっていた場合は、どうにもできません」

「またバタフライエフェクトの話かよ」

壮琉は舌打ちをして、小さく息を吐く。

確かに弥凪の言う通り、桶屋を儲けさせないために風を止める、というのは不可能だ。どこでどんな風が吹くかなど、わかるわけがないのだから。

「それだけじゃありません。時間的な制限もあります」

「時間的な制限？」

「はい。たとえば、そのトリガーが私達が物心つく前であったり、生まれる前の出来事であったりしても難しいです」

確かにその通りだ。壮琉が生まれる前では、そもそもタイムリープができない。あくまでも壮琉が自我を持っていて、かつ生まれてからの出来事がトリガーとなっていないと、柚莉の死という結果は改変できないのだ。

「その場合は諦めるしかないってことかよ……！」

「あくまでもその場合は、です。でも、私はたぶん……そうじゃないと思ってます」

言葉を選ぶその様子や声のトーンから、弥凪が自分の直感や推測にかなりの自信を持っていることが伝わってくる。それでも、その瞳の奥に細かな迷いが見て取れるところから鑑みるに、その意見に確信を持っているわけでもなさそうだ。

「……その根拠は？」

「七月十四日、です」

壮琉が予想もしていなかった言葉が出てきた。

「七月十四日？　何で？」

「その日の午後、ほぼ同じ時刻に別々の未来から私と先輩がタイムリープしてきて、それから一週間後の今日、天泣彗星の直前に柚莉さんが亡くなります。私には、これがただの偶然だとは思えないんです」

「この一週間の間に、そのトリガーがある、と……？」

壮琉の言葉に、弥凪が頷く。その考えに確信が持てない、というのもわかる気がした。偶然タイムリープして辿り着く場所が七月十四日の午後だという可能性もあるからだ。だが、そんな偶然そうそう起こり得ない、とも同時に思える。試してみる価値はありそうだ。

「でも、さっきも言いましたが、それを見つけるのは並大抵ではありません。ですから、先輩はもう——」

「ふざけるなよ」

タイムリープしないでください、と言うつもりだったのが見え見えだったので、壮琉は敢えて言葉を遮った。

「このまま何もせず、お前にあそこの崖から身投げさせて、過去を変えるのに期待して待ってろとでも言いたいのかよ？　そんなの、俺が納得するわけないだろ」

「でも、何度もタイムリープしてたら先輩が壊れちゃいます！　絶対に……こんなの、普通の精神じゃいられませんから」

弥凪の言い分もわからないでもない。確信もないのに、崖から跳んで死に戻りみたいなことをしないといけない。それだけでも十分大変なのに、そこから先で当てもなく柚莉の死のトリガーとなる事象を探さなければならず、それに失敗すれば彼女の死を見せつけられる。想像しただけでも、並大抵の苦痛ではないことは明らかだ。

「それでも……何度でも挑んでやるさ。何度でもこっから跳んでやる。こんなふざけた未来があっていいはずがないんだからな。そうだろ?」

弥凪を睨み付けるようにして言うと、彼女にもその決意が伝わったのか、諦めたような笑みを浮かべた。

「……わかりました。過去に戻ったら、私に事情を説明してください。いつの私も、先輩の味方ですから」

「ああ。頼りにしてる」

壮琉は力強く頷いてみせた。

きっと、今回も弥凪がいなかったら立ち直れなかった。彼女が希望を齎してくれなければ、今回の失敗で心が折れていたかもしれない。

いつの時代でも、弥凪は支えてくれる。そう確信できるからこそ、何度でも挑戦しようと思えるのだ。

程なくして、空に彗星が流れ始めた。旅立ちの時間だ。

こうして、壮琉は再び時空の旅へと跳び立ったのだった——。

3

タイムリープによる過去改変は、それから何度やっても上手くいかなかった。

戻る時刻と場所はいつも同じ。七月十四日の昼過ぎ、弥凪が事故に遭うほんの少し前。同じく、柚莉が死ぬ時刻も同じで、七月二十一日の午後十七時半前。

タイムリープを繰り返すうち、壮琉の行動パターンは決まってきた。過去に戻れば、まずは時坂神社の石碑の前へ行き、弥凪が事故に遭う予知夢を見てから彼女を救う。壮琉の置かれている状況とともに因果律の説明を弥凪にして、柚莉の死の原因となると思われる事象を一緒に探してもらうように協力を願い出る。毎回毎回——と言っても弥凪にとっては初めてなのだが——彼女は献身的に協力してくれた。

柚莉の死という結果を変えるため、色々と工夫して行動パターンを変えてみた。弥凪を助けて事情と理由を説明し、そこから一切弥凪と会話を交わさなかった時もあれば、弥凪を柚莉に紹介して三人で過ごしてみた時もあった。はたまた柚莉を徹底的に無視してみた時もあったし、彼女を説得して時坂町を離れてみたこともある。因果を変えるべく、手を替え品を替え、思いつく限りの方法で七月二十一日を迎える状況を変えてみた。

しかし、柚莉は尽《ことごと》く毎回死んだ。七月二十一日の午後十七時半前、同じ時刻に色々な死を迎えたのだ。

何度も何度も心が折れかけた。一口にタイムリープと言っても、ただ念じればできるわけではない。毎度、神社の崖口から石碑に向かって飛び込まないといけないのだ。途中からはそれにも慣れてしまっていたが、それでも自分の命を捨てる行為に何も思わなかったわけではない。むしろ、気が緩んだ拍子にタイムリープに失敗しないかと逆に不安になったものである。そんな壮琉をいつも支えてくれたのは、弥凪だった。

『大丈夫です、次こそ大丈夫ですから』

『いつ戻っても、何度戻っても、私は先輩の味方です。安心してください』

そう言って柚莉の死に絶望する壮琉を立ち直らせてくれたからこそ、時間跳躍の旅を続けられた。

しかし、それでも願いは叶わない。叶うどころか、柚莉の死の因果関係の特定など不可能に思えた。

というのも、柚莉が死ぬ要因は毎回バラバラだったのだ。看板の落下事故に始まり、通り魔事件、重機事故と交通事故、階段からの落下事故、強盗事件、電車の人身事故……こちらが色々と打つ手を変えても、こちらの行動に合わせた死に方を柚莉が選んでいるようにも思えた。壮琉と弥凪の努力を嘲笑《あざわら》うかのようにして、世界は何度も何度も柚莉を殺した。いっそのこと閉じ込めてしまえ、と柚莉に睡眠薬を飲ませて壮琉の部屋に監禁したことさえあった。だが、二十一日のいつもの時刻、突然苦しみ始めたかと思えば、急な心臓《しんぞう》発作で死んだ。

正直なところ、もうお手上げだった。弥凪は因果律の観点から世界が柚莉を殺そうとしている説を否定したが、こうもこちらの行動に沿った死に方をされたならば、世界の意思を否定できなかった。タイムリープをして歪ませた事象を修正するかのように、世界が柚莉を殺しているように感じられたのだ。

タイムリープでは、過去は変えられないのではないか——？　一瞬、そう諦めてしまいそうになった。しかし、実際に過去には戻れている。そうであるならば、タイムリープで過去を変えることだって可能なはずだ。

それを実現させるのが、弥凪の言っていた因果律。即ち、柚莉の死を引き起こすトリガーを探すことに他ならない。

曰く、その原因は必ずしも直接的なものである必要はないとのことだ。というより、柚莉の死に方は毎回バラバラで、統一性がなかった。要するに、柚莉の死因はトリガーとは無関係であることが証明されている。他の別の何か、もしかすると柚莉には全く関係ないことがトリガーになっている可能性があるのだ。ということは、『風が吹けば桶屋が儲かる』の風を探し、その風が吹かないようにしなければならない。それが壮琉達の手の届かないものであるなら諦めなければならないが、それを判断するのはトリガーが何かを解明してからだ。

それがわかるまで何度だって跳んでやる……そう、壮琉は決意していた。

だが、繰り返すうちに壮琉の内面にも変化が出てきた。もちろん、柚莉を救いたいという気持ちは変わっていないが、心が麻痺してきてしまっていた。柚莉の死を見ても、動じなくなったのだ。今まであれだけ辛くて、あれだけ悲しくて切なくて、理不尽な世界に怒りを燃やしていたのに、何も感じなくなっていた。それはまるで、ゲームでクリアできないステージに遭遇した時のような感覚。またダメだった、じゃあもう一回セーブポイントからやり直しだ。そんな感覚でタイムリープを繰り返すようになっていた。

タイムリープだけではない。弥凪の助け方だってそうだ。これくらいの速度で歩けば間に合う、このタイミングで声を掛けて腕を引っ張れば助けられる、など全てがゲームでリアルタイムアタックモードに挑んでいるかのような感覚になっていた。だが、それでも繰り返しているうちに光明が差すのではないかと思い、壮琉はタイムリープを繰り返していた。もう、繰り返している間にいつか答えが見つかればいいやというような感覚だった。

しかし——遂《つい》に、それももしかしたら難しいのではないか、と思わせる事象が壮琉の身に生じ始めた。タイムリープを繰り返すにつれて、毎晩夢を見るようになったのだ。

ただの夢ならば問題がない。しかし、これまでのタイムリープをしてきた記憶が、夢となって壮琉の脳内で再生されるようになったのだ。一番最初の予知夢——即ち、弥凪が無惨な死を迎える夢に始まり、柚莉が看板に押し潰されて死ぬ夢、通り魔に刺されて死ぬ夢、或いは事故死する夢など、これまでの柚莉の死に方を思い出させるように、眠る度に見せられる。それと同時に、頭が割れるかと思うような頭痛とともに目覚めるようになった。

その痛みは回を重ねるごとに増しており、ずっとこれに耐えられるのかと不安になってくる程だった。

夢は脳が記憶を整理するためのものだと言われる。その記憶を整理する脳のシステムに弊害が出てきているのではないだろうか。

壮琉は既に、七月十四日の昼過ぎから七月二十一日の彗星が流れるまでの一週間を、何度も何度も繰り返している。タイムリープする度に新しい一週間の記憶をこの脳に刻み、そしてその蓄積した記憶を、七月十四日の昼過ぎの過去の自分の脳に上書きしていることになる。七月十四日の壮琉の脳はいきなり膨大に膨れ上がった記憶を整理するために、夢を見て必死に整理をしようと試みているのだろう。

今はまだ、夢を見ることで整理ができる記憶量であるが……これが、その容量を越えたらどうなるのだろうか？　そして、この激しい頭痛はその容量の限界がそろそろ訪れようとしている証拠なのではないだろうか？　そう思えてならなかった。

タイムリープそのものはきっと、何度でもできるのだと思う。それは壮琉自身が証明していた。

だが、転移先の脳または魂の容量的なものがそれを許さない可能性があるのかもしれない。というか、肌感覚でその限界を感じていた。

弥凪に対しても、タイムリープをした回数を隠すようになった。もしかすると、彼女はその回数制限のような知識もあるかもしれない。もしその回数に限りがあって、壮琉がその限界に差し掛かろうとしていれば、彼女の性格ならば間違いなくタイムリープを阻止するはずだ。

弥凪がどれだけ壮琉を大切に想ってくれているのかは、タイムリープの度に実感している。彼女からすれば二度目の七月十四日から七月二十一日を繰り返しているに過ぎないのだが、毎回毎回、彼女は違う形で壮琉をサポートしてくれていた。時には意図的に柚莉から憎まれる役になってくれたことまである。それらは全て、五年後の未来の壮琉の死を回避するためである。

そんな彼女が、壮琉が壊れつつあることを知ったら、大人しくしているはずがない。

もしかすると、壮琉をどこかに監禁して、二十一日にタイムリープできないようにされてしまう可能性さえあった。それだけは避けたい。

だが、そこでふと疑問に思うことがある。

弥凪もこういった夢を見ているのだろうか？

彼女は一度しかタイムリープをしていない。しかし、五年分の記憶を現在の彼女にぶち込んだことになるので、記憶の分量だけで言うなら、脳ないし魂への負担は大きいはずだ。一方で、この負担がタイムリープを重ねるごとに増大するとするならば、一度しかタイムリープしていない彼女には影響が比較的小さいとも考えられる。

思い返してみても、弥凪が体調不良を訴えているのは見たところがないし、何度も絶望していない分、精神的な負担も少ないのかもしれない。

実際に、壮琉もタイムリープをした最初の数回はこういった夢を見なかった。せいぜい、最初の事故現場に関する予知夢くらいだ。

とすると、この夢現象はタイムリープの回数によって生じるのかもしれない――そんなことをぼんやりと考えていた時である。壮琉の耳に、聞き覚えのある声が聞こえてきた。

「――輩！　先輩！」

弥凪の声だった。はっとして顔を上げると、彼女が心配そうにこちらを覗き込んでいた。

「先輩、大丈夫ですか？」

「あっ、えっと……どうした？」

「いえ、声を掛けてもぼーっとしていましたから……心配になってしまって」

「ああ、うん。ごめん。大丈夫」

ふと、あたりを見回す。夕方の時坂神社は風通しがよく、いつもの如《ごと》く誰もいなかった。あともう一時間もすれば、灯篭に明かりが灯されるだろう。

手元のスマートフォンをちらりと見て、日付を確認する。スマートフォンのデジタルカレンダーは七月十八日と表示されていた。

あー、そっか。二十一日に、どうやって柚莉を誘い出そうかっていう相談を弥凪としている最中だったっけ。

カフェで作戦会議をしていると、つい周囲の耳が気になってしまうので、内密な話は基本的に人がいない時坂神社でするようになっていたのだ。

もうこうして弥凪と作戦会議を行うのも何回目かわからない。どの弥凪とどの相談をしたのかもいまいち覚えていなかった。同じ時間を繰り返しすぎて、どんどん自分の記憶力が危うくなってきている気がする。

「何だか最近夢をよく見てて、眠りが浅くてさ。あんまり気にしないでくれ」

「……夢？」

夢という単語に、弥凪がぴくりと反応した。かと思えば、「先輩！」といきなり身を乗り出して、大声を出した。

「うぉッ!? なんだ、どうした!?」

「何度目ですか!?」

「何度目って、何がだよ……？」

「先輩は何回跳んでるんですか!?」

鬼気迫る眼差しで、彼女はじっと壮琉の瞳を見据えていた。

その質問が意味するところはもちろんわかる。タイムリープの回数だ。今回の時間軸では何回目って言ったんだっけ、と一瞬だけ考えて、五回目と伝えていたことを思い出す。

「前も言っただろ。これが五回目だって――」

「嘘、ですよね……？」

弥凪はそう質問したが、既に答えをわかっているかのように、諦めた様子でベンチに腰を下ろした。

「ずっと変だと思ってたんです。タイムリープしてきたはずなのに、やり直せるはずなのに、全然希望を持ってなくて……ずっと、絶望してて」

そう話す弥凪の声は、やけに冷たくて。普段より小さい声のはずなのに、こちらの耳によく届いていた。それはきっと、彼女の思考が真実に迫っているからだ。

「バカ、俺はもともとそういう性格なんだって。だからそんな気にしなくても――」

「先輩」

壮琉の言い訳を遮って、彼女はその大きな瞳で突き刺すようにこちらを見つめた。

「誤魔化さないでください。私、これから五年間の先輩も知ってるんですよ？　柚莉さんが亡くなった後の先輩をずっと見てきたんです。でも……でもッ！　そんな顔をしてる先輩は、見たことがなくて……ッ」

じわりと涙を溜めて、弥凪は顔を伏せた。

ああ、やっぱり誤魔化せないか――そんな諦めにも似た気持ちを抱きつつも、壮琉は苦い笑みを浮かべて、何とか誤魔化せないかと足掻いた。

「そ、そんな顔って。一体どんな顔だよ。俺はいつもこんな顔だし――」

「……やっぱり自覚なかったんですね。一度、自分の顔を見てみてください」

諦観にも似た溜め息を吐きつつ、彼女は鞄の中から手鏡を取り出して、壮琉に手渡した。

鏡の中に映る自分を見て、思わず「あっ」と声を上げた。自分の顔が信じられない程青白く、覇気《はき》のない死人のように映っていたのだ。こんな顔、壮琉自身も初めて見る。

「教えてください、先輩。どんな夢を見てるんですか？」

嘘は許さない、と言いたげな眼差しで、弥凪は壮琉をじっと見つめた。その瞳から逃れるように、自然と視線は境内へと移る。

こうまで言われては、さすがに言い逃れできない。これ以上言い訳をしても、彼女を怒らせるだけだろう。この状況下で、彼女と険悪になることだけは避けたかった。

「……タイムリープしてからの夢を、ずっと見てる。柚莉が死ぬ夢を何度も見せられてるんだ。記憶を整理するみたいに、さ」

「やっぱり……」

「やっぱり？」

思ってもいなかった単語が出てきて、思わず顔を上げた。

「実は、私もなんです」

彼女は小さく溜め息を吐いて、力なく笑った。

「えっ？　お前も夢を？」

「はい。それも、タイムリープをした夢じゃなくて……こうやって何度も相談して、でも柚莉さんを救えなくて、その度に先輩は絶望してて。そんな夢を、連日何度も見せられていました。最初は、私が不安だからそんな夢を見てるだけだって思ってたんですけど……疲れてる先輩を見てると、そうも思えなくて」

いつ切り出そうかと悩んでました、と弥凪は付け加えた。

「そん、な……」

自らの予測とは異なるその言葉に、壮琉の声が震えた。

そんなはずがない、と思った。何度もタイムリープをしているのは壮琉だけで、彼女は最初の一度だけのはずだ。失敗している他の時間軸のことを、彼女が知れるはずがない。

「何でだよ！　何でッ……俺しかタイムリープしてないのに、何でお前も夢を見てるんだよ！」

「わからないです！　私が先輩と同じ時間跳躍者だからかもしれません。ただ、ひとつだけ気になった文献があったことを思い出して」

「文献？」

「はい。何度もタイムリープをしたけど、結局過去改変に失敗して諦めた人の手記、みたいなものもあったことを思い出したんです」

曰く、その手記には何度もタイムリープに挑んだ経緯が書いてあったそうだ。時間跳躍を繰り返すうちに、他の時間軸の悪夢を毎晩見ては眠れなくなり、次第に精神が擦り減っていったこと。それから頭痛が酷くなっていって、このままだと自分が壊れる気がするから過去改変を諦めた、という旨が記載されていたらしい。

「先輩、その人と同じ状況になってませんか……？」

弥凪は上目遣いで、恐る恐る訊いてきた。

それに関しては、何も言い返せない。まさしく今の壮琉の状態そのものだった。だが、ひとつだけ異なることがあったのを思い出す。

「で、でも……俺にはあれがタイムリープをした時の夢だけだとも思えないんだ」

「どうしてですか？」

「俺の記憶に存在しない夢がある」

「存在しない夢……？」

弥凪が不思議そうに首を傾げた。

彼女の話だと、夢を見るのはこれまで移動した別の時間軸の夢でなければならない。

だが、壮琉は一度も自分が経験したことがない夢をひとつだけ見ているのだ。

「弥凪が死ぬ夢だよ」

「えっ……？」

壮琉の言葉に、弥凪が大きく目を見開いた。

「あの最初の事故で、お前を助けられなくて死ぬ夢も見る。これは寝てる時だけじゃない。タイムリープして、石碑の前に行ったら必ず予知夢みたいにそれを見てたんだ。

でも、それは起こってないはずのことだろ？　じゃあ、タイムリープをした夢を見てるという説はおかしい」

「私が……死ぬ、夢を見るんですか？」

「うん？　ああ」

壮琉が頷くと、そこで弥凪は何かに気付いたようにはっと顔を上げて、境内の中にある大きな石碑を見た。

「時の輪を紡ぎ直す者は、身の一部を神に捧げるべし……」

その石碑に刻まれている言葉を暗唱すると、弥凪はこれ以上ないというくらいの大きな溜め息を吐いて、顔を伏せた。

「弥凪、どうした？」

「先輩……私、わかったかもしれません」

壮琉が声を掛けると、彼女は顔を上げ、断言するようにして言った。

「わかったって……？」

「柚莉さんの死を引き起こすトリガー、延《ひ》いては柚莉さんを助ける方法もです」

「……!?　マジで!?　じゃあ、助けられるのか!?」

壮琉の質問に、弥凪は気まずそうに首を横に振った。

「今回は、やっぱり助けられないと思います」

「今回は？」

「もう、その原因となるものは既に生じてしまっていますから。今回は助けられません」

　今回は助けられない……それは即ち、次回なら助けられる、ということだ。壮琉の予想を肯定するとともに、彼女は驚くべきことを言ったのだった。

「先輩。次は私も一緒に戻ります」

「お前もって……そんなことが可能なのか？」

「たぶん、可能だと思います。私も先輩と一緒に跳ぶことになりますが」

　壮琉の質問に、弥凪は自信なげに答えた。

　一緒に戻る……即ち、彗星が流れたタイミングで、同時に跳ぶということだ。確かに、その発想は今までになかった。弥凪に跳ばせる選択肢自体が、壮琉には存在しなかったのだ。弥凪は続けた。

「柚莉さんが死ぬのは、先輩が私を助けるからだと思います。たぶん、これが柚莉さんの死の原因です」

「俺が弥凪を助けたこと？　何でそれが原因って言い切れるんだよ？」

　考えもしなかったその可能性に、壮琉は素直に驚いたと同時に疑問にも感じた。

　これまで二十回近くタイムリープしているが、壮琉はもちろん、弥凪も一度もその可能性を考えなかった。それなのに、何故今回に限ってそのように思い至ったのか、違和感を覚えざるを得ない。だが、弥凪はバツの悪そうな顔をして、申し訳なさそうに首を横に振った。

「すみません、それはちょっと……言えません。言ったら、また変わってしまうかもしれませんから。終わったら全てお教えする、ということで構いませんか？」

「いや、待てよ。そんなこと言っても、あの状況下だと俺の助けがないとお前が事故に遭うだろ」

そうなのだ。弥凪は壮琉がいないと事故に遭ってしまう。だからこそ、毎回壮琉は過去に戻るなり一直線に事故が起こる場所まで向かったのだ。

「そのための同時タイムリープです」

弥凪は得意げな笑みを浮かべると、続けて理由を解説した。

「五年後から今年の七月十四日にタイムリープしてきた私は、自分がどのタイミングに戻ったのか、状況把握すらできていませんでした。車の音でようやく自分の状況に気付く形になったので……あれで車を避けろというのは、ちょっと無理があります」

「だろうな、無理だと思う」

弥凪が未来からタイムリープしてきたであろう瞬間も壮琉は知っている。あそこから自分の状況を把握して対応することはなかなかできない。だからこそ、毎回壮琉が手を引いて車が突っ込んでくる軌道から彼女を外していたのだ。

「でも、今の記憶を持って跳べば、話は別です。自分がいつ戻るかがわかっていれば、すぐに対処して自分で自分の身を守れますから。先輩はいつも同じ時間に戻ってたんですよね？」

弥凪の問いに、壮琉は頷く。戻る時刻は何度タイムリープしても同じだった。一寸の狂いもない程に。

「それなら、きっと私も同じタイミングに戻るはずです。戻ってすぐに車を避ければ、何とかなると思います」

「ちょっと待ってくれ」

饒舌に話す弥凪に、待ったを掛ける。彼女の言い分も理解できるが、危険が大きい。また、他にもうひとつ気掛かりな疑問があった。

「仮にそれが可能だったとして……どうしてこれまでのお前は一度も一緒にタイムリープをしようとしなかったんだ？　そんな案、初耳だぞ」

これが壮琉の気掛かりな点だった。これまで二十回近くタイムリープを繰り返しているが、今までの弥凪は一度もその提案をしなかった。そんな提案をいきなり持ち出してきたことに、疑問を覚えたのだ。

その質問が来ることも予想していたのか、弥凪は逆に質問してきた。

「先輩、親殺しのタイムパラドックスって知ってますか？」

「ああ、まあな」

何度もタイムリープをしている間に、時間跳躍の用語についてもある程度詳しくなった。というより、弥凪と何度も時間移動について話している間に詳しくなった、というのが正しいのだけれど。

親殺しのパラドックスとは、タイムトラベルに関する有名な考え方のひとつだ。具体的には、もし過去に戻って自分の親を殺してしまったら、自分は生まれることができなくなるのではないか、というジレンマを指す。簡単に言うと、もし壮琉がタイムマシンで過去に戻り、若い頃の両親を殺してしまった場合、壮琉自体が生まれることがなくなる。しかし、壮琉が生まれていないのであれば、過去に戻って親を殺すこともできない。このように、タイムトラベルによって論理的に矛盾する状況が生じるのが親殺しのパラドックスだ。

「それがどう関係するんだ？　タイムリープはあくまでも魂か、それに準ずる記憶だけしか過去に戻せない。物理的に、親殺しのパラドックスは生じないはずだ」

「はい、物理的なパラドックスは生じないと思います。今回で言うと、正確には親殺しのパラドックスとは少し異なるんですけど……それと似たような状況が起こる可能性があるんです。別の時間軸の私がこれまでこの提案をしなかったのは、その可能性を視野に入れていたからだと思います」

「うん……？　親殺しのパラドックスと似た状況？」

　壮琉は首を傾げた。記憶だけしか戻れないタイムリープでそんな状況が起こり得るのだろうか。

「私が自力で助かってしまうと、私と先輩があのタイミングで出会わないんです。先輩と出会わないと、先輩と付き合う私もいなくなって、こうして過去に戻ってくる私もいなくなってしまいます」

「あっ……そういうことか」

　そこでようやく、弥凪が言いたかったことに理解が及ぶ。

　事故から助けてふたりが出会った事実がないと、五年後からタイムリープしてきた弥凪が存在しなくなってしまう。そうなると、今こうして弥凪と話しているこの状況さえなくなってしまうのだ。そこで親殺しのパラドックスと似たような状況が生じるのではないか、と弥凪は考えているのだろう。そのパラドックスを生じさせないためには、壮琉に事故から助けられるという事実を引き起こす必要がある。だからこそ、これまでの彼女はその提案をしてこなかった。自分が助けられる必要があることを、彼女は知っていたからだ。弥凪は言った。

「でも、私と先輩が同時にタイムリープをすれば、必ずしもその事実は必要ではありません」

「どうしてだよ？」

「今この瞬間の記憶も共有できるから、ですよ。私達がこういう結託をした、という記憶を過去に持っていけるんです。事故を未然に防いだ後に私達が出会えば問題ないじゃないですか」

「なるほどな」

思わず、弥凪の頭のよさに唸ってしまった。何で何回もタイムリープを繰り返しているくせに、壮琉はその可能性に思い至らなかったのだろうか。

弥凪が言いたいのは、つまりはこういうことである。お互いが今この瞬間の記憶を持っていれば、ふたりは出会う必要性があることを知っている。そこで、弥凪が自力で事故から逃れたとしても、今の記憶を持つ壮琉と弥凪が合流すれば、ふたりが知り合う状況を作れる、ということである。

壮琉が弥凪を助けたという事実が柚莉の死を引き起こす原因と考えたならば、この作戦は非常に有効だった。壮琉が弥凪を助けなければ、柚莉の死という結果も回避できる。そして、その後に壮琉と弥凪がどこかで落ち合えば、壮琉と弥凪が出会ったという事実も作れる。即ち、五年後の記憶を持つ弥凪の存在もなくならない、ということだ。

「凄い考え方だな……因果律を逆手に取るのか。まさしく、世界を騙《だま》して手に入れる明日ってところか。でも、何で俺が弥凪を助けたのが柚莉の死と関係あると思ったんだ？」

「先輩からこれまでのタイムリープの話を聞いていると、タイムリープしてからの行動は基本的にばらばらでしたが、必ず柚莉さんの死に帰結します。でも、柚莉さんが死ぬこと以外にも必ず先輩がしてることがあると気付いたんです」

「……弥凪の救助、か」

壮琉の言葉に、弥凪が頷く。確かに、壮琉はタイムリープ後に必ず弥凪を助けていた。それは考えてやっていた行動ではない。未来から来た自分の唯一の理解者であり、協力者である弥凪の存在が柚莉の救出にも必要不可欠だと思ったからだ。それに、自分が助けなければ死ぬとわかっているのに、助けない選択肢などない。

「というのが、私の作戦です。如何ですか？」

「ああ。文句ないよ。お前にあそこの崖から跳ばせるのは嫌だけど、それしか方法がないなら仕方ない」

こうは言ったものの、本音を言えば、弥凪の作戦に関して全面的に納得していたわけではなかった。あの状況下で弥凪が自力で事故から逃れられるのか定かではないし、本当にそれで柚莉が救えるのかもわからない。それに、そうした弥凪の行動の変化が未来にどう影響を与えるのかについても予測不可能だ。不安要素は、かなりある。

だが、それでも挑む価値はあった。というより、他に何か有効な手立てがあるとはもう思えなくなっていた。二〇回近く同じ時間を繰り返した中で、壮琉が思いつくことは殆どやった。しかし、そのどれもが上手く運ばなかった。それに加えて、タイムリープを繰り返してきた反動が身体にも出てきている。あと何度過去に戻れるのか、もうわからない。それならば、新しい可能性に懸けてみたかった。

「それで、俺達はどこで出会えばいい？」

「そうですね……落ち合う場所は、駅前の時計台とかどうでしょうか？　事故から逃れた後に私も向かいますから、時計台で偶然出会いましょう」

弥凪は悪戯っぽい笑みを浮かべ、得意げな様子で言った。

時坂神社から駅は少し離れている。どうしてそんな場所を指定するのかとも思ったが、離れていれば確実に壮琉が弥凪の事故を防ぐ、というシチュエーションを回避できるからだろうか。

「それにしても……本当に凄いな。さすがはルチア女子志望だった女。頭の出来が俺なんかとじゃ違う」

「やめてください。ルチアは未受験で落ちたんですから」

茶化してみせると、弥凪は頬を膨らませて怒った顔を作った。それも一瞬で、すぐに笑みを零していた。

ずっと張りつめていた空気が、緩んだ瞬間でもあった。

「ルチアの制服って、白セーラーですっごく可愛いんですよ。着てみたかったなぁ」

何かを懐かしむかのような笑みだった。きっと、ルチア女子の制服に憧れていた時期が彼女にもあったのだろう。

そういえば、ルチア女子の制服は如何にも有名私立の女子高という感じで、可愛いと評判だった。白セーラー自体珍しいので、駅でもルチアの生徒がいればすぐにわかる。

「弥凪ならよく似合ってたんだろうな。そんで、放課後になったら校門前には他校の男子生徒が弥凪を一目見たさに群がってたりしてさ」

「もちろん、先輩もその中にいるんですよね？」

「え、俺？　俺は出待ちとかするキャラじゃないしなぁ」

「……怒りますよ？」

お互いに冗談を言い合って、自然と笑い合っていた。

初めて時の牢獄に光明が見えたからか、壮琉も随分と気持ち的に明るくなった。死んだような真っ青だった顔も自然と血色を取り戻していて、いつも通りの自分に戻っていたように思う。

本当に、いつも弥凪がいるから頑張れた。今回、いや、次回は彼女にも頑張ってもらわないといけないが、それでこの地獄の日々ともお別れだ。新しい世界が、ふたりを待っている。

どうしてこれまでの弥凪が一度もこの提案をしなかったのか等、多少の違和感も残っていた。だが、今までにない流れができたし、タイムリープを用いて因果律を逆手に取るかのようなこの作戦に、興奮も覚えた。今までいいようにやられてきた仕返しをする気分だ。きっとこれなら大丈夫。そう思えた。

それから、壮琉達は特に変わったことをせず、何事もなく二十一日を迎えた。それは即ち、柚莉の死に対して一切の策を講じないことを意味していた。

学校から一度家に帰って、柚莉がバイトに出るタイミングで家を出て、玄関前で彼女と鉢合わせる。それから一緒にバイト先まで行くと……一度目の記憶と同様に、彼女は看板の下敷きになって死んでしまった。案の定、事故の時刻も前回と同じだった。弥凪からは、行かない方がいいと言われていた。見ても心に傷を負うだけだ、と。正直、もう何度も柚莉が死ぬところを見ているが、見なくて済むならもう見たくはなかった。だが、それでも壮琉は今回の死を見届けなければならないと思っていた。というのも、今回の壮琉は、何の対策も講じていない。因果律的に助けられないことを既に知っていたため、謂わば捨てたのだ。まるで負けがわかっているゲームのように、彼女の生存を諦めたのである。壮琉はその罪悪感を忘れたくなかった。絶対に次のタイムリープで成功させる、二度とお前を死なせない……息絶えた柚莉の手を握り、心の中でそう誓いを立てた。

それから事故現場を離れ、時坂神社に向かった。弥凪も同じくらいの時間に来たので、ふたりで天泣彗星を待つ。ただ黙って、ふたりで夜空を眺めていた。

ふとした拍子に、彼女の方から手を繋いできた。少し驚いたけれど、壮琉もその手をそっと握り返して、再び夜空へと視線を戻す。

壮琉の主観では、弥凪と手を繋ぐのはもちろん初めてだった。距離が近かった一番最初の記憶の時でさえも、手は繋いでいない。ただ、初めての割に緊張したり、あたふたしたりということもなかった。彼女と手を繋ぐのが、とても自然なことのように思えたのだ。

それはきっと、何度も何度も繰り返してきた一週間の中で、ずっと弥凪の存在を傍に感じ続けてきたからだろう。今回こうして彼女が因果の真実に辿り着くまでに、折れかけた壮琉の心をずっと支えてくれたのは他ならぬ彼女だ。そんな彼女に対して、恋心以上のものを感じるのは、もはや必然だった。

数時間前に柚莉の死を見たばかりだというのに、妙に落ち着いていた。次の時間跳躍がきっと最後になる、という確信を持てていたからかもしれない。

そろそろ天泣彗星が流れようかという時刻になった頃だった。これまで黙っていた
弥凪が、不意に言葉を発した。

「先輩」

「ん？」

「……キス、してください」

その言葉に、驚いて彼女の方を向く。一瞬、前みたいに冗談で言っているのかと思ったが、隣の彼女は真剣な眼差しで、じっとこちらを見ていた。冗談という素振りは欠片程にもない。

そんな彼女を愛おしく感じると同時に、初めてずくめの今に不安が心をぞわりと覆う。

またただ、と壮琉は思った。またこれまでの時間軸になかった提案が弥凪からなされた。これまで過ごしてきた弥凪は、壮琉に恋人らしいことを求めてこなかった。その理由を聞いたことはないが、柚莉の死の因果の問題が解決するまでは意図的にそういったことは避けているのだと勝手に解釈していた。

だが、ここにきてこの提案である。好きな女の子からキスを求められて、嬉しくないはずがない。だが、今は嬉しさよりも、得体の知れない妙な不安の方が勝っていた。

壮琉は訊いた。

「いきなりどうした……？」

「先輩は慣れているかもしれませんが、私はまだ二度目ですから。崖に飛び込むのはやっぱり怖いですし……だから、ほんの少し勇気が欲しいんです」

弱々しく震えた瞳でじっとこちらを見つめていて。それは蠱惑的で、まるで懇願しているようでもあって。そこには一切の拒否権がないようにさえ思えた。

壮琉は頷くこともなく、そっと弥凪を抱き寄せた。何となく、彼女がそうしてほしがっているように思えたからだ。

小さく喘《あえ》ぐ声が彼女の口から漏れたかと思えば、こちらに身を委ねるかのように、そして全てを受け入れるかのように、彼女の細い身体から力が抜けていった。

それからほんの少しだけ隙間を作って、互いに見つめ合い、互いの瞳を覗き込む。

青み掛かった大きな瞳の中に、少し強張った顔をしている自分が映っていた。

こうして彼女をじっくり見たのは、いつ以来だろう？　ずっと一緒にいて、同じ七月十四日から二十一日を過ごしてきた同志。だけれど、柚莉の死と直面してからは、彼女をこうして見つめたのは初めてだったように思う。

改めて見ると、やっぱり可愛い。こんな子と付き合えるだなんて、未来の自分がやっぱり羨ましかった。柚莉の死がなければ、ずっと幸せに暮らせていたのであろうことも、想像がつく。そして、そんな未来を手にするために、これからふたりでもう一度過去へ跳ぶのだ。

きっと、未来の自分は、自分から彼女に想いを伝えることなどしなかったのだろう。それも想像がつく。だからこそ、全てが終わった時は、自分から気持ちを伝えよう。そう、心に誓う。

弥凪がいつかのように瞳を閉じて、顔を僅かに持ち上げた。

整った綺麗な彼女の顔にゆっくりと自分の顔を近付けていって……ふたりの唇が、重なった。重ねた彼女の唇は妙に冷たくて、震えていて。ただ唇を重ねただけの幼いキスだったけれど、これまで何度も交わした言葉よりも、彼女と心が交わった気がした。

「……ありがとうございます。勇気、貰えました」

唇を離すと、弥凪はそう言って幸せそうな笑みを浮かべた。

その拍子に——ほろりと彼女の頬に涙が伝った。

どうして泣いてるの？　そう訊こうとしたその矢先、夜空がぱっと明るくなる。ふたり同時に見上げると、涙の形をした彗星が大空を占めていて、地上を明るく照らしていた。旅立ちの時間だ。

壮琉と弥凪は頷き合い、互いに手を繋いだまま、ふたりで柵を越える。

涙の理由は、過去に戻ってから聞けばいい。どちらにせよ、これが最後の時間跳躍になるのだから。次の七月十四日から、新しいふたりの未来が待っているのだから。

そう信じて――手を繋いだまま、壮琉達は夜空へと身を投じた。

三章

1

弥凪と一緒に石碑に向かって飛んだところまでは覚えていた。

しかし、次の瞬間には視界がぐにゃりと歪み、気付けばいつもの脳を刺すような激痛と嘔吐感、超音波のような耳鳴りに襲われ、我を失っていた。

相変わらず、最低な気分。だが同時に、今となってはそれもタイムリープ成功の安心材料のひとつにもなっていた。

「——琉？　ねえ、——琉！」

柚莉の声が聞こえてきて、目を開ける。いつものうだるような陽射しと、蝉の鳴き声、そしてコンクリートの熱さ。大丈夫、いつもの七月十四日だ。

こちらは成功した。では、弥凪の方はどうだろうか？　それはまだわからない。時間軸で言うと、彼女がタイムリープしてくるのはこの一〇分程後。壮琉の方が戻ってくる時間が早いのだ。

弥凪がタイムリープに失敗していれば今回の作戦は失敗に終わるが、彼女も並々ならぬ決意でタイムリープに挑んでいた。おそらく失敗はしていないだろう。いや、そう祈りたかった。

さて、と……駅前の広場、だったよな。

いつもなら弥凪を助けるために石碑まで一直線に向かっていたが、今回は彼女から指定された場所に向かわなければならない。普段と違う行動をするのは、それだけで緊張する。

毎度の通りに柚莉から心配され、大丈夫だと伝えてからペットボトル水を貰う。それから彼女は喜色満面でバイト先へと向かっていった。

柚莉のこの笑顔やこの場面を、もう何度見ただろうか？　この笑顔が失われることもわかっている分、毎回切なくなっていた。

だが——今回の弥凪の作戦が成功すれば、きっともっと色々な柚莉の表情も見られる。彼女がもう少し大人になるところも、老いていく姿も見られるに違いない。そう信じて、今回は時坂神社ではなく、駅の方面へと向かった。

弥凪との待ち合わせは、駅前広場。そこで、自力で助かった彼女と偶然出会ったこと……にして、未来からタイムリープしてくる弥凪の存在を残す。即ち、因果律を利用しつつ親殺しのパラドックスを避けるのだ。

よく考えたものである。もともと優秀なこともあるのだろうが、おそらく未来の壮琉とともにタイムリープの伝承について調べていたことも大きいだろう。壮琉は何度もタイムリープしていたが、因果律を逆に利用するなどといった発想は思い浮かんだことがなかった。確かにこれなら、全てが上手くいく。間違いない——そう思っていた時に、何かが引っ掛かって、立ち止まる。

「……あれ？」

そこで、壮琉はふと疑問に思う。

果たして、本当にそれで親殺しのパラドックスは避けられるのだろうか？　考え始めた瞬間、冷たい汗を背中が伝っていくのがわかった。

「待て、待てよ弥凪……それだと、結局のところ矛盾は生じるんじゃないか？」

あまりに弥凪が自信満々に言っていたから間違いないと思ってしまっていた。いや、何度か感じていた違和感を気付かなかったことにしていた、と言う方が正しいのかもしれない。壮琉自身も袋小路に入ってしまっていたから、新しい発想や機転を欲していたのだ。

しかし、改めて冷静に考えてみると、弥凪の仮説にはおかしな点がある。仮に彼女の言う通り、柚莉の死の原因が〝壮琉による弥凪の救出〟だったとする。今回の作戦が成功して七月十四日の事故から弥凪が自力で助かれば、当然〝壮琉による弥凪の救出〟という事実は消えるだろう。その事実が消えれば、柚莉の死という結果は回避できるはず——これが弥凪の仮説だ。

だが、そもそもの話である。仮に弥凪の言う通り、柚莉の死の原因が〝壮琉による弥凪の救出〟だったとすると、ここで弥凪が自力で助かることで原因は取り除かれる。柚莉は死という結果を回避できるし、壮琉が柚莉の死を悔やむこともなくなるだろう。

だが、これこそが問題だ。

弥凪が自力で助かることで柚莉の死がなくなれば、当然〝柚莉の死を悔やむ壮琉〟という存在もいなくなってしまう。〝柚莉の死を悔やむ壮琉〟がいなければ、壮琉は過去を変えたいと思わないだろうし、五年後にタイムリープに失敗して死ぬこともなくなってしまうのだ。五年後に壮琉が死なないのであれば、弥凪も当然タイムリープをしない。その必要性がないからである。

『私が自力で助かってしまうと、私と先輩があのタイミングで出会わないんです。先輩と出会わないと、先輩と付き合う私もいなくなって、こうして過去に戻ってくる私もいなくなってしまいます』

弥凪は〝親殺しのパラドックスと似たような状況〟を説明するに当たってこう言っていたので、彼女もこのあたりについては理解しているはずだ。そして、その状況を引き起こさないために、ふたりの出会いを偽装しよう、と言った。そして、それが弥凪の作戦だ。ふたりで過去に戻って、記憶と作戦を共有すれば、この状況から逃れられる、と……。

だが、この作戦自体が〝親殺しのパラドックスと似たような状況〟を引き起こしてしまうのではないだろうか？

何故なら……ここで弥凪が事故に遭わず、柚莉が死ななければ、〝柚莉の死を悔やむ壮琉〟という存在が結局いなくなってしまうからだ。〝柚莉の死を悔やむ壮琉〟という存在がいなければ、五年後の記憶を持つ弥凪も当然、存在しなくなってしまう。

考えるにつれて、どんどん身体が冷たくなって、ぞわぞわとしてくる。それはまるで『考えるな』と自分自身が警告しているようでもあった。だが、ここには何か重大な見落としがあるような気がしてならない。

「パラドックスが生じたら……何が起こる？」

それは、わからない。何が起こるのかは全く予測ができなかった。弥凪もそのことについて何も言わなかったので、壮琉にわかるはずもない。

パラドックスが生じた時点で壮琉と弥凪からお互いに関する記憶も未来の記憶も消えてしまうかもしれないし、そうした矛盾が生じないように結局柚莉が二十一日に死んでしまうのかもしれない。或いは、矛盾そのものを消すために、壮琉達の存在そのものがなかったことにされる可能性だってあった。言ってしまえば、弥凪の作戦は何が起こるのかわからない〝パンドラの箱〟なのだ。下手をすれば、壮琉達の記憶や存在に大きな揺らぎを与えてしまい兼《か》ねない程に、予測不可能なことが起こり得る作戦。

これは、あまりに危険な賭けではないだろうか？　というより、そうした危険を考慮せずに、弥凪が作戦を提案するなど有り得るのだろうか？

そう自分自身に問うが、すぐに『それはない』と言い切れた。

あの頭のいい弥凪がそれに気付かないはずがない。というより、二〇回近く同じ時間を繰り返した中で、これまで弥凪がこの提案をしなかったことからも、それは明白だ。

「危険を隠したまま実行したかった、とか？　……いや、それも有り得ないだろ」

弥凪の性格からすれば、壮琉の身に危険が生じそうな提案はまずしない。提案する時は、理由と起こり得る可能性についてまで説明するはずだ。

だが、彼女は今回そうした危険については一切触れなかった。それはおそらく、そうした〝親殺しのパラドックスと似たような状況〟が起こり得ないから、と考える方が自然だ。

「もしかして……何か別の狙いがあるのか？」

脳裏にそんな考えが浮かぶ。いや、もうそうとしか思えなかった。

思い返してみれば、あの時の弥凪はやや強引だったように思う。タイミング的に、タイムリープをしても彼女が事故から逃れられるかどうかはかなり怪しい。それにも関わらず、絶対に大丈夫と言わんばかりに話を進め、待ち合わせ場所まで決めてしまった。壮琉も壮琉で新しい可能性に縋りたかったからすぐに飛びついてしまったが……もし何か別の狙いがあったとするならば、これらの言動や行動も辻褄が合う。
じゃあ、何で弥凪はその提案をした？　いや、何を切っ掛けにあいつはその提案を
思い浮かんだ？
記憶を手繰り寄せて、彼女の思考を探っていく。
まず、夢の話をした。夢の話をしてから、弥凪は壮琉の異変に気付いた。タイム
リープの夢を見る話をして、タイムリープを諦めた者の手記の話を彼女はしていた。
それと同じ状況が壮琉にも起こっているのではないか、と彼女は指摘したのだ。
おおよその指摘は正しかった。だが、壮琉はそれを一部否定した。自身の記憶に
ない夢をいつも見ていたからだ。そして、記憶にない夢について話した時――。
『私が……死ぬ、夢を見るんですか？』
弥凪は目を見開いて、そう呟いた。そして、境内の石碑に書いてある文字を暗唱し
たのだ。
『時の輪を紡ぎ直す者は、身の一部を神に捧げるべし……』
こう暗唱してから、全てがわかった、と彼女は言った。
何がわかった？　何に気付いた？　そもそも、この言葉は何を意味していた？
弥凪と初めて時坂神社に行った時の記憶を思い起こす。随分昔のことのように感じ
るが、彼女は確か、こんな感じのことを言っていたはずだ。

『何かを変えようとするからには、何かを失わないといけない』

それに加えて、いつぞやのテレビで見た、時坂神社の専門家の言葉までもが明確に蘇ってくる。専門家は神妙な顔でこう言っていた。

『その力を使ってしまうと、大切な何かを犠牲にしなければならないと言われています。その昔、時坂神社の力で過去を変えた者がいましたが、その代償として愛する人を失った、とする伝説もあるくらいです』

そこで、壮琉ははっと顔を上げた。全ての点が線として繋がっていった気がしたのだ。夢を見ると言った時の反応や、タイムリープ前にキスをせがんできた様子、そして最後に涙した姿……それら全てが嫌な予感となって、壮琉の頭を駆け巡る。

時坂神社の伝承は、わかりやすく言うと、過去改変には何かの犠牲が必要である、ということだ。柚莉の死という結果を変えようとするからには何か別のものを失わなければならない……弥凪は時坂の伝承からそう判断したのではないだろうか？　そして、今の壮琉が支払うべき代償とは――？

「ばっっっか野郎！　ふざけんな!!」

そこでようやく弥凪の狙いに気付いた壮琉は、来た道を引き返して真っすぐに時坂神社へと向かった。

彼女は最初から、世界を騙して駅で落ち合う気などなかったのだ。壮琉と弥凪が今の記憶を保ったまま、柚莉が死なない世界を目指す気もない。自分が死ぬという全く違う因果を生み出すことで、柚莉を助けようとしたのだ。そして、それが時間跳躍の伝承にも合致してしまっている。彼女はまさしく、過去改変をするための条件を全て見出したのである。

だが、それは……許してはならない。そんな過去改変など、弥凪のいない未来など、壮琉は望んでいないのだから。

とにかく走った。これまでで一番速く走ったかもしれない。全力疾走の甲斐あって、何とか事故が生じる前に石碑前に着く。

間に合った……！　弥凪は——!?

周囲を見渡すと、石碑前の横断歩道に、彼女はいた。信号を待っている。距離は随分と遠かった。この距離からこのシーンを見たのは、随分と久しぶりな気がした。

大きなブレーキ音とタイヤの擦れる音とともに弥凪は身体をびくっと震わせ、車道の方角を見る。壮琉の視界の中にも蛇行運転する白い車が入っていた。

おそらくこのタイミングに弥凪はタイムリープしてきているはずだ。だが、距離的にはもう壮琉では助けられない。彼女に自力で事故から逃れてもらう他なかった。

しかし、弥凪は動こうとしない。弥凪、と彼女の名前を叫ぼうとした。しかし、その刹那——。

「痛《い》って……！」

再び激しい頭痛が壮琉を襲った。これも毎度のことだった。毎回この場面で見ていた予知夢のような既視感、即ち、弥凪が事故に遭って死ぬ映像が、頭痛とともに脳裏に流れた。

嫌な予感がした。予感というより、それはもはや確信に近い予感だった。

「やめてくれ……」

心の中の声が、漏れた。

やめてくれ。やめてくれ――。

何度も何度も心の中で懇願の言葉が木霊する。間に合わないとわかっていても、壮琉は足を踏ん張って、彼女に向かって駆け出した。

白い車が、まるでスローモーションのように弥凪に向かって進んでいる。もしかしたら、間に合うかもしれない。間に合ってくれ。間に合わせる――そう、何度も祈る。

だが、どうやっても無理だ。車の方が速い。

「弥凪！」

壮琉は叫んだ。避けてほしいという願いだけをもって、ただただ声の限り叫んだ。

弥凪ははっと何かに気付いたように、こちらを見る。そこで、彼女と目が合った。

彼女は壮琉に向かってにっこりと微笑むと――その直後、白い車に撥《は》ね飛ばされた。

白い車は、ガードレールではなくそのまま石碑に突っ込んでいった。

「弥凪ーーーー!!」

石碑のことも、車のこともどうでもよかった。無惨に吹っ飛ばされる弥凪を見て、ただただ絶望に打ちひしがれていた。

初めて見るはずのその光景には、謎の既視感があった。いや、壮琉はこの光景を……知っていたのだ。そして、自分の記憶が正確に形成されていく。形成されていくことで、色んなことを思い出した。

まずは、弥凪がひかれてしまうシーンを見るのは、実は初めてではないということ。

そして初めて弥凪を救ったあの時には、自分がすでに一度タイムリープを行っていたことまで、全て――。

……一番最初のこの時刻、壮琉は柚莉から指示され、天泣彗星を見るスポット探しに時坂神社に向かっていた。そしてここ、石碑の前の横断歩道に立つひとりの少女――星宮弥凪に目を奪われたのだ。その少女はとても可愛らしく、同じ学校の生徒でもあった。壮琉はその一瞬で、彼女に心を奪われた。所謂、一目惚れだった。

壮琉が恋に落ちた拍子に、その少女もこちらを見た。彼女は壮琉の視線に気付いて、何故か嬉しそうに顔を綻ばせてこちらに歩み寄ろうとしたのだ。

しかし次の瞬間、車のブレーキ音が響いた。石碑にぶつかりそうになった車がハンドルを切って、その先に壮琉に歩み寄ろうとしていた弥凪がいて……彼女は事故に遭い、無惨な死を迎えたのである。それは、タイムリープの度に見ていた予知夢の通りだった──。

そっか……そうだったんだ。あれは、予知夢でも何でもなくて……俺が一度見た過去だったんだ。

その事故を目の当たりにして、壮琉は酷く後悔した。もし自分が見惚れておらず、咄嗟に助けに行っていれば彼女を救えたのではないだろうか。何故か彼女はこちらに向かってこようとしたけれど、そもそも自分が彼女に気付かなければ事故など起こらなかったのではないか。自分のせいで彼女が事故に遭ったのではないかと自責の念に襲われた。

それから数日間、壮琉は一目惚れをした少女・星宮弥凪と、彼女の無惨な死に様が忘れられなかった。そんな折りに、七月二十一日、柚莉は落ち込む壮琉を元気付けようとして、天泣彗星の観測に無理矢理誘い出した。

当日神社に向かっていると、バイトが長引きそうだから先に行っておいてと柚莉から連絡があり、指定された場所にひとりで行った。そこは時坂神社の境内の中にある高台だった。真下には、一目惚れした少女が事故で死んだ石碑。きっと、柚莉はこの場所が石碑の真上に当たることを知らなかったのだろう。

壮琉は目の前で無惨に死んだ少女を思い出し、再び後悔の念に駆られた。そうして自責の念に襲われていた時に、空がふっと明るくなる。そう、天泣彗星が流れ始めたのだ。その天が涙を流すかのような彗星は幻想的で美しく、まるで自責の心を救ってくれているような気がした。壮琉はもっとその光に近付きたいと思い、夜空に手を伸ばす。しかし、その拍子に柵が外れて身体が投げ出されてしまい、真っ逆さまに崖下へと、即ち石碑へと身を落としたのだ。

壮琉は自分でも気付いていなかったが、タイムリープの要件を満たし、過去に戻っていたのである。激しい頭痛とともに七月十四日に戻り……弥凪を救った。そして、弥凪を救うという過去改変の代償が——柚莉の死、だったのだ。

「弥凪！」

壮琉は地面に放り出された弥凪に駆け寄った。まだ息はあるものの、素人目から見ても助かりそうにない状態であることは明白だった。

弥凪は壮琉の声に反応して、目を開けた。それから、柔らかい笑みを浮かべる。

「もう、先輩ったら……どうして、来て、るんですか……？　私、ちゃんと……待ち合わせ場所、言いました、よね？」

「ふざけんなよ！　何でッ！　何でこんなことをしたんだよ！」

怒りのままに、怒鳴り散らした。それは彼女に対する怒りではなく、これからくる途方もない悲しみに対してだった。

「ごめん、なさい……私、嘘吐いちゃいました……。私も、夢を、見ていたん、です……自分が事故に遭う、夢を」

途切れ途切れでありながら、弥凪は胸中を吐露していった。柚莉の死の因果が自分に起因していると気付いたのは、夢に関連した体験が理由だった。彼女が夢という単語に反応した背景も、これが影響しているのだろう。時遡神社の伝承——何かを変えようとするには何かを失わないといけない。それが、壮琉にとっては柚莉の死なのではないかと弥凪は推測したのだ。

「せん、ぱい……もうタイムリープしないでくださいね？　って言っても、もうできなさそうですけど……」

弥凪はちらりと石碑を見た。石碑には白い自動車が突っ込んでおり、大きな亀裂が入っている。

「ふざけんなよ、おい……ふざけんなよ！　何で、何でお前が犠牲にならなきゃいけないんだよ！　そんなの、そんなの俺は──」

「違い、ます……これが、本来あるべき歴史だったん、です」

壮琉は首を横に振る。嫌だ。こんな歴史が正しいだなんて、嫌だ。到底受け入れられるものではなかった。

「私、先輩とこうしてまた会えて……幸せ、でした。それだけで、もう満足です。それ以上のことは、もう望んでません。だって、本当はもう……あの時、死んでいたんですから」

あの時──壮琉と弥凪が出会う前。壮琉が一目惚れをした後。あの直後に、彼女は車に撥ねられ、その短い人生の幕を閉じていた。本来であれば、その後五年も生きるはずがない人間だったのだ。壮琉が、過去改変をしていなければ。

「なあ、嘘だろ……？　そんなの、嫌だよ。死なないでくれ、弥凪。俺は……俺は、お前がいないと。お前がいないと……何も、できないんだ」

思い返す、時間跳躍の日々。どの七月十四日に戻っても、何度七月二十一日に絶望しても、支えてくれたのは彼女だった。彼女がいなかったら、耐えられたものではなかった。これからの日々も耐えられるはずがない。

「もう……先輩ったら、我儘ですね。どちらかしか、選べないんですから……」

弥凪の頬に、涙が伝う。指でその涙を拭っても、また涙は溢れてきて、その頬を濡らす。

「先輩……？　私との時間は、夢だったんですよ。真夏の白昼夢みたいなもので……

そう、思って、諦めてください」

壮琉は子供が駄々をこねるみたいにして、首を横に振った。もう涙で滲んで、彼女の顔すらよく見えなかった
夢だなんて、思いたくなかった。思えるはずがなかった。時間軸は違えど、何度も何度も一緒に過ごした時間があるのだから。忘れられない記憶が、たくさんあるのだから。

「先輩は本来、柚莉さんと一緒にいるべき人ですから。だから、柚莉さんと、幸せになってください……。わた、しは、もう、十分――」

最後まで言葉を綴《つづ》ることなく、弥凪の手は力を失って。するりと壮琉の手から抜け落ちて、地面にぽとりと落ちた。

七月十四日、十四時十八分――それが、星宮弥凪が死んだ時刻だった。

2

弥凪が死んでからのことは、正直よく覚えていない。警察が来てから事情聴取をされた気がするし、色々な人に話し掛けられた気もする。ただ、それらにどういった対応をしたのかについては、全く記憶になかった。もはやどうでもいいとさえ思えた。

もちろん柚莉の死は受け入れられるものではないが、それは弥凪の死についても同じだ。仮にこれで柚莉が死ななくなったとしても、納得できるわけがない。これではまるで、幼馴染の死と想い人の死をどちらか選べと言われているようなものではないか。壮琉に選べるはずがない。

そして……弥凪はそれを知っていた。壮琉が選べないことを、彼女は知っていたのだ。壮琉のことを壮琉以上に知っていて、よく見ていたから。だからこそ、彼女は無理矢理選ばせた。

弥凪の死に関しては想定していなかった分、心の整理が全くつかない。初めて柚莉の死を目の当たりにした時と同じ感じだった。時間跳躍を使って過去を変えようとした罪を自覚させるように、いつしか慣れてしまっていた〝死〟の悲しみを、心に刻み込まれた気がした。そして、改めて理解させられるのだ。この世の中がどれだけ理不尽で、無慈悲かということを。

　壮琉にとって、星宮弥凪という少女はただの想い人というわけではなかった。時間跳躍について知るたったひとりの人間で、過去に戻る度に壮琉を支えてくれた相棒でもある。何度失敗し、落ち込み、心が折れそうになっても、彼女だけが支え、慰め、そして鼓舞してくれた。いつでも私が味方だから、と勇気付けてくれた。だからこそ、幼馴染の死を何度目の当たりにしても、挫けずに何度も挑めたのだ。

　いつしか、弥凪が未来の恋人かどうかなどどうでもよくなっていた。何度も七月十四日から二十一日の一週間を繰り返しているうちに、星宮弥凪という人間そのものを愛してしまっていたのだろう。

　最後のタイムリープ前にキスをしてほしいと頼まれた時、何も言わずに応えたのがその証拠だ。きっと、壮琉自身もそうした繋がりを、彼女に求めていたのである。

「……なるほど、そういうことか」

　そこで、壮琉は自嘲的に笑った。何故五年後の自分がタイムリープに失敗してしまったのかについて、その理由がわかってしまったのだ。

「五年後の俺は……タイムリープの要件を、満たせなかったんだ」

　タイムリープを成功させるには、三つの条件がある。時間と場所、条件、そして跳躍者の強い想いだ。五年周期に訪れる天泣彗星の夜、過去に戻りたいという強い想いを持って、時遡神社の高台から石碑に向かって飛び込むこと——これら全ての条件を満たした時、タイムリープは成功する。これまでの壮琉はこれらを全て満たしていたからこそ、タイムリープを成功させてきた。まるで世界から無理矢理命を奪われることを運命付けられているかのように殺される柚莉を何とか救おうと思って、そんな世界の意思など捻《ね》じ伏せてやると思って、何度もタイムリープしてきた。

だが、未来の壮琉はタイムリープに失敗した。その失敗はおそらく……弥凪と結ばれてしまったからだ。彼女と過ごした五年間があるからこそ、未来の壮琉はタイムリープに失敗してしまったのである。

過去に戻って柚莉の死を防ぐこととは、即ち弥凪と過ごした五年間を否定して、その時間をなかったことにすることだ。未来の壮琉は、きっと弥凪との想い出を全て消し去ってしまうことに、躊躇いを覚えてしまったのだろう。

その時間軸の壮琉と弥凪がどのような五年間を過ごしたのかについては知らない。ただ、弥凪のあの献身っぷりを見る限り、柚莉の死で落ち込み、そして塞ぎ込んでいた壮琉を慰め、ずっと寄り添ってくれていたに違いない。彼女と繰り返した幾度となく十四日から二十一日が、それを物語っている。きっと、弥凪はずっと、壮琉を支えてくれていたのだろう。

五年後の壮琉は……柚莉の死をなかったことにしたいという想いと同時に、弥凪との想い出も否定したくなかったのだ。弥凪と築いた時間を全て否定し、柚莉を助けたいという想いを持てなかった。もしかすると、あの高台から跳んだ瞬間に、弥凪との時間が走馬灯のように脳裏を駆け巡ったのかもしれない。それでは、タイムリープに成功するはずがない。その世界と想い出に、未練があるのだから。タイムリープを成功させるには、それらを全て捨て去る覚悟が必要なのである。

「俺のバカ野郎……！　だったら、そのまま弥凪と暮らしてりゃよかったじゃんかよ……！」

弥凪の笑顔が脳裏に蘇り、悔し涙がじわりと浮かんだ。

時間軸が違えど、同じ自分のことだ。柚莉の死の諦めがつかないという気持ちは痛い程わかる。柚莉とは生まれて物心がつく前から一緒にいて、いつも隣にいるのが当たり前になっていた。そんな幼馴染が唐突に事故で死んで、ぽっかりと穴が空いてしまう絶望感も、痛い程わかる。その絶望感に関しては、何度も何度も味わった。

だが、だからといって、それで弥凪を殺してしまっては何の意味もない。確かに、弥凪と過ごした時間は柚莉よりも短いかもしれない。他者から見れば、たった一週間しか一緒にいなかった少女。しかし、壮琉の主観ではその繰り返された一週間を幾度となくともに過ごした戦友でもあるのだ。

弥凪が死んだことによって、おそらくこの時代では柚莉は死なない。柚莉が死ぬ時間軸で、弥凪が死んでいたことなど過去にないのだから。この時間軸では新たな因果が生まれ、この時間軸ならではの未来が創造されるのだろう。

何度も何度も同じ日付を繰り返して、ようやく手に入れた柚莉が死なない世界。それなのに、壮琉が一番望んでいたものが手からするりと落ちてしまっていた。

＊

弥凪が死んでから二日が経った頃――自身の空腹を告げるべく、壮琉の腹がぐぅう、と大きな音を立てた。

悲しみの波は徐々に静まりを見せ、精神が徐々に安定していったこともあるのだろう。身体が空腹を訴えかけてきた。どれだけ悲しくても、どれだけ辛くても、腹は減る。自分のその現金さに思わず苛立ちを覚えた。

部屋から出て階下に下りてみるも、親は仕事に出ているようで、家の中は静まり返っていた。ど平日の午前中なのだから、当たり前だ。壮琉だってこれまでは学校に通っていたはずである。

これまでなら、学校に行けば弥凪に会えた。放課後にデートらしいことをした時もあったし、来る二十一日に向けて作戦会議を幾度となく開いてきた。

しかし、今はもういない。この世界に、彼女は存在しないのだ。そして、過去に戻るための石碑も壊れてしまった。もうタイムリープをして彼女と会うこともできない。その事実を思い返すと、胸がきゅっと締め付けられて、目の奥がじんと熱くなった。いかんいかん、と頭を振る。このままでは堂々巡りだ。とりあえず飯を食おう。食べれば気持ちも少し変わるかもしれない。

何か作り置きがあるかもと期待していたが、食卓の上には何も置いてなかった。代わりに、【ごめん！　これで何か好きなもの食べといて】という書置きと千円札が二枚添えられていた。仕事に遅刻し掛けて、作り置きする時間がなかったのだろう。

外、か……出たくないな。

コンビニまで行こうかと思ったが、外をちらりと見てその気力が一気に萎《な》えた。窓の外ではミンミン蝉がこれでもかというくらい鳴き喚いていて、やかましいったらありゃしない。陽射しも強く、気温も真夏日。今の壮琉の精神状態でこの暑さと直射日光は、結構厳しいものがあった。

何か作るか。もう、食えるなら何だっていいや。

冷蔵庫を開けてみる。すぐに食べられそうなものはなかったが、卵が一パック丸々あった。適当に卵焼きでも作ればいいか——そう思って卵パックを手に取るが、その拍子につるっと手が滑ってパックが宙に浮く。そのまま卵は重力に従い吸い込まれて、真っ逆さまに落下。殻が割れる音とともに、台所の床に数多の卵の白身と黄身が広がっていく。

「……最悪」

壮琉はげんなりとしつつ、その場に屈んだ。ティッシュで卵の残骸を拭き取ってから、台所にあった洗浄スプレーとキッチンペーパーで適当に掃除をしていく。もう手も床もベタベタだ。

「あーあ、こんなことなら最初からコンビニ行ってればよかったな」

ぼやきながら、床を拭いていく。最初から慣れない料理なんてしようとせずに、暑さを我慢してコンビニに行けばよかったのだ。コンビニまで行けば、飯だけでなくアイスにだってありつける。別にこんな手間を掛ける必要なんてなかった。しかも、卵のパックも買い直しておかないと叱られるから、どのみち外に買いに出なければならない。まさしく無駄な事柄だった。五分前の自分と話せるなら、無駄なことなどせずとっととコンビニに行けと言ってやりたい。そうすればこんな掃除などなかったことにできるのに――。

「……え？」

自分の中のぼやきに何かが引っ掛かって、思わず床を拭く手が止まった。

「今、なんて考えた？」

何気なく考えたことが、凄く気になった。とても重大なヒントが今あったような気がしたのだ。

自分の行動と思考を、思い返していく。壮琉は腹が減ったが外に出るのが億劫だったので、自分で卵焼きを作ろうと思った。しかし、卵パックを滑らせて床にパックごとぶちまけてしまい、その残骸を処理することになり——その際に、こう考えたのだ。

『最初からコンビニに行っていれば、こんな掃除なんてなかったことにできるのに』

……なかったことにできる、だって？

自分に問う。そうだ。タイムリープさえできれば、こんな掃除もなかったことにできる。大元の原因さえなくして違う選択肢を取っていれば、その結果も当然なくなる。ここでは、億劫がらずにコンビニに行っておけば、卵パックをぶちまけるという結果を回避できた。

「だったら……弥凪の死と柚莉の死、両方なかったことにできるんじゃないのか？」

考えてはいけない。もうこのことについては深入りしてはいけない。また傷付くだけだ。そう思うのに、壮琉の思考は止まってくれなかった。

七月二十一日の十七時半前、柚莉は死ぬ。彼女の死を回避するために、壮琉は何度も過去へタイムリープし、同じ一週間を繰り返した。しかし、必ず彼女はその時間に死んだ。死に方に共通点はなかった。ただ、何らかの理由によって必ずその時間に死ぬ、というだけだ。

それらを踏まえて、弥凪は〝因果律でその結果が齎されている〟と推測した。即ち、柚莉の死という結果を齎す原因が何かある、と言うのだ。

何度タイムリープをしても、その原因となるものはわからなかった。しかし――弥凪は遂に、その原因を突き止める。それが、〝七月十四日に壮琉が弥凪を救うこと〟だった。

壮琉は一番最初の時間軸で弥凪の死を目の当たりにして、彼女を助けられなかったことを後悔した。そして、その後悔の念を持ったまま二十一日を迎えて、天泣彗星の夜に高台から石碑に向かって落下。無意識下でタイムリープをする。そこで七月十四日に戻って、弥凪を事故から救った。以後、タイムリープをする度に弥凪を事故から救っていた。タイムリープによる過去改変を、ずっと無意識のうちに行ってしまっていたのだ。

そして、時坂神社の石碑を用いてタイムリープをして過去改変をすると、ある〝制約〟が生じる。それが『時の輪を紡ぎ直す者は、身の一部を神に捧げるべし』。即ち、『何かを変えようとするからには、何かを失わないといけない』というものである。

このタイムリープの〝制約〟によって、柚莉は死んだ。過去改変の代償として、壮琉の大切なものを奪おうとしたのである。弥凪の死を回避するという過去改変の代償が〝原因〟となり、柚莉の死という〝結果〟を生み出していた。

弥凪は自身と壮琉が見ていた夢の話から、その事実に気付いた。本来自分が死んでいる世界こそが〝正史〟だと気付いてしまったのだ。だからこそ、壮琉をタイムリープのループから救い出すために、弥凪を助けさせないように仕向けた。即ち、〝正史〟の道を無理矢理壮琉に選ばせようとしたのである。そうして辿り着いたのが、今の世界だ。

しかし——待てよ、と思う。柚莉の死を生み出す〝結果〟の〝原因〟となるものが、壮琉が弥凪を救うこととわかった今ならば……その〝原因〟をそもそもなくすことも可能なのではないだろうか？

最初から卵料理なんて作ろうと思わなければ、卵パックをぶちまけるという未来を回避できたように。そもそもの原因を排除してしまえば、結果も当然起きない。たとえば、昨日の時点で卵パックをこの冷蔵庫から取り除いておけば、今壮琉が卵パックをぶちまけるという結果は起きない。そもそも原因となる卵パックが、この冷蔵庫の中に存在しないからだ。

これは、そのまま転用できるのではないだろうか？

柚莉の死の〝原因〟は弥凪の死の回避。ならば、そもそも弥凪が死ぬという状況、即ち〝原因〟を作り出さなければ、柚莉の死という〝結果〟も当然起きない。

弥凪が死ぬ状況とは、七月十四日の十四時十八分にあの石碑の前で交通事故に遭うことだ。逆に言えば、その時間に彼女があの場所にいなければ、弥凪が交通事故に遭うという事実はそもそも生じない。そうなれば、壮琉も彼女を事故から救うこともないので、柚莉の死の〝原因〟も生じ得ない。

「それなら……助けられるんじゃ、ないのか？」

そう思い至るや否や、壮琉は家から飛び出していた。炎天下の中、真っすぐ時坂神社へと走っていく。真夏日だとか、暑いとか、今はそんなのどうでもよかった。一縷《いちる》の望みがあるのなら……ふたりが生きられる世界があるのだとしたら、どんなことだってしてみせる。

理論上、弥凪があの日あの場所に訪れないようにすることができれば、彼女は交通事故に遭わないし、彼女が交通事故に遭わなければ柚莉の生死云々の可能性もなくなる。因果そのものがなくなるからだ。

もちろん、具体的な方法など何も浮かんでいない。何をどうすれば弥凪が交通事故に遭うという事実そのものを消せるのかなんて、想像もつかなかった。

だが、それでも一筋の光明は、見えたように思う。もう一度タイムリープさえできれば。過去にさえ戻れたら何とかなるはずだ。何度だって跳んで、何度でも試して、何度でも挑んでみせる。タイムリープの限界だとか、回数だとか、そんなの知ったことではない。弥凪が生きていて、柚莉もいつも通り笑ってくれている世界があるのなら、どんなことだって試してやる。

そう決意して時坂神社裏の石碑があった場所まで来てみるが——そこには、案の定石碑はなかった。事故後に撤去されたのだろう。残っていたのは、車の破片や弥凪の血痕……彼女の最期を彷彿《ほうふつ》とさせるものだけはそこかしこにあるのに、肝心の石碑だけが残っていない。

「くっそ……！」

壮琉は舌打ちをして高台を見上げた。壮琉が何度も何度も飛び降りた場所。そして、その下にある石碑。このふたつがないと、タイムリープができない。ここに石碑がなくては困るのだ。

壮琉は滴る汗を気にも留めず、再び駆け出した。ぐるりと回って神社に続く石段を上って、時坂神社へと真っすぐ向かう。

汗がぼたぼたと落ちた。運動部でもないのに、真夏の石段駆け上がりダッシュはかなり辛い。鳥居をくぐった頃には、立っているのがやっとだった。

「あの、すみません！」

珍しく境内で神主が掃き掃除をしていたので、壮琉は息も絶え絶えに呼び止めた。

大体ここの神主はいつも社務所にいて——夕方になると社務所にさえいない——顔

を見ることさえなかったのだが、午前中ならいるらしい。ちょうどよかった。

「あの……石碑って、石碑ってどうなりましたか⁉」

壮琉は息を整えながら訊いた。神主は「石碑？」と首を傾げたが、「ああ、裏手の石碑ですか」とすぐに思い至った。

「あの石碑なら、裏手にある蔵に運ばれましたよ」

「蔵……？　ということは、まだ残ってるんですか⁉」

壮琉の瞳に希望の光が灯った。

やった。石碑が残っているなら、タイムリープもできるかもしれない。

「ええ。割れてしまいましたが、形は残っております。危ないから別の場所に運んでくれと役場から言われましてね。いやぁ、大変だったんですよ。何せ石碑を動かした記録なんてありませんからね。そもそも動かせるのかさえわからなかったのですが――」

「見せてください！」

壮琉は神主の話の腰を折って、単刀直入に言った。

「……？　壊れた石碑を、ですか？」

もちろん、彼も胡乱げに眉を顰《ひそ》める。それもそうだろうと思う。事故で壊れた石碑を見せてくれ、だなんて頼まれるとは想定もしていなかったはずだ。

「はい、お願いします」

壮琉は深々と頭を下げた。とりあえず、石碑の状況と保管場所が知りたかった。それさえわかったら、後は何とでもなる。

「……まあ、いいでしょう。別に隠すものでもありませんしね」

神主は少し考えて、そう言った。

彼も暇だったのだろう。ここが年中閑古鳥が鳴いているような神社でよかった。

彼は一旦掃除用具を仕舞うと、壮琉のところまで戻ってきて「こちらです」と裏手に続く道へと促した。神社の裏手――即ち、石碑があった場所――に続く関係者専用の道が別途にあるらしい。緩やかな坂と階段を下りながら、山を下っていく。そして……ちょうど半分くらいまで下りたところに、その蔵はあった。

「どうぞ」

神主は蔵の錠を外し、壮琉を中へと招いた。

一礼してから中に入ると……見慣れた石碑が、すぐに視界に入ってきた。破損してしまっているが、石碑の形は残っている。

「これが……」

「ええ。見事な壊れっぷりでしょう。完全に壊れたわけではありませんが、どうしたものかと悩んでいるのですよ。この石碑には色々逸話と伝承がありましてね、時坂の名の由来にもなっていて……」

神主がこの石碑に関する伝承を話す傍らで、壮琉は周囲と蔵の扉、そして石碑へと視線を移していく。

錠はそれ程頑丈なものではない。器具さえあればすぐに壊せそうだし、きっとこの中に入ることは難しくないだろう。しかし——壊れた石碑が、思ったより大きい。二十一日に忍び込んで裏手まで運ぼうかと思ったが、どう考えてもひとりで運べる大きさではない。

やっぱり、不可能なのか……？

火照った身体に冷水を浴びせられたように、抱いた希望が絶望へと変わっていく。

そもそも冷静に考えてみれば、割れた石碑が今も力を有しているのかも怪しい。その状態でタイムリープを試みてもし失敗してしまったら、それこそ全てが無意味になってしまう。これまでのタイムリープで過ごした日々も、弥凪が決死の覚悟で〝柚莉が死なない世界〟を作ったことも、全部。それだけはしてはならない。弥凪の死が無駄になってしまうのだけは嫌だった。

きっと、もうこの世界を受け入れるしかないのだろう。弥凪が存在しない、この世界を……。

＊

それからの数日間、壮琉は虚無の時間を過ごした。学校も休み、部屋からも出ないで、ただただ無益に時間だけを浪費する。唯一したことと言えば、記憶の中にしか存在しない弥凪を必死に掘り起こし、その想い出を脳裏に刻み込んで消えないようにと抗った、くらいだろうか。彼女とのこれまでの会話を思い出して、そしてそんな時間はもう二度と訪れないことに改めて自覚する。そんな数日間だった。

もちろん、家族や柚莉は心配してくれた。心配してくれたが、彼らには何故壮琉がここまで落ち込んでいるのか理解が及ばなかった。いや、理解できるはずがないのだ。彼らにとって、壮琉はただ交通事故現場を目の前で見てショックを受けているに過ぎない、と思っているのだから。

その事故に遭った少女がどれだけ大切な人かを力説しても、誰も信じない。別の時間軸では一緒に過ごし、キスだってした、などと言っても信じられるわけがないのだ。そんな事実はなく、日付的にはまだその日さえ訪れていないのだから。

そんな誰にも話せない孤独をかかえたまま、ただ時間が過ぎていった。何をするでもなく、ただ自分の部屋で布団にくるまって、弥凪との想い出を掘り返すだけの日。こんなことをしても無意味なことはわかっている。もう彼女はこの世界にはいないのなかったことになっている。この時間軸では、壮琉と弥凪は出会っておらず、彼女との関係はなかったことになっている。壮琉と同じく別の時間軸の記憶を持つ弥凪は、もうこの世にはいない。

壮琉が彼女との時間を忘れてしまえば、誰の中にもふたりの関係はなかったことになってしまう。だから、忘れたくなかった。自分が弥凪と過ごした想い出を忘れてしまえば、その時間が本当になかったことになってしまうから。

彼女との作戦会議も、デートも、最後にしたキスも、何度も何度も想い返して、忘れるなと自分に言い聞かせる。それがどれだけ儚い抗《あらが》いかというのも自覚していた。もはやこれは、寝ている間に見た夢を必死に忘れないようにしている行為と大差ないのだから。

そして、時間が経つにつれて、今自分の中にある弥凪の像がどれだけ正確なのかもわからなくなっていく。まだ顔ははっきりと思い返せるが、いつしかこれもぼんやりと滲んでいくのだろう──そんなことを考えながら、カーテンの隙間から外を覗き見る。今日も陽が沈み始めており、遠くの方ではヒグラシが切なげに鳴いていた。そこで、ふと思う。

あれ……？　そういえば、今日って何日だ？

ここ数日間の曜日感覚が全くわからなくなっていた。これまではタイムリープをすれば、今日が何日で柚莉の死まであとどれくらい時間が残っているか気にしていたのに、今回はすっかり忘れてしまっていた。

スマートフォンを手に取って、ディスプレイをタップして日付を表示させる。ディスプレイには七月二十一日、十七時二十分と表示されていた。

「七月二十一日の十七時……？」

そこで、はっとした。二十一日は天泣彗星が流れる日で、その日の夕方に柚莉が死ぬ。何の策も講じなければ、バイトに行ってビルの看板落下事故に巻き込まれてしまうだろう。

「柚莉！」

スマホを片手に慌てて立ち上がったところで、家のインターフォンが鳴った。この時間帯は家には誰もいないので、壮琉が対応するほかない。

誰だよ、この忙しい時に！

苛立ちつつも、「はいはい、すぐ出ます！」と怒鳴りながら玄関扉を開けると――

「えっ……!?」

目の前の光景が信じられなくて、思わず絶句してしまった。門扉のところには、バイトに行っていたはずの幼馴染・天野柚莉が立っていたのだ。柚莉は少し照れ臭そうな笑みを浮かべて、片手を上げた。

「よっ、元気？」

「ゆず、り……？」

手元にあるスマートフォンのディスプレイをこっそり覗き見る。時刻は十七時半近い。以前までの時間軸であれば、何かしらの原因で彼女は既に死んでいたであろう時刻だ。

「何？　そんな幽霊でも見た時みたいな顔しないでよ」

柚莉は可笑しそうに笑った。幽霊を見た時みたいな顔と彼女は言ったが、この時間帯に柚莉が元気に動き回っていることそれ自体が壮琉にとっては奇跡のようなものだ。まさしく、幽霊と会っている感覚だった。

「いや、だって……お前、バイトは？」

壮琉は何とか声を絞り出して訊いた。それに対して、柚莉はあっけらかんとして答える。

「バイト？　ああ、それなら休みになったの。ビルの看板が落ちかかってたとかで、その工事作業がうるさくて営業どころじゃないってさ」

そういう流れに変わるのか、と壮琉は思った。

弥凪が死んだ世界では、柚莉の命を奪う可能性があったバイト先のビルが工事で、今日のバイトそのものがなくなってしまう。

やっぱり弥凪の推測が正しかったんだな……。

柚莉の死の因果は、壮琉が弥凪の命を救ったこと。今柚莉が生きている事実がそれを物語っていた。そこで、大きく脱力する。

弥凪が死んでしまった悲しみはあれど、柚莉が生きていてくれたのはやっぱり嬉しかった。これまで何度も何度も柚莉の死を見ていたが故に、余計にそう思ってしまった。

「そっか……よかった」

「よかったって？」

「いや、何でもないよ。それよりも、何だよ？」

スマートフォンには、特に柚莉から連絡は入っていなかったはずだ。事故後はしょっちゅう連絡がきていたが、返事をしなかったことでいつしか連絡も途絶えていたのだ。

「ん？　いやさぁ……久しぶりに幼馴染の湿気たツラでも見てやろうかなって思ってさ」

「……久しぶり？」

何気なく言った柚莉の言葉に引っ掛かる。久しぶりとはどういうことだろう？　昨日も心配して家に来てくれていたと思うのだけれど。

「ああ、ううん。何でもない」

柚莉は若干気まずそうに笑うと、「上がっていい？」と玄関を顎でしゃくった。

こちらがどうぞと答える前に、「おっ邪魔しまーすっ」とにこにこしながら門扉のノブを捻《ひね》っていて、小さく溜め息を吐く。相変わらず、柚莉は柚莉だった。

いつもの如く部屋に招き入れると、柚莉は言った。

「うわっ、陰気オーラえぐっ！　カビでも生えてるんじゃないの？　空気の入れ替えとかしてる？」

臭いものを嗅ぐかのように鼻を摘まむ仕草をしている。とても失礼な女だ。確かにずっと閉じ籠《こも》ってクーラーをつけっぱなしにしているけども、それでも空気洗浄機はちゃんと作動させているし、臭くはないはずだ。……たぶん。

「してないよ。暑いし虫入ってくるし――って、おい！　何勝手に窓開けてんだよ」

「もうこの時間なら結構涼しいし、空気の入れ替えくらいしなって。じゃないと、いつまで経っても前向けないでしょ」

柚莉は勝手にクーラーを切って勢いよく窓を開けると、こちらに振り返って柔らかく微笑んで見せた。

あれ……？

その笑顔に、何か違和感を覚えた。いつもの天真爛漫で元気一杯な笑顔と、どこか雰囲気が異なっていたのだ。

寂しげで、懐かしそうで、どこか愛しさを感じているかのような、優しい眼差し。そんな色々な感情が、一瞬彼女から垣間見えた気がした。何だかそこには色気さえ感じられて、一言で言うなら、大人っぽい。

だが、そう思ったのもつかの間だった。「冷房切ったらあっついねー」と普段と同じテンションで言い、彼女は机の上に置きっぱなしにしていた団扇《うちわ》で自分を扇《あお》いでいた。それは壮琉の知る普段の柚莉に他ならない。

「それで、もう立ち直った？」

「……まだだよ」

柚莉の質問に、心の中で舌打ちしつつも素直に答えた。

そう簡単に立ち直れるわけがない。その理由を説明しても彼女には理解できないだけに、余計に歯がゆかった。彼女は呆れたように溜め息を吐いた。

「もう何日よ？　まあ、事故現場を目の前で見てショックだったたっていうのはわかるけどさ。でも、見ず知らずの後輩でしょ？　そこまで引きずらなくてもよくない？」

「うるさいな……」

確かに、見ず知らずの後輩かもしれない。少なくとも、この時間軸の壮琉にとってはそうだった。

だが、壮琉の主観ではそうではない。幾度となく時間跳躍の中で同じ時間を過ごした戦友で、好きな人。そんな人を目の前で亡くして、そう簡単に立ち直れるはずがなかった。しかし、それを伝える手段がないのもまた事実だ。

「お前にはわかんねーよ。俺の気持ちなんて」

だから結局、壮琉はこう言うしかなかった。これが冷たい回答であるというのも、事情を知らない幼馴染に対して思い遣りに欠ける言葉だというのもわかっている。だが、他に言いようがないのだ。

「うん。わかんないだろうね」

柚莉はそう言い切ると、団扇を机の上に置いて、壮琉を見据えた。

「少なくとも、この時のあたしには、わかんなかったかな」

「……え？」

その不可解な言葉に、壮琉は思わずぴくりと電気にでも触れたように唇を開く。

この時のあたしには、だって……？

そういった言い草には、身に覚えがあった。いや、ありすぎた。それは今より先を知る人間が、当時の自分を振り返った時に使う言葉だ。少なくとも、今を生きる人間が使う言葉ではない。

恐る恐る顔を上げると、そこには力なく笑う柚莉の姿があった。先程見せた、らしくない笑顔だ。

「でも――五年後から来たあたしなら、わかるかもね？」

「お前……嘘、だろ？」

　壮琉の声は震えていた。そんなはずがない、と思った。少なくとも、壮琉は石碑が割れていることも、その石碑が役所の指示により撤去され、蔵の中に保管されていることも確認している。あの状況ではもとの場所に石碑を戻すことも無理だし、もとの場所に石碑がなければタイムリープはできない。そもそも壊れた石碑でタイムリープができる保証もない。だからこそ、壮琉はタイムリープはもう無理だ、と諦めたのである。しかし――柚莉は得意げな笑みを浮かべて、こう答えた。

「ほんと。できることは知ってるでしょ？　あんただって、何回もしてたんだから」

「ま、待てよ……だって、石碑は壊れてたし、撤去されてたんだぞ！　それなのに、どうやってッ……そもそも、何でお前が跳んできてんだよ!?」

　疑問だらけだった。タイムリープの可否も、そもそも何故柚莉が未来から来たのかの理由もわからない。また未来で壮琉は自殺でもしてしまったのだろうか。それだけは信じたくなかった。

「落ち着いて、壮琉。ちゃんと説明するから」

　狼狽する壮琉をどうどうと落ち着かせるようにジェスチャーすると、柚莉はこれから五年間のことを掻い摘んで説明してくれた。

弥凪を事故で亡くした後、壮琉が暫く立ち直れなかったこと。それから想いを伝えたこと。そんな壮琉を見ていられず、柚莉はずっと壮琉の傍にいたこと。それから想いを伝えたこと。そして、時を経て結ばれたこと。しかし——そうした時を経ても、壮琉は弥凪のことが忘れられなかったということも含めて。

衝撃的な事実ではあったが、不思議とあまり驚かなかった。以前にも弥凪からこういった説明を受けたこともあって免疫があったし、何より未来の柚莉が今ここにいる時点で、ある程度想像できる話でもある。

「壮琉を何とか元気にしたくてさ。付き合ったって言っても、ずっとあたしが言い続けて、壮琉の方が根負けしたって形だった。そんなだったから、壮琉の中にはずっと別の女の子がいて……時間があったら、お墓参り行ったりとかしててね。当時のあたしはそのへんの理由がてんでわからなかったから、妬いちゃって辛く当たっちゃった時もあったかな。ごめんね。って……今謝られても困るか」

柚莉は弱々しく笑って言った。彼女のこうした笑顔はこれまで見たことがなかった。

柚莉と言えば、子供みたいに明るくて、あけっぴろげ。それが壮琉の持つ彼女のイメージだ。彼女を変えてしまったのはおそらく壮琉で、壮琉と付き合う過程で彼女から無邪気さを奪ってしまったのだろう。ずっと気を遣わせてしまい、こんな笑い方をするようにさせてしまったのだ。今の話を聞いていたら、何となくそれが想像できてしまった。

「でも、もしかしたら……ほんとは妬いてたんじゃなくて、辛そうにしてる壮琉の力になってあげられなかった自分に苛ついてたのかも」

柚莉は弱々しい笑みのままそう謝ると、窓の外に視線を逃した。

その横顔の線が妙に細くて、元気印だった彼女の印象は翳《かげ》りを見せている。もしかすると五年後にはもう少し年相応になっているのかもしれないが、容姿は壮琉の知る彼女のままなので、余計にアンバランスさが引き立ってしまっていた。

「それから？」

壮琉は首を横に振って、話の続きを促した。何となく自己嫌悪に襲われてしまいそうだったので、話を進めたかったのだ。

「暫く経って、ようやくちょっとマシになってきたかなって思ったら、今度はいきなり時坂神社の伝承について調べ始めたの」

「……そっか」

これに関しては、あまり意外ではなかった。何となく、自分ならそうするかもしれない、と思っていた節がある。

壮琉は、弥凪と柚莉両方を救う方法にうっすらと気付いてしまっている。それは、過去にタイムリープして、七月十四日の午後、弥凪を石碑に近付けさせないこと。これで、理論上は弥凪と柚莉のどちらかが死ぬ因果は崩せるはずだ。そして、タイムリープに必要な石碑も、蔵にあることを知っている。今回の天泣彗星には間に合わないかもしれないが、五年後であれば何とかできると考えてもおかしくはない。

実際、柚莉の知る壮琉はそうだったようだ。何か関係がありそうな伝承を見つけると、土日には県外の資料館にまで行って調べものをしていたのだという。

柚莉曰く、「おかしくなったのかと思っちゃったよね」だそうだが、実際に事情を知らない人間からしたら、そう思うのは間違いない。これまでの人生で神社の伝承になぞ全く興味がなかったのに、いきなり取り憑《つ》かれたように調べ始めたら、気味が悪いだろう。

「それで心配になって問い詰めてみたら、教えてくれたの。タイムリープのこととか、弥凪ちゃんのこととか……それから、別の時間軸のあたしのこともね」

「信じたのか？」

「うん。信じた」

意外にも、柚莉は即答した。訊いておいて何だが、その返答には壮琉の方が驚いてしまった。タイムリープのことを話していきなり信じるなど、きっと未来の壮琉も思ってもいなかっただろう。そんな壮琉を見て、彼女はくすくす笑っていた。

「そうそう、あの時の壮琉もそんな顔してた。普通だったら絶対に信じられないような話だもんね。別の世界ではあたしが死んでて、とか言われても、頭でもおかしくなったんじゃないのって言うと思う。でもね、あたしは『あー、やっぱそうなんだー』って納得しちゃった」

「何でそう思った？」

疑問に思ったことをそのまま訊いてみた。普通、そんな話を聞いても『やっぱりそう』とはならない。何かしらそう思う理由があったはずだ。

「……夢をね、見てたの」

柚莉は一呼吸置いて言った。その言葉に、壮琉の胸がきゅっと締まり、息が詰まった。

「まさか、別の時間軸の……？」

重ねて訊くと、彼女はこくりと頷いた。

嘘だろ、と頭をかかえたくなった。これに関しても、弥凪の推測は当たっていた。

柚莉も別の時間軸の記憶を保持していたのだ。

弥凪も同じく別の時間軸の記憶を夢に見ていたという。もしかすると、過去改変に深く関わる者には、夢という形で記憶が残るのかもしれない。そうとしか思えなかった。

「その夢の中ではね、壮琉がいっつも一生懸命になってあたしを助けようとしてくれてたよ。でも、あたしは結局死んじゃってて……いっつも壮琉は辛そうな顔して、ごめんって謝ってた。気にしなくていいよって言ってあげたかったんだけど、大体いつも動けなくなってたからさ。結局何も言ってあげられなくて、それで目が覚めるの。最悪な夢でしょ？　今でも忘れられないもん」

柚莉は「それでね」と一旦言葉を区切って続けた。

「夢の中では、あたしの知らない女の子も時々出てきた。壮琉に紹介されて、一緒に遊んだりした時もあって、とってもいい子だったのを覚えてる。壮琉はその子のこと好きなんだろうなぁっていうのも何となく気付いてて、それで夢の中なのにヤキモチ妬いちゃったりして。それで……その子の名前が〝弥凪ちゃん〟だった。弥凪ちゃんって、壮琉が見た交通事故で亡くなった子の名前じゃない？　タイムリープの話を聞いたら、むしろ全部納得できちゃった」

「クソッ……また夢かよ。何で実際に跳んだ俺以外の奴が別の時間軸のことを覚えてやがんだよ」

壮琉は苛立ちを隠せなかった。その夢があったせいで、弥凪は真実に気付いてしまった。壮琉でさえも気付いていなかった、因果に。その結果が、彼女のあの選択だ。

それしか因果を断ち切る方法はなかったとしても、到底納得のいく答えではない。

「デジャヴって知ってる?」

「ああ、うん。既視感のことだよな」

既視感、或いは一般的にデジャヴとして知られる現象は、多くの人々が経験する不思議な感覚のひとつだ。それは、新しい場面や状況において、その場面や状況を以前にも経験したかのような強い感覚を指す。

たとえば、新しい町を訪れた際、その通りや風景を以前に見たことがあるかのような感じを受けることがある。しかし実際には、その場所を訪れた記憶は存在しない、というようなものだ。科学的にはデジャヴの正確な原因はまだ完全には解明されておらず、その真相は今も尚、探求の対象となっているそうだ。

「デジャヴは別の時間軸の自分が見た景色なんじゃないかって、言ってたよ」

「誰が」

「未来の壮琉が」

柚莉が可笑しそうに言った。

それから五年で、未来の壮琉はこの世界におけるタイムリープの方法を発見した。

というより、同じ方法でタイムリープが可能であったことを見出したのだ。

「あたしもバカだからさー。壮琉が調べてること一緒になって調べたり、どっかの資料見に遠出するって言ったら着替えとお弁当持って一緒についていったり……色々大変だったのよ？　まあ、旅行みたいで楽しかったけどさ」

「待て。そもそも、どうやってタイムリープするんだよ？　石碑は蔵に保管されてたし、壊れてた。大きさ的に、もとあった場所まで動かすのは無理だ」

実際に蔵にあった石碑を見たからわかるが、高台の下まで運ぶのは不可能だ。むしろ、どうやってあの蔵まで運んだのかを知りたいくらいだった。実際に動かすとなると、レッカー車かクレーン車、フォークリフトは必須だろう。柚莉は言った。

「うん。だから、壮琉は伝承を調べ始めたんだよ。もしかしたら、他にも跳べる方法があるんじゃないかって」

神社の裏手の高台から、石碑目掛けて飛び込む——これが所謂、今の壮琉が知っている伝承だ。実際にその方法でタイムリープも行っているので、効果の程には自信がある。

だが、石碑が他の場所に移されていては、タイムリープはできない。そこで、それ以外にも方法はないのか、と疑問に思って調べていたそうだ。そして遂に、壮琉達はその方法に辿り着く。

「古い資料を当たってるうちに、違う方法が記載されている伝承もあったの。というより、最初は違ったって感じかな。最初は飛び込み意外にもたくさんあって、その中でいつしか飛び込みが主流になったんだって」

「……その方法は？」

「石碑の前での自決。つまり、自殺ってこと。それがいつしか、飛び込みに変わったみたいね。まあ、飛び込みの方が『えいっ』て跳ぶだけだし、確かに気は楽だもんね。そっちが主流になったのもわかる気がする。だって、めちゃくちゃ怖かったもん」

柚莉は肩を竦めて、溜め息を吐いた。もう二度とやりたくない、という表情だ。

「ってことは、柚莉も……？」

「もちろん、あたしもしたよ。じゃなきゃタイムリープできないし」

「何でだよ！」

その返答を聞いて、壮琉は怒鳴りつけていた。それは彼女に対して怒っているというよりは、彼女にタイムリープをさせている将来の自分自身への怒りだった。

「何でお前がそんな危ない思いまでして跳んでんだよ⁉　何のために弥凪が……あんな思いまでしてお前を助けたってのに！　何でそれを知ってる俺が、お前に跳ばせてんだよ！　そんなに過去を変えたいなら、自分でやらせろよ！　何で……何で、柚莉がそんなことしなきゃいけないんだよ‼」

鼻の奥がツンと痛み、目の奥から涙が染み出てくるのがわかった。

時坂神社の伝承のタイムリープは、失敗したら無駄死にするだけだ。怖くないわけがない。その恐怖心がわかるだけに、余計に腹が立った。

「その理由は……もうわかってるんじゃないの？」

柚莉は困ったように笑って、そう言った。

その言葉に、はっとする。どうして弥凪と結ばれた世界で自分がタイムリープに失敗したのかについて、つい最近思い至ったばかりだ。

「そう。あんたは自分がタイムリープに失敗するって知ってたんだよ。あたしと付き合っちゃったから。あたしとの想い出を、否定したくないから。だって……それと同じ理由で一度失敗して、五年後から恋人がタイムリープしてきたってことを覚えていたからね。まあ、また失敗するって思うくらいにはあたしのことも大切に想ってくれてたんだって思うと、それはそれで嬉しかったけどさ」

「待てよ……じゃあ、自分でできないからって俺はお前にタイムリープさせたのか？」

「まさか。絶対にやるなって言われてたよ。あんたが伝承について調べてたのも、跳ぶつもりじゃなくて自分を諦めさせるためだったみたいだし」

五年後の自分が、自分の代わりに恋人にタイムリープをさせるような人間でなかったことに、壮琉は安堵した。しかし、自分が跳べないことを知りつつも伝承について調べ続けていた理由については、首を傾げざるを得ない。そんな壮琉の気持ちを汲み取ったのか、柚莉は説明を続けた。

「もし別の方法でタイムリープができたなら、そこで自分がタイムリープして、弥凪ちゃんを救う時間軸もあるかもしれない……そうやって自分に言い聞かせるために、自分で自分に踏ん切りをつけるために調べてたの」

なるほど、とそこで理解に及ぶ。よりリアリティのある空想をして現実逃避をするために、そうして弥凪を諦めるために、方法を調べていたのだ。とことん将来の自分が愚かで情けなく思えて堪らなかった。このまま塞ぎ込んでいると、そんな結論に思い至るのだろうか。

「弥凪をむざむざ死なせておいて、それを受け入れるわけでもなく、目の前の恋人を大切にするでもなく、そんな伝承に縋って生きるとか……ダサいにも程があるだろ」

「まー、それがほんとだったらね。あくまでも建前だとあたしは思ってたけど」

「建前？」

「うん。本音はたぶん……考えた末で、やっぱりやめたんだと思う。それで人を悲しませたことを、あんたは知ってたから」

悲しませた人。それはもちろん、弥凪のことだろう。壮琉の主観にその記憶はないが、未来の弥凪を悲しませてタイムリープに及ばせたという事実は知っている。もし前の時間軸で、柚莉の死を受け入れて弥凪と未来を歩もうと思っていれば、これだけややこしいことにもなっていなかったし、今の壮琉自身も、こんなに辛い想いをせずに済んでいた。

「だから、あたしがひとりで勝手に跳んだの。全部、あたしの独断だよ」

「待てよ。何でお前はそうまでするんだよ。俺はお前との未来を選んだんだろ？　じゃあ、それで――」

よかったじゃないか。そう、続けようとした。だが、それは柚莉の涙声によって遮られた。

「だってさ……あんた、ずっと辛そうだったんだもん。あたしに気遣って、ほんとは全然平気じゃないくせに明るく振る舞っててさ。そのくせ、ひとりでいる壮琉はすっごく寂しそうで。そんな壮琉を見てるのも、もう辛いんだよ。だって、好きな人にはずっと笑っててほしいじゃない？」

柚莉は泣いたように笑って、小首を傾げた。首を傾げた拍子に、涙が零れる。

幼馴染の切実な想い。そんなものを初めて伝えられた気がして、胸が締め付けられ、こっちまで泣きそうになってしまう。

「バカかよ……お前」

「知ってる。でも、それがあたしのいいところでしょ？」

柚莉は悪びれた様子もなく言った。それは自嘲でも何でもなく、心からそう思っているようだった。

「ごめんごめん、おかしな方向に話がいっちゃったね。要するに、あたしはあたしのためにやったってことだよ。壮琉のことは昔から好きだったけど――」

「え？」

話を戻そうとした柚莉だが、予想もしていなかった言葉に壮琉は思わず目を瞠る。

昔から好きだったってことは、今も？

それを考えると、前の時間軸で弥凪が教室に現れた際に、柚莉の態度が変わったことにも納得できた。彼女は弥凪の登場に、焦っていたのだ。

っていうか、さっき説明してくれてた時もそれっぽいこと言ってたもんな。柚莉の気持ちなんて、これっぽっちも気付いていなかったな……。

それを思うと、少し自己嫌悪に陥ってしまう。柚莉を助けたいと思っていながらも、全然彼女の方を見ていなかった自分に気付かされたのだ。

「……？　あ、そっか。この時の壮琉は、まだあたしの気持ち知らないんだっけ。ミスったなぁ」

うっかりしたと、柚莉は舌を出す。

「ま、そういうこと。ずっと好きだった人とやっと付き合えても、壮琉が辛そうだとあたしも全然楽しくないしね。だからさ、壮琉？　あたしはあんたが後悔しない人生を歩んでほしいの。今の壮琉なら、選べるでしょ？」

相変わらずのらしくない、やや大人びた笑みを浮かべて柚莉は言った。

タイムリープの方法を未来から見つけ出してきた。だからお前は過去を改変しろ。柚莉からそう言われた気がした。

その気持ちは嬉しかった。幼馴染がこれ程までに自分を想ってくれているなど、考えたこともなかった。

「確かに……今の俺なら、タイムリープはできるとは思う。でも、戻ったとして……どうやって、弥凪とお前、両方を救えばいいのかがわからない。ヒントは得たんだけど、具体的な方法は全然思い浮かばないんだ」

時坂神社の伝承を鑑みる限り、時間跳躍者が何かしら過去改変を行えば、タイムリープの〝制約〟が発生する。即ち、〝何かを変えようとするからには、何かを失わないといけない〟とするものだ。

仮に壮琉が十四日に再度タイムリープをして、事故が起きる前に弥凪を事故現場から遠ざけたとしても、〝弥凪を事故から助けるために壮琉が過去を改変した〟とみなされてしまうだろう。実際にその通りなのだから、間違いない。そうなると、これまで繰り返したように、〝制約〟によって柚莉の死という因果は生まれてしまう。結局、弥凪を生かして柚莉を殺す、という選択をするのと同じになってしまうのだ。

「今の状況で戻っても、結局同じことが起こるんだよ。弥凪を助けて、お前が死ぬ。俺は、もうお前が死ぬのだって見たくない。もう、嫌なんだよ」

前の時間軸で、柚莉が無惨に死ぬ様を何度も何度も見てきた。現在の時刻は十七時半を過ぎている。弥凪を助けた時間軸では、柚莉がどうやっても辿り着けなかった時刻だ。こうしてその時刻を生きている柚莉を見ると、余計にそう思えてしまう。

弥凪が生きる世界を選ぶということは、柚莉を殺すということ——おそらくこれが、タイムリープによる過去改変の代償なのだ。過去を変えるというのは、ある意味、神に抗う行為。自決する程の強い覚悟を持ち、尚かつ己の大切なものを失う程の犠牲を払わない限り、許されざる行為なのだろう。

「……あんたが得たヒントっていうのは？」

柚莉は顎に手を当てて少し考えてから、壮琉に訊いた。

「え？　ああ……えっと、因果律の話は知ってるよな？」

訊いてみると、「当たり前でしょ」と彼女は不機嫌そうに答えた。

「あんたが弥凪ちゃんを助けると、あたしが死ぬ。そういう因果ができるってことでしょ？」

柚莉の言葉に、壮琉は頷いてみせる。それが、タイムリープによる過去改変の代償だ。石碑に刻まれた言葉『時の輪を紡ぎ直す者は、身の一部を神に捧げるべし』の意味。何かを変えようとするからには、何かを失わなければならないということだ。その因果が避けられないことは何度も証明されている。

しかし——数日前、生卵パックを床にぶちまけたことによって、あるヒントを得た。

「そう。だからこそ、そもそも因果を発生させなきゃいいんじゃないかって思ったんだ。タイムリープをしても、あの事故が起きることは避けられない。結局弥凪か柚莉、どちらかが死ぬ因果が生まれる。だったら、その因果を生み出さないようにするしかないって」

「……なるほどね」

柚莉は顎に手を当てたまま、神妙な顔で頷いていた。いつもあけっぴろげで明るい彼女が難しい顔をしているのは本来似合わないはずなのに、今の彼女には妙にしっくり来ていた。大人っぽさ、というものが備わったからかもしれない。

「でも、改めて考えてみても、このやり方は無理だと思う。どうやっても俺が弥凪を助けることになっちゃうからな」

タイムリープをして弥凪を無理矢理事故現場から遠ざけたとしても、結局それは壮琉が弥凪を助けたことに他ならない。弥凪を助けた時点で、過去改変の代償として柚莉が死ぬという因果が生じてしまうだろう。

「それを避けるためには、弥凪が自発的に事故現場に向かわないようにしないといけないんだけど……それも無理だし」

壮琉が十四日に戻って事故が起きるまでの時間はせいぜい一〇分と少しだ。時間的猶予の観点からしても難しいだろう。しかし、柚莉は顋に手を当てたまま、こう言った。

「そう？　案外いけるんじゃない？」

「え？」

予想外の言葉に、壮琉は思わず顔を上げる。いける？　どうやって？

彼女は壮琉の疑問に答える前に、確認とばかりに訊いてきた。

「要するにさ、弥凪ちゃんがあの日、時坂神社の前を通らなくて済むようにすればいいんだよね？」

「そうだけど、それが無理なんだって。あそこはあいつの通学路なわけで、通らないようにすること自体できるわけが──」

「そう、通学路だよね。逆に言うと、通学路でしかない、とも言えるでしょ？」

通学路でしかない？　どういうことだろうと考えてみて、はっとする。

「まさか……時坂高校に、入学させないってことか？」

壮琉の呟きに、柚莉はこくりと頷いてみせた。

神社裏手の石碑の前は、弥凪にとっては時坂高校に通うための通学路だ。彼女が時坂高校に通っている限りは必ず通るが、逆に言うと、時坂高校に通っていなければ絶対に通らない道。柚莉はそう言いたいのだ。

「待て待て！　俺が戻れるのは七月十四日だ。その時には既に弥凪は入学してるし、その事実は変えられない」

「それは、弥凪ちゃんを事故で死なせたくないっていう想いがあったからでしょ？　タイムリープの条件を思い出してみて」

「条件？」

タイムリープの条件……過去改変をしたいという強い想いを持って、天泣彗星が流れる夜に、神社の石碑の前で自決する。過去に跳ぶ正確な時間指定はできないが、強い想い出があったり、変えたい過去がある時間近くに跳ぶ傾向があるようだ。

「強い想い、か……！」

「そう。過去を変えたいというその想いを、これまでとは別のものに変えればいいじゃない。たとえば……弥凪ちゃんに時坂高校の入試を受けさせない、とかね？」

思ってもいないところに話がすっ飛んでいった。だが、どうしてだろう？　思ってもいなかった話にも関わらず、弥凪の高校入試云々の話はそれ程遠い話ではない気がした。彼女とはそういった話をしたことがあったはずだ。

そこで、前の時間軸にした彼女との会話がふと脳裏に蘇ってきた。

『実は……私、ルチア女子が第一志望だったんですよ』

そうだ。弥凪はもともと聖ルチア女子学院という県内トップの女子高を第一志望としていた。だが、彼女は滑り止めとして受験した時坂高校に入学した。聖ルチア女子学院は受験しなかったのだ。

『ルチア女子の入試の直前……ちょうど時坂高校の入試の日に、お父さんを病気で亡くして。そのショックで、ルチア女子の入試どころじゃなかったんです』

彼女はこう語っていた。では、何故親父さんが死んだのか？　それについては、そういえば、壮琉の母親・佳穂に父親の死因を訊かれた際に、こう答えていた。

『心不全でした。その日私は受験で、お母さんも仕事で朝早くから出ていて、家に誰もいなかったんです。それで……救急車も呼べなかったみたいで』

そうだった。親父さんが亡くなったのは、時坂高校の受験日だ。その日弥凪の家には誰もおらず、発見が遅れたのである。

そして、当の弥凪はその日……高校までの道に迷って、受験できるかどうか危うかった。でも、道を教えてくれた人がいて——そこまで考えた時に、あれ？と思った。何か頭の片隅で引っ掛かることがあったのだ。ちょうどそのタイミングで、柚莉が補足するかのように言った。

「壮琉さ、二月くらいにこんなこと言ってなかったっけ？　うちの学校の受験生に学校までの道を聞かれたって。それってもしかして……弥凪ちゃんだったんじゃない？」

「あっ……！」

そうだ。確か今年の二月、受験シーズンに道を尋ねられた。スマートフォンの充電が切れていて、道に迷ってしまっていたのだ。

そこで、弥凪の行動の節々に合点がいく。

道を教えてくれた人に感謝しなきゃな、と伝えた時、弥凪は『とっても……とっても感謝してます』とまるで壮琉に感謝しているようであった。壮琉のことなんて忘れて過ごせばよかったのに、と伝えた時も『忘れたんですか？　私は先輩に何度も助けられてるんですよ？　そんな人を、簡単に忘れられるわけないじゃないですか』と事故以外でも助けられたことがあるような言い方をしていた。

そう……弥凪は覚えていたのだ。高校受験の日に、壮琉に道を教えてもらったことを。

「俺と弥凪は……もう出会っていたのか」

その事実に、直面する。

それを考えると、一番最初──まだタイムリープする前、事故に遭う直前の弥凪の動きにも納得できる。思い返してみれば、彼女のそれはまるで、壮琉のことを知っているかのような素振りだったのだ。そして、壮琉に声を掛けようとしたところに──

あの事故が起きた。

これまで一度も考えたことがなかったが、何故弥凪は壮琉に声を掛けようとしていたのか？　それは、彼女は壮琉のことを知っていたからだ。受験当日に道に迷っていた自分に道を教えてくれた、親切な先輩として。もしかすると、ずっと御礼を言うタイミングを窺っていたのかもしれない。学校では大体友達か柚莉と一緒にいたので、声を掛けにくかったというのもあったのだろう。そこで運よくひとりでいた壮琉を見掛け、声を掛けようと思ったのではないだろうか。

そうなると、もし壮琉が受験当日に道を教えていなければ……いや、間違った道を教えて弥凪を家に返すように仕向ければ、彼女の父親は亡くならなくて済むのではないだろうか。少なくとも、時坂高校を受験することがなければ、弥凪は七月十四日に時坂神社の前の通学路を通る必要もないのだ。もちろん事故には遭わないし、壮琉も彼女を助けることもない。柚莉が死ぬ因果も生まれない。

壮琉が頭の中を整理しながらそこまで話すと、柚莉は「決まりね」と頷いた。

「今年の冬にタイムリープして、弥凪ちゃんに高校を受験させないで、家に帰らせるように仕向ける。そしたらお父さんだって救えるかもしれないし、第一志望の高校にだって通えるかもしれない。少なくとも、今とは全く違う世界が形成できるはずよ？」

これまでにない、完璧な作戦だった。まさか弥凪が死んでからそんな方法が浮かぶなんて、思いもよらなかった。だが、壮琉の心は晴れない。

「名案……だとは思う。でも、ひとつだけ大きな問題がある」

「何よ?」

「俺がその日のことをよく覚えてないんだ。今言われてやっと思い出したくらいで、正直女の子に道を聞かれた程度のことしか記憶にない。それが弥凪だったということにも、今の今まで気付かなかった」

タイムリープするには、その日の強い記憶ないし想い出が必要だ。この程度の〝想い〟と〝記憶〟ならば、おそらくタイムリープには成功しないだろう。壮琉自身がもっと深く思い出さなければならないが、その状況を深く知る唯一の人は、この世にはいない。

「そんなの簡単じゃない」

壮琉の説明を受けて、柚莉はあっけらかんとして言った。そして、こう続けたのである。

「訊きに行けばいいのよ。七月十四日の弥凪ちゃんに、ね」

その言葉には、さすがに壮琉も開いた口が塞がらなかった。彼女が言わんとしていることは、壮琉からすれば有り得ないことだったからだ。

「弥凪に訊きに行けって、お前……本気で言ってるのか?」

「うん、そう」

「そうって……俺にまたお前を見殺しにしろってのかよ!?」

弥凪を助けたら、柚莉が死ぬ因果が生じる。それは不可避だ。弥凪を助けて高校受験のことを訊いてから二月にタイムリープするということは、七月二十一日の柚莉の死をもう一度体験せねばならないのだ。

「うん。わかってる。だから、そうしてって言ってるの」

「なッ……!?」

「勘違いしないでよ？　別の時間軸だからって、あたしだって自分を死なせたくない。でも、受験当日の弥凪ちゃんを誘導できるのは、二月の壮琉しかいないの。この因果を打ち崩せるのは、あんただけなのよ？」

「それは、そうだけど……そんなの、お前を無駄死にさせるみたいじゃないか」

「無駄死になんかじゃない。あんたが何度も繰り返した、この牢獄みたいな一週間から抜け出すたったひとつの希望のためでしょ？　それができたら、あたしと弥凪ちゃんどちらかが死ぬ因果は消える。誰よりもあんたが望んだ未来……ううん、違う。あたしも、きっと弥凪ちゃんも望んでる未来。その先には、そんな世界が待ってるんだよ。それなのに、何を躊躇してるの？　この意気地なし……！　いい加減、男になんなさいよ!!」

一歩も引き下がる気はないという様子で、柚莉は壮琉を鋭い目つきで睨み付ける。

その鋭い眼光の奥にあるのは、信頼と叱咤激励。僅かながらにある苛立ちは、きっと今の壮琉ではなくて、彼女の知る五年間の壮琉に対してのものだろうことはうっすらと察せられた。最後の言葉は、ずっと壮琉に対して言いたかったものなのかもしれない。

ただ、弱々しく力ない笑みを浮かべるよりも、こうして口やかましく言いたい放題な方が、実に柚莉らしいと思えた。これは壮琉が昔から知っている天野柚莉に他ならない。そんな彼女を見て、安心してしまう自分がいた。

「……ったく。ずるい言い方だよな。人の気も知らないで」

壮琉は根負けしたように大きく溜め息を吐くと、窓の外の空を眺めた。空は夕闇に染まっており、あともう数時間もすれば彗星が流れ出す。それまでに壊れた石碑が保管されている場所に行かなければならない。もうそれ程時間はなかった。

柚莉の言う通り、因果を崩すにはこれ以外に方法がないのも間違いない。どちらも救う手立てなどないと今の壮琉は諦めかけていた。弥凪も、そして五年後の壮琉も諦めていた。だけれど――柚莉だけが諦めなかった。

何とも皮肉なことだな、と思った。あれだけ救いたいと思っていた幼馴染に、最後の最後に背中を押されることになるとは、誰が予想しようか。

「やってやるさ。絶対に成功させてみせる。それができるのは……この世にたったひとり、俺しかいないんだからな」

柚莉に向けて、力強く頷き返す。

すると、彼女は天真爛漫ないつもの笑みを浮かべて、こう言ったのだった。

「壮琉ならできるよ。だって、あたしが惚れた男の子だもん」


天泣彗星が流れる時刻が近付いてきたこともあって、壮琉達は時坂神社へと移動した。神社の境内から逸れたところにある細い道を通り、緩やかな坂と階段を下りた先に、小さな蔵がある。この中に石碑が保管されていることは、数日前に神主に確認済みだ。柚莉も五年後、この場所からタイムリープをしてきたらしい。彼女にできたということは、壮琉も同じ方法でタイムリープが可能なはずだ。ただ、方法が以前とは異なる。

自決、か。やることには変わりないんだけど、飛び込みとは違った恐怖があるよな……。

壮琉は手元の刃物を見て、息を呑む。柚莉は五年後、この場所で自らの喉を刃物で突き刺すことでタイムリープを行ったそうだ。それが確実だと思ったので壮琉も同じ方法でやることにしたが、さすがにちょっと怖い。ただ、やらないことには何も変えられない。柚莉の想いを無駄にしないためにも、壮琉はもう一度七月十四日に戻らなければならないのだ。

七月十四日に戻ったら、真っ先に石碑の前まで行って、これまで通り弥凪を助ける。事情を説明し、二十一日までの間に高校受験当日のことを聞いて、その想いを以て今年の二月にタイムリープ。そして、高校を受験させずに弥凪を家に帰るように仕向ける――これが、今回柚莉と考えた作戦だ。

如何に弥凪から受験当日の話を聞き出し、壮琉自身が二月の記憶を思い起こすかというのが肝だ。できれば、どうやって当時の弥凪を誘導すればよいか、というところも本人と相談しておきたい。そのふたつさえできれば、今ある因果をなかったことにできる。そのためには弥凪の協力が不可欠だが……彼女は果たして納得するだろうか？

というのも、おそらく今からタイムリープする先の弥凪は、二度目の時間跳躍をしている。即ち、壮琉と一緒にタイムリープを行い、自らが死ぬことで柚莉が死ぬ因果を断ち切る覚悟を持っている弥凪だ。その覚悟を無下にされたと怒るかもしれないし、柚莉と立てた計画に反対される可能性だってある。それに関しての柚莉の見解は、こうだった。

「そこはあんたの腕次第なんじゃない？　惚れた女の首くらい縦に振らせなさいよ」

とんでもなく無責任な物言いだった。弥凪は大人しそうに見えて、結構頑固なところがあるし、芯も強いのだ。多少骨が折れるかもしれないが、対話でどうにかするしかあるまい。実際に、先程柚莉も言っていたように、弥凪と柚莉どちらも生き残る選択肢というのは、壮琉だけでなく彼女達にとっても悲願のはず。話し合えばきっと理解できるだろう。しかし、壮琉にはもうひとつだけ懸念事項があった。

「でもさ……実際にはそこよりももっと大きな問題があるだろ」

「え、何？」

「過去改変の代償だよ。過去を改変するには、何か大切なものを失わないといけない。タイムリープをして過去を変えると、そういった因果が作り出されてしまう」

もともと本来あるべき時間軸では、弥凪は七月十四日に事故で死んでいた。本来ならそこで終わっていたはずだった。だが、壮琉は偶然にもタイムリープをして、弥凪が死ぬという過去を変えてしまった。それによって、過去改変の代償……即ち、柚莉の死という因果が生まれてしまったのである。

「今回の改変で、どんな因果が生まれるかはわからない。俺が対処できる変化ならいいけど、俺の手が届かない変化が起こる可能性だってある」

また、問題はそれだけではない。今年の二月まで遡ってしまうと、タイムリープができる七月二十一日まで五か月も間が空いてしまう。その間に全ての変化を観測するのは難しいし、ましてや対処するとなると不可能だ。自分の一挙手一投足だけでさえ正直覚えていない。柚莉は暫く考えた後に、こう言った。

「それはもう……諦めるしかないんじゃないかな」

「えっ？」

予想外の回答だった。過去に戻ってきてまで壮琉を変えようとしている人間から、諦めるという言葉が出てくるとは思わなかった。

「っていうかさ、今こうしてタイムリープしてるのが言ってしまえば〝ズル〟みたいなもんで……ほんとは、それが人生なんじゃない？」

「それが人生って……こんな理不尽な想いをしてまでかよ」

「うん。きっと、その理不尽さも含めて人生なんだよ。納得できないけどね」

柚莉は眉をハの字にして笑うと、諦観に満ちた声音で続けた。

「風が吹けば桶屋が儲かるとか、バタフライエフェクトとかって言葉があるけどさ、まさしく人生ってそんな感じじゃん？　あたしが何気なく言ったこととか、壮琉が何気なくしたこととか、或いは全然関係ないクラスの誰かがしたちょっとした仕草で誰かの人生を変えちゃって、ということだって普通に有り得るわけだしさ。その中には取り返しのつかない変化だったりとか、すっごく理不尽なこともあったりして……でも、ほんとはタイムリープなんてできないから、あたし達は、その結果を受け入れなきゃいけない。ううん、実はそうやって皆生きてるんだよ」

柚莉の言葉は重かった。それは、過去改変という事象とその代償によって苦しめられた壮琉の五年間を見てきたからこそ考え至った結論なのかもしれない。

「あの時ああしてればよかった、とか、こうしてればよかった、とか。そんな後悔、誰だってあるよ。あたしらなんかよりもっと賢くてもっと偉い人だって、きっと間違いのひとつやふたつはある。でも、皆それを何とか受け入れて、前に進んでるわけじゃん？」

だから、と言葉を区切って、柚莉は壮琉をじっと見据えた。

「もし次に何か起こっても、それに抗うのはもうやめて。仮に、それでまたあたしが死ぬことになっても……それはそれ。それがきっと、あたしの運命なんだよ」

言われてみれば、その通りなのかもしれない。結局のところ、タイムリープを繰り返すことによって、余計に壮琉の心理的な負担も重くなってしまった気がする。仮に、一番最初……偶然によるタイムリープがなければ、壮琉は見ず知らずの女の子が目の前で事故に遭って死んだ、という事実しか残らなかった。ショックはショックだろうし、救えたかもしれないという自責の念もきっとあったはずだが、いつしかその傷は癒えていたであろう。少なくとも、当初の壮琉は弥凪に死なれてここまで傷付かなかった。何故ならそれは彼女が、見ず知らずの女の子だったからだ。

しかし、タイムリープを繰り返すことで、弥凪は見ず知らずの女の子ではなくなってしまった。好きな人になってしまったのである。そうなってしまった時、事故の重みや度合いは、当初とは次元が異なる。

「なんか……すげー大人だな、柚莉。同じ外見なのに中身が全然違うから、変な感じがする」

壮琉は肩を竦めて言った。見知った幼馴染なのに、同い年とは思えない。物凄く年上の大人から説教をされた気分にもなってしまう。それに対して、反感を抱くこともなかった。とても不思議な気分だ。

「まあ、五年間もあれば色々あるし、たくさん考えたからねー。いつまでも子供のままじゃいられないってことよ」

「そっか。まあ……それもそうだよな」

自分だってそうだ。この幾度となく繰り返した七月十四日から二十一日の間で、考え方が随分と変わったように思う。絶望もしたし、愛する人を失う悲しみも知った。

一度目の七月十四日を迎えた自分とはもはや別人であることは明らかだ。

「過去改変の代償だけど、ひとつだけあたしでも想像がつくものがあるよ」

「……なんだよ」

「たぶんだけど……弥凪ちゃんとの出会い、じゃないかな」

確証があるわけじゃないけどね、と柚莉は付け加えた。

確かに、それは確実に起きる現象だ。過去改変の代償となるかはわからないが、過去を改変すると必ずその因果は生じる。

弥凪が時坂高校に入学しなくなるということは、そもそも壮琉との接点がなくなる。聖ルチア女子学院ともなれば電車通学だろうし、偶然会うこともないだろう。

そして、弥凪の記憶も二月に遡ったものとなって……当時の弥凪には、壮琉と過ごした七月の記憶も、そして仲を深めていく五年間の記憶もない。彼女にとって、壮琉は完全に赤の他人になってしまうのだ。

「あんただけが、一方的にずっと弥凪ちゃんを覚えてることになる。きっとそれは……凄く辛いことなんじゃないかな」

そうかもしれない。どこかで彼女と偶然会っても、壮琉の記憶の中でともに過ごした弥凪とは異なる。しかも、彼女にとって壮琉は嘘の道を教えて、受験を妨害した酷い悪戯男だ。今回のような出会いや再会にはならないだろう。

「でも……それで弥凪が死ななくて、お前も生きていてくれるなら、それに越したことはないよ」

「強がっちゃって。辛いくせに」

「うるせえよ」

辛いに決まっている。好きな女の子から自分との記憶や想い出がさっぱり消え去ってしまって、自分だけがその全てを覚えているのだ。

時坂神社や学校だけでなく、この町の至る所に弥凪との想い出はある。そうした場所で彼女の面影を見る度に、きっと彼女と過ごした存在しない時間を思い出すことになるのだろう。

「ま、きっとその時間軸のあたしもあんたのこと好きだろうからさ。寂しくてどうにもならなかったら、そっちのあたしに甘えてみなよ。きっと、喜ぶから」

柚莉はそう言いつつ、困ったように笑った。

それはそれで何だか照れ臭い気もするが、こうして彼女の色々な想いを知ってしまうと、接し方も少し変わってしまう気がする。なんだか他人の心を盗み見てしまったような気もしてしまうが、これからはただの幼馴染としてではなく、ひとりの女の子として接しよう。そう心の中で誓いを立てる。

その時、蔵の窓から空の光が差し込んできた。天泣彗星が流れ始めたのだ。それはタイムリープの時刻、そして、この柚莉との別れの時でもある。

「あたしは外に出てるから、早いうちにね。あっ、失敗しないでよ？　あたし、もう二度とタイムリープしたくないんだから」

柚莉は壮琉の手元の刃物を見て言った。二度と自決はしたくない、と言いたいのだろう。

「わかってるよ」

それもそうだ。飛び込みなら何度かしているうちにバンジージャンプ感覚でできるようになったが、刃物で自らの喉を突くのはちょっと違う。何度やっても慣れることはないだろうし、何度もしたくない。壮琉自身も、これを最初で最後にしたかった。

「壮琉」

柚莉は蔵の取っ手に手を掛けてから、こちらを振り返った。

「うん?」と壮琉も振り返ると、彼女はその瞳に涙を溜めて、最後に笑顔でこう言ったのだった。

「……さよなら。元気でね」

柚莉にとっては、これが壮琉との別れ。壮琉にとっても、五年後から来た彼女との別れ。お互いの主観が交わることは、もうない。だが、壮琉は敢えてこう返すことにした。時間軸は違えど、柚莉とまた過ごすことになるのは変わりないのだから。

「色々ありがとう。またな」

そして、壮琉は再び過去へと舞い戻る。今度こそ、皆が望む未来を勝ち取るために。

四章

1

……脳を何度もザクザク刺されるような激痛と嘔吐感、超音波のような耳鳴り……何度跳んでも慣れることなどなかったし、毎度毎度最低な気分にさせてくれる。しかし、今回はこの感覚が妙に待ち遠しかった。

「──琉？　ねえ、──琉！」

いつも通り、徐々に五感が戻ってくる。柚莉の心配そうな声が聞こえてきて、思わず安堵の息が漏れた。

柚莉の声だけではない。慣れ親しんだいつものうだるような陽射しと、鬱陶しいくらいやかましいミンミン蟬の鳴き声、そして手のひらと尻を焦がすコンクリート。そのどれもが、壮琉にとっては懐かしいものだった。

戻ってきた……！　七月十四日に戻ってこれた！

タイムリープの成功に、喜びに打ち震える。石碑が壊れてもう二度とこの日には戻れないと思っていたから。

そして、この時刻なら──まだ、弥凪は生きている。

「柚莉！」

頭痛を振り払うと、不安げにこちらを覗き込んでいた柚莉の肩を掴んだ。

「ひゃい⁉」

彼女は尻尾を踏まれた猫みたいな悲鳴を上げて、身体を強張らせていた。顔は林檎《りんご》のように赤くしている。変に大人びていない、壮琉のよく知る柚莉の反応だ。

「ほんとに……ほんとにありがとう。お前には、感謝してもしきれない」

「はっ、何が⁉　意味がわかんないんだけど！　っていうか、手っ、手！」

柚莉は真っ赤な顔のまま、自らの両肩を掴む壮琉の手を左右交互に見てはあたふたとしていた。壮琉はおかまいなしに話を進めた。

「今は……七月十四日の下校中時刻は午後二時、だよな？」

「え？　う、うん。そうだけど」

柚莉は怪訝そうにしながらも頷く。

よかった。時間も状況も同じだ。タイムリープの方法がこれまでと違ったから戻ってくる時間も変わるのではないかと不安だったが、本当にいつも通りだった。

壮琉は柚莉の肩から手を離すと、小さく息を吐いた。

「ありがとう。ちょっと急用思い出したから、行ってくる。神社の下見は行っておくから。バイト、頑張れな」

「あ、ありがと……壮琉の方は、もう大丈夫なの？　さっき、凄く具合悪そうだったけど」

「……ああ、もう大丈夫だ。俺が全部、何とかする」

そう。全部何とかしてみせる。

弥凪のことも、柚莉のことも、全部救ってみせる。いや、なかったことにしてみせる。それが、別の時間軸とした、柚莉との約束だ。

「待って、壮琉」

壮琉が駆け出そうとすると、柚莉は鞄の中から新品のペットボトル水を取り出し、投げて寄越した。

「これ、あげる！　熱中症にならないようにね！」

「……サンキュ、柚莉」

何度も交わしたこの会話、そしていつもの溌剌とした笑顔。この一瞬がこんなにもかけがえのないものだとは思わなかった。

このやり取りをするのも今回が最後だ。それを思うと、ほんの少しだけ寂しい。しかし、本来人生とはそういうものだ。二度と今が訪れることはない。全ての瞬間が、最初で最後なのだ。

「……柚莉、あと一回だけ我慢してくれな。それで全部、終わらせるから」

「はあ？」

壮琉の言っている意味がわかるはずもなく、柚莉は怪訝そうに首を傾げていた。

弥凪を助けると、柚莉は、二十一日の夕方に死ぬ。それがわかっていて、今から壮琉は弥凪を助けに行くのだ。だが、それもこれも――全て、ふたりを因果から解放するためである。

壮琉は一直線に時坂神社へと向かった。ただひとりの女の子だけを思い浮かべて、走り続ける。

あの場所に、弥凪がいる。それを思うと、どうしても気が逸ってしまう。

このペースで石碑まで向かっても、早く着きすぎるのはわかっている。でも、また彼女と会えると思うと、歩いてなどいられなかった。

案の定、事故が起こるよりもだいぶ早くに石碑の前の信号機に辿り着いてしまった。

そして――ちょうど石碑の前に着いたところで、遠くの方からひとりの少女が歩いてくる姿が確認できた。生きている彼女。そして、自分の身に何が起こるのか、自分がどんな因果の牢獄に閉じ込められるのかもわかっていない彼女だ。

「みな、ぎ……」

弥凪の姿を目視しただけで、胸がぐわっと熱くなった。

生きている。弥凪が、生きている。それだけで嬉しかった。すぐに声を掛けて、抱きしめたかった。

だが、まだこの時の彼女は、未来から跳んできていない。そんなことをしてしまっては、別の因果の狂いを生じさせかねない。気持ちをぐっと抑えて、いつかのように壮琉は石碑の陰に隠れた。

その直後、以前と同じく激しい頭痛と眩暈が壮琉を襲う。頭の中でホワイトノイズが鳴り響いたかと思えば、再び脳裏に弥凪が事故に遭って無惨に死んでしまう映像が流れた。

「ああ、わかってるよ。これが〝正史〟って言いたいんだろ？　だけど、知ったことかよ……！」

壮琉は呻きつつも石碑にもたれかかって、深呼吸をする。

毎度見るこの現象の意味も、ようやくわかってきた。おそらく、これはこの世ならざる者、或いは時坂神社に祀られている神からの警告なのだ。これが本来あるべき未来、ここが分岐点だ、と教えてくれているのだろう。ここを変えれば、ひとつの因果が生まれる。そういったメッセージのようなものなのだ。

視界の隅に、弥凪に突っ込むであろう白い車を捉えた。彼女を血だらけにする車。

それを思うと、憎しみさえ湧いてくる。だが、今は運転手を憎んでいる場合ではない。

今はとにかくじっと弥凪を観察する。未来から跳んできた彼女に声を掛ける必要があるからだ。

あと幾許もしないうちに、車は突っ込んでくる——そのタイミングで、弥凪がはっとして顔を上げた。しかし、以前のように困惑した様子もなく、じっと白い車の方を見つめただけだった。

間違いない。死の覚悟を持ってタイムリープしてきた弥凪だ。

今だ、と壮琉は石碑から飛び出て、彼女に向かって走り出す。その直後、激しいスリップ音が鳴り響いた。

以前この光景を見た時は、横断歩道よりもさらに向こう側にいて、絶望した。どうやっても間に合わないことがわかっていたから、ただ彼女が自力で避けることを祈るしかなかった。だが——今回は、違う。

「弥凪！」

壮琉が叫んで手を伸ばすと、弥凪が驚いてこちらを見た。

「先輩!?」

明らかに困惑している顔だった。それもそのはずだ。弥凪の中では、壮琉はここにいるはずがない。神社とは逆方向にある駅前広場で嘘の待ち合わせを持ちかけていて、まんまとそこに向かっていると思い込んでいたのだろう。縦《よ》しんば途中で嘘がバレたとしても、距離的に間に合うはずはない——そう高を括っていたはずだ。

困惑する弥凪を気にも留めず、彼女の腕を掴んでそのまま走り抜けた。その直後、激しい激突音とともに、つい先程まで彼女が立っていた場所に車が突っ込んだ。

石碑！　石碑は⁉

以前は事故の拍子に壊れてしまったのを思い出して、はっとして石碑を見る。しかし、石碑はこれまでと同じく無傷だった。

よかった……これで、いつも通りタイムリープはできる。

壮琉はほっと胸を撫で下ろす。もしかすると、事故の直前の弥凪や壮琉の行動によって、この車がどうぶつかるのかが微妙に変わるのかもしれない。これもバタフライエフェクトだろう。こんな微妙な変化で未来が変わるというのだから、物事を自分の予測通りに進めようと考えることそれ自体がおこがましいと思えた。

「せん、ぱい……？」

隣から少女の震えた声が聞こえてきた。信じられない、といった様子で弥凪は大きく目を見開いている。彼女からすれば、有り得ないことが起こっているのだから、当然だ。

しかし、壮琉はお構いなしにそのまま腕を自分の方へと引き寄せ、正面から彼女を抱きしめた。

「弥凪……よかった。ほんと、よかった……！」

真夏の真昼間、しかもお互い緊張の瞬間を迎えていたこともあってか、ふたりとも身体が熱かった。彼女の身体も、妙に強張ってしまっている。

だが、そんなことはどうでもよかった。彼女が生きている。それだけで、これ以上ないくらいに嬉しい。あんな無惨な弥凪は、もう二度とごめんだ。

「どうしてッ……どうして先輩がここにいるんですか!?　駅前で待ち合わせって言ったのに……ここに来るはずがないのにッ！」

歓喜に震える壮琉に対して、弥凪は愕然としていた。怒りと驚愕が入り混じっている、そんな表情だ。

壮琉はそっと身体を離すと、彼女をじっと覗き込んだ。そして微苦笑を浮かべて、こう返してやった。

「……そうやってお前が勝手に犠牲になった世界から来たって言えば、通じるか？」

事故の音を聞き付けて、いつも通りぞろぞろと周囲の住民達が集まってきた。現場は彼らに任せ、壮琉は弥凪の手を引いて時坂神社の境内へと移動する。

石段を上っている間はずっと不服そうにだんまりしていた弥凪だが、鳥居をくぐるなり、険しい表情でこう訊いてきた。

「説明してください、先輩。私が犠牲になった世界から来たって、どういうことですか？」

詰問するような、責めるような表情。怒られているのに、そんな顔もするんだなと思わず嬉しくなってしまっていた。

そんな自分にやや呆れてしまうが、仕方ない。一度彼女を失ってからでは、どんなに不機嫌そうな顔でも愛しく思えてしまう。

「言葉の通りさ。まんまと騙されて、目の前で弥凪を失った。そんな世界から、俺は来たよ」

「……失敗したんですね、私」

壮琉の言葉に、弥凪は大きく溜め息を吐いて肩を落とした。壮琉は訊いた。

「失敗って？」

「先輩がもうタイムリープできないように、車に石碑を壊させようと思ってたんです。先輩を、もうこんな時間の牢獄から解放してあげたくて」

「……そこまで考えてやがったのか」

どうやら、前の時間軸で石碑が壊れたのは、ただの偶然ではなかったらしい。

そういえば、あの弥凪は車を確認してから若干位置をずらしていた。壮琉に助けられない限り自らが事故に遭う運命にあると知った彼女は、わざと石碑を壊すように仕向けていたのだ。

「お前の思惑通り、車は石碑にぶつかってたよ。でも、車がお前を避けようとしたせいで、完全には壊れなかったんだ」

「そうですか……やっぱり、なかなか上手くいきませんね」

「そんな行き当たりばったりで上手くいくかよ。何回も同じ一週間を繰り返した俺を見てみろ。タイムリープで自分の思い通りにいったことなんて、一度もなかっただろ？」

自嘲的に笑って軽口を叩くと、そこでようやく弥凪も顔を綻ばせた。

「言われてみれば、そうでした」

「そうそう。そういうもんなんだよ、この世の中ってやつは」

言って、お互いに笑い合う。

そう、たとえ未来で何が起こるかがわかっていても、過去改変の旅で上手くいったことなど一度もなかった。ひとつ行動を変えれば、微粒子レベルの変化で何かが変わって、結果的に全く別の物事が生じてしまう。まさしく、バタフライエフェクト。

壮琉達は、そんな世界の中を生きているのだ。

「壊れた石碑は、この山の中にある蔵……ちょうどあっちの細い道の奥にある場所に保管されていたよ。それから後もあそこにあったらしい。きっと、処分するのも憚られて残したままにしてたんだろうな」

「あったらしい……？」

未来形と過去形が入り交じった表現に、弥凪は首を傾げた。

「お前が犠牲になることを選んだ世界ではさ、五年後から柚莉がタイムリープしてきたんだ」

「柚莉さんが!?」

その事実に、弥凪は反射的に顔を上げた。彼女が驚くのも無理はない。一体誰が柚莉のタイムリープを予測できただろうか。

「ああ。五年間、俺はずっとずるずると弥凪のことを引きずってたらしくてさ、後悔するような生き方すんなって叱られたよ。そんなの、今の俺に言われたって困るんだけどな」

壮琉は肩を竦めて言った。自分の知らない五年間のことを説教されても困る。ただ、そんな自分になりそうなのも何となく想像がついてしまうのも、また困りものだった。

「どうして先輩は、自分で戻らなかったんでしょうか？　まさか、しようとして失敗した、とか……？」

「いや、その時間軸の俺は、タイムリープをしようとしなかったんだ。失敗するのがわかってたからな」

「失敗するのがわかってた……？」

「知ってたんだよ。弥凪と付き合ってた俺が、何でタイムリープに失敗したのかを、さ」

壮琉の言葉に、弥凪は「えっ!?」と目を瞠った。

彼女からすれば、それも謎のひとつだったはずだ。五年後の壮琉は伝承を調べて方法も知っていたのに、タイムリープに失敗して命を失ったのだから。

「どうして、どうして失敗したんですか!?」

「たぶんだけど、お前の知ってる俺は……お前との時間を否定したくなかったんだと思う」

「私との時間を……否定したくなかった?」

壮琉は頷き、自らの辿り着いた答えを彼女に説明した。

五年前にタイムリープをして柚莉を救うということは、弥凪と過ごした五年間を否定することになる。未来の壮琉はそれに気付いて、跳ぶ直前、或いは直後に後ろ髪を引かれたのではないか、と。要するに、過去を改変することに、躊躇してしまったのである。過去改変への強い想いがなければ、タイムリープは成功しない。

「まあ、俺はその俺じゃないから、本当のところはわかんないけどな。でも、そうなんじゃないかなって思うよ。実際に、お前を失ってその気持ちが何となくわかったからさ」

そこまで言ってから、壮琉は小さく息を吐いた。

弥凪も顔を伏せてしまっている。彼がタイムリープに失敗した原因について、もしかすると弥凪は知らない方がよかったのかもしれない。彼女の場合、自分のせいで失敗した、と自責の念に駆られる可能性もあった。

「話を戻すけど……まあ、柚莉がタイムリープしてきた五年後では、俺と柚莉が付き合うらしくてさ。悩んでたみたいだけど、五年後の俺は結局タイムリープをしようとしなかった、って言ってた」

「じゃあ、どうしてッ……どうして柚莉さんが戻ってくるんですか⁉ せっかく付き合えたのに……やっと先輩と付き合えたのに、どうしてわざわざ柚莉さんが戻ってくるんですか！」

「決まってんだろ！」

壮琉は怒鳴って、正面から弥凪を力強く抱きしめた。そして、心の声を綴る。

「お前が死んで、お前を失って、わかったんだよ。柚莉が死ぬ世界も耐えられないけど、お前が死ぬ世界もとてもじゃないけど耐えられたものじゃなかった。今の俺に叱られたって困るってさっきは言ったけど、あのままだったら、きっと柚莉の言う通りになってたと思う。ずっとグズグズしてて、お前のこと思い返しながら後ろ向きに生きて……そんな自分が簡単に想像できた」

弥凪が死んでからの一週間がまさしくそんな感じだった。

閉じ籠って、弥凪がいた時間軸を思い返し、追憶の中の弥凪をひたすら探していた。きっと、あんな状態が弥凪がずっと続くのだ。

「あいつは、そんな俺を見てるのが嫌になって、戻ってきたんだ。お前を死なせないために、俺にそんな人生を歩ませないために」

耳元で、洟《はな》を啜る音が聞こえた。嗚咽を堪えて何とか泣かないように我慢しているようだけれど、彼女は今にも咽《むせ》び泣きそうだった。

「これでわかっただろ？　柚莉が死んでも、お前が死んでも誰も幸せになれない。だから、俺は……やっぱりふたりとも助けたい」

「そんな……そんな都合のいい話があるわけないじゃないですか！」

弥凪は壮琉の腕の中で涙ながらに叫んだ。

「タイムリープの代償は……そこで作られた因果は、絶対なんです。私を助ければ柚莉さんが死ぬしかなくなります。だから私が……ッ」

死ぬしかない。そう言おうとしたところで嗚咽を堪えきれず、咳き込んだ。

その華奢な肩にそっと手を置いて、壮琉は訊いた。

「あるとしたら？」

「え……？」

「そんな都合のいい話があったとしたら、どうする？」

「あるん、ですか……？」

その可能性を、考えもしていなかったのだろう。弥凪は目を鈴のように大きく張って、恐る恐る壮琉を見上げていた。不安そうにしている彼女に、壮琉はしっかりと頷いてみせる。

「弥凪は今年の二月時点で、俺のことを知っていた。そうだろ？」

その問いに、弥凪がはっと息を呑んだ。彼女はその大きな瞳で壮琉をまじまじと見つめたかと思えば、息を漏らした。

「思い出して……くれたんですね」

「柚莉がヒントくれて、なんとかな」

きっと、彼女が言い出していなければ、一生思い出せなかっただろう。

だが、どうしてこれまで思い出せなかったのか、疑問もある。壮琉は弥凪を見た時、一目惚れに近い感情を抱いていたはずだ。それなのに、二月時点で道を尋ねられた時のことを覚えてさえいなかった。

まあ、いいか。思い出せたわけだし、弥凪と話しているうちにそれもわかるかもしれない。

「そのことと〝都合のいい話〟がどう関係してくるんですか？」

「弥凪と柚莉、どちらかが死ぬ因果を断ち切るには、そもそも、その因果を生じさせなければいいんだよ」

「因果を生じさせない……？」

「そう。弥凪が今日この時間に、あの石碑のある通りを帰らせないようにすればいいってこと。つまり……弥凪の通学路そのものを変える」

そこで、弥凪も壮琉の言わんとしていることに気付いたようだ。

「それって……私に受験させないってことですか？」

「ああ。高校受験の日まで戻って、弥凪に嘘の道を教えて、家に帰らせる。そしたら、時坂高校を受験する事実もなくなるし、家で倒れてる親父さんも助けられるかもしれない。親父さんが助かってればルチア女子にも――」

「待ってください！」

説明の途中で、弥凪は壮琉の言葉を遮った。

「どうして、先輩がお父さんのこと知ってるんですか？」

「あっ……」

そうだった。弥凪が受験や父親のことについて話してくれたのは、別の時間軸の弥凪だった。その主観を、今の彼女は持ち合わせていないのだ。

壮琉の沈黙で答えを察したのか、弥凪は諦めたように笑った。

「私、話しちゃったんですね……受験のことも、お父さんのことも」

「成績の話になった時に、成り行きでな」

いつの時だったか。確か、柚莉をデートに誘うだの何だのといった時に、そんなことを話した記憶がある。

そういえば、あの時も弥凪は自分の志望校を言うのを少し躊躇っていたように思えた。その理由も、今ならわかる。彼女は謂わば――時坂高校を受験していたから親父さんを亡くしたのだ。もしあそこで壮琉と出会っておらず、諦めて家に帰っていれば、助かった可能性もある。

壮琉が弥凪に道を教えたことを思い出せば、自ずと自責の念を感じるかもしれない。彼女はそう推測し、話さないようにしていたのだろう。あの時の彼女がそれを話したのは、壮琉が高校受験の日のことを覚えていないと確信したからだ。

「悪いな、気を遣わせて」

「いえ、そんな。先輩はただ、道を教えてくれただけですから」

弥凪は眉をハの字にして、弱々しく笑った。

壮琉のことを誰よりも考えた上で、話すことまで選んでくれている。本当に優しい子だった。彼女は咳払いをしてから、続けた。

「話を戻しますけど……つまり、過去を変えて、私を時坂高校に通わないようにさせるっていうことですよね？」

「まあ、そういうことだな」

弥凪が時坂高校を受験しないように導く。そうすれば、弥凪が石碑の前を通学路とすることがなくなって、そこで事故に遭うというそもそもの因果を崩せる。即ち、弥凪も柚莉も死なない世界へと繋げられるのだ。しかし——。

「……嫌です」

予想外にも、弥凪は拒絶の意思を示した。俯いたまま、肩を震わせている。

「だって……それだと、私、先輩と出会えないじゃないですか。そんなの、嫌ですよ。嫌に決まってます」

子供がいやいやをするように頭《かぶり》を振る。さすがというべきか、彼女はすぐにその過去改変による代償を見抜いたようだ。

「……お前もわかってるだろ？」

壮琉は、境内の中にある石碑をちらりと見た。

そこには『時の輪を紡ぎ直す者は、身の一部を神に捧げるべし』と彫られてある。

過去改変をするには、代償が必要なのである。

「俺とお前の出会いを代償にすることで……お前と柚莉どちらもが生きられる時間軸を作るんだよ。今の因果から逃れる方法は、これ以外にない」

「でも、そんなのって……そんなのって……ッ」

顔を上げて、泣きそうな顔をこちらに向けた。

彼女の瞳には、悲しみの深い湖が広がっているかのように、痛々しい輝きが浮かび上がっていた。その透明な瞳が徐々に濁り始め、瞼が震えるのを抑えきれずに、涙の滴がぽつりと落ちる。弥凪の唇が僅かに震え、言葉を紡ぐのをためらう姿に、壮琉の胸はさらに締め付けられた。

「あのッ……また私も一緒に跳んじゃダメですか!? 私も受験の日まで一緒に戻って、そこで――」

「ダメだ! それだと、何かを代償にしたことにはならない。ここの神社の神様は……きっとそんなズルを見逃してくれないだろ」

壮琉は涙する弥凪から目を逸らして、石碑に刻まれた文字を睨み付ける。

タイムリープを同時に行えば、おそらく同じ時間軸にふたりが戻ることは可能だ。しかし、ふたりが別の時間軸の記憶を共有していることが、どう作用するかが計り知れない。もしかすると、別のもっと大きな代償を求められる可能性もあった。

しかも、今度は跳ぶ間も五か月前とこれまでと異なる。タイムリープができる七月二十一日まで時間が空きすぎているのだ。リスクは最小限に減らしたかった。

「諦めるしか……ないんですか?」

悲観に満ちた弥凪の声に、壮琉はこくりと頷く。

弥凪と壮琉の出会いを代償とした過去改変。一番代償の想像もつきやすいし、変化も感じ取りやすい。逆に言うと、代償となり得る要素が多くなってくると、対処できなくなる可能性がある。それを諦めるのが、一番安全なのだ。

だが、壮琉には別の考えもあった。

「でもさ、こうも考えられないか？　俺達の出会い方が変わるだけだって」

「出会い方が変わる……？」

「ああ。たとえ俺達が同じ学校に通ってなくても、別の出会い方をするかもしれないだろ？　それがどういう出会い方かはわからないし、もしかすると何年も後になるのかもしれない。でもさ、生きてたら……生きてさえいたら、どこかで出会える可能性はあるだろ」

確かに、因果律は絶対的なものかもしれない。だが、何が原因となってどんな結果になるのかは、誰にもわからない。弥凪が別の高校に通ったからといって、絶対に出会うことがないとも言い切れないはずだ。

「もし俺達が、本当に縁だとか運命だとか、そういったもので結ばれてるんだとしたら……いつかきっと、出会えるよ」

実現できる可能性は極めて低い。一縷の望みもないかもしれない。

だが、想いの強さで過去が変えられるような奇跡が起こせるのだから、強い想いがあれば未来だって変えられるはずだ。

「もしかして、運命の赤い糸理論ですか？」

弥凪は無理矢理笑みを作ると、からかうように訊いてきた。

「……そうとも言う」

「先輩って、意外にもロマンチストだったんですね？」

「やかましい」

照れる壮琉を見て、弥凪はくすくす笑った。

彼女が強がっているのは明らかだ。だが、そうでもしていないと、悲しみに呑まれてしまうのかもしれない。それだけ、彼女にとって九星壮琉という人間は大きな存在なのだろう。それは壮琉にとって嬉しくもあるけれど、同時に申し訳なさも覚えた。

そうした存在を、なかったことにしなければならないのだから。

「でも……それしかないのかもしれませんね」

弥凪は深い溜め息を吐くと、悲しげに微笑んだ。

「そんな不確かなものに未来を委ねるのは嫌だなって思いますけど……でも、私達の未来って、そもそも不確かなもの、なんですよね」

「ああ」

その不確実性を示すものが、バタフライエフェクトだ。因果律は絶対だというが、その因果律だって、本当のところはどこまで正しく機能しているのかはわからない。何故なら……何が起こるのか推測することなど、誰もできないからだ。

弥凪は決心を固めたように大きく深呼吸すると、壮琉に向かって頷いてみせた。

「わかりました。私も信じます。先輩との運命の赤い糸を」

「赤い糸って言うのはやめてくれ。なんか、恥ずかしくなってきた」

「えー？　いいじゃないですか、運命の赤い糸大作戦。私は好きですよ？」

「大作戦もやめろ。もっと恥ずかしくなってくる」

そんなやり取りをして、笑い合う。空元気だというのはわかっている。でも、空元気を出して冗談でも言っていないと、きっと耐えられない。それは壮琉も同じだった。

「でも、ひとつだけ問題があってさ」

「問題？　何ですか？」

「俺、弥凪に道を教えた日のことを殆ど覚えてないんだ。柚莉から言われてやっと思い出せたくらいだからさ。だから……教えてくれないか？　俺があの日に戻れるように」

そこまで言うと、弥凪は一瞬目を閉じ、再び開いたその瞳は確かな光を宿していた。唇の端を少しだけ上げて、ゆっくりと頷く。そして、最後に悪戯っぽく笑って、小指をぴっと立てた。

「わかりました。薄情な先輩に、きっちりと思い出させてあげますね？　運命の赤い糸の、始まりを」

「だから、もうそれはいいって……」

どうやら今日から天泣彗星が流れる夜までの一週間は、運命の赤い糸ネタでいじられる未来が確定してしまったらしい。


運命の赤い糸大作戦は、学校からそう遠くない場所にある河原へ向かうところから始まった。曰く、ここが二月に弥凪が壮琉に道を尋ねた場所なのだという。だが——

「こんなところをうろついてたのか。全然学校と方角が違うじゃないか」

壮琉は呆れていた。学校からそれ程離れていない場所ではあるが、明らかに方向が違う。弥凪の家から学校を目指して、どうやってここに辿り着くのか、その経緯がわからなかった。

「だって、しょうがないじゃないですか。スマホの充電が切れてて、調べられなかったんですから。普段このあたりは殆ど来ませんし」

弥凪は唇を尖らせて反論した。しっかりしているように見えて、実は方向音痴なようだ。優等生の彼女の弱点を見つけられた気がして、少しだけ嬉しかった。

「えっと……私が先輩に話し掛けたのは、このあたりだったと思います。何か思い出しました？」

ちょうどふたりが会話を交わしたという場所に立つと、弥凪がやや強引に話題を変えた。

「いや、全然。確かに、ここで道を訊かれたってのは何となく覚えてるんだけどな」

周囲を見渡してみるが、全く記憶にない。相変わらずうっすらと道を訊かれた程度のことしか思い出せなかった。

「まあ……二月と七月では景色も全然違うので、イメージも湧きにくいですよね」

弥凪は河原で川遊びをしている子供達に視線を移すと、落胆の息を吐く。

二月の頃合いだと、このあたりの緑はもっと少なく、風景も寒々しかったはずだ。緑が生い茂っていて、子供達が川遊びをしている夏の一コマから寒々しい冬の朝を思い浮かべるのは難しい。この河原自体に特別な想い出がない分、余計にイメージが浮かびにくかった。

「っていうか、俺は何でこんなところにいたんだ？　その記憶もないんだよな」

「先輩、確か学校のジャージを着て走ってましたよ？　私はてっきり部活の練習かと思っていましたけど」

「ジャージを着て……？　ああ、なるほど」

そこで、ひとつ当時の記憶に思い当たる。体育の一環で校内マラソン大会が二月末に開かれるから、その体力作りをしていたのだ。

やる気はなかったのだが、確か柚莉がマラソン大会で何位以下になったら罰ゲームだの何だのと勝手に条件を提示してきたせいで、トレーニングせざるを得なくなった。迷惑な話である。

ただ、走っていた理由を思い出しても、弥凪との会話の記憶は戻らなかった。

「何か他に視覚的にわかりやすいものがあればいいんだけどなぁ」

「うーん……あっ！」

弥凪が短い声を漏らしたのはその時だった。新しい悪戯を思いついた子供のように目をキラキラと光らせて、彼女はこう提案した。

「先輩、今から私の家に来ませんか？」

「えっ、家!? 何で？」

「いいことを思いつきました」

「いいこと……？　そ、それって？」

壮琉の質問に、弥凪は相変わらず悪戯っぽい笑みを浮かべたまま、人差し指を唇に当てた。

「もちろん内緒です」

そのまま手を引かれるようにして、彼女の家に向かった。

弥凪の家に向かう理由を訊いても、「変なことはしませんから」と言って、話してくれそうにない。何が変なことに当たるのか、健全な男子高校生的には明らかにしてもらわないと困るのだが、変に期待してしまうのもまた健全な男子高校生としての性だ。

そういえば……弥凪の家には入ったことなかったな。

これまで幾度となく弥凪とこの一週間を過ごしてきたが、彼女の家に行ったのは母親の車で病院から彼女を送り届けた時だけだ。時間的には数時間後の話なのだが、随分昔のことのように感じる。

「なあ、弥凪。バス使わないか？　さすがにこの炎天下にまた同じところを往復するのはしんどいっていうか」

これまで学校から時坂神社へ行き、その後学校の方向に戻ってこの河辺に来た。ここからまたさらに時坂神社の石碑があるところを通って弥凪の家に歩いて向かうとなると、結構な距離だ。歩くよりも交通機関を利用した方がいいだろう。

「ですね……実は、私もちょっと辛いなと思っていたところでした」

弥凪は苦い笑みを浮かべて、スマートフォンを取り出した。

よく見ると、彼女の白い首筋にも汗が伝っていた。お互いにそろそろ暑さに限界を感じていた頃合いだったようだ。

調べてみたところ、河原近くにあるバス停から駅行のバスに乗れば弥凪の家の近くまで一本で行けることがわかったので、早速そのバスで彼女の家に向かうことにした。バスに揺られること数十分。先程の事故現場の横を通ると、程なくして弥凪の家に着いた。

「うち、今日は誰もいないんです」

弥凪はそう言ってから、壮琉を家に招き入れた。安心させられるような、逆に変に緊張を催すようなことを言われても困る。どう受け取ればいいのだ。

彼女はまず壮琉をリビングに案内し、その後自室に戻ってクーラーの電源を入れた。壮琉が落ち着きなくソファーで座って待っていると、すぐにリビングに戻ってきた。

「私の部屋のクーラー、効きが悪くて……もうちょっと待っててくださいね。アイスコーヒーでいいですか？」

冷蔵庫を開けてパックの無糖アイスコーヒーを取り出すと、彼女が訊いた。

「ああ、うん。何でも大丈夫」

壮琉はやや緊張した面持ちで答えると、落ち着きなく視線を泳がせた。よくよく考えれば、柚莉以外の女の子の家に上がるなど初めてだ。緊張しない方がおかしい。

「どうぞ」

弥凪はリビングのローテーブルにアイスコーヒーを置くと、壮琉の横に腰掛けた。

座った拍子に彼女のスカートの裾が壮琉の肌に触れて、思わずどきりとする。

「ガムシロップ、半分こしてもいいですか？」

「ああ」

「やった。じゃあ、入れちゃいますね」

弥凪は嬉しそうに言うと、早速ガムシロップをいつものように分けて入れていた。

この習慣もきっと、彼女が壮琉との距離を縮めたいという思いから生まれたのだろう。何となく楽しそうな彼女の横顔を見ていると、そんな気持ちが伝わってきた。

「何だか緊張しますね……お母さんもいないのに、男の人を家に上げてるなんて。バレたら叱られるかもしれません」

ストローでアイスコーヒーを掻き混ぜつつ、弥凪が言った。バレたら叱られるかも、と言っている割にはどこか楽しげだった。

「お前が自分で言い出したんじゃないか」

「それは、確かにそうなんですけど」

弥凪は照れ臭そうに笑うと、視線をコップの中の氷へと移した。

クーラーの小さな機械音と、氷が傾く音、それから家の近くの木で鳴いている蝉の声だけが、ふたりきりの部屋の中を満たしていた。どうやら、緊張しているのは壮琉だけではないらしい。

「それで？　思いついた〝いいこと〟っていうのは？」

その緊張感に耐えられず、話を切り出す。すると、弥凪は少し怒った顔を作って言った。

「もう、先輩。せっかちですよ？　部屋が涼しくなるのを待ってるって言ってるじゃないですか。そんなに私に汗をかかせたいんですか？」

「は、はい⁉　いや、別に、そういうわけじゃッ」

待った。クーラーをつけてないと汗をかくようなことをするつもりなのか？　っていうかそれって何？

健全な男子高校生の妄想を掻き立てるようなことを言うのはやめてほしい。ふたりきりの空間だと、余計に妄想が暴走してしまいそうになる。

「そろそろいいかな……じゃあ、着替えてきますから、ちょっと待っててくださいね」

そんな壮琉の気も知らず、弥凪は時計を見て、自分の部屋へとことこ入っていった。

着替えるとはどういう意味だろうか。暑いから私服に着替えるのかな？と考えていると、部屋の方から「お待たせしました。どうぞ、入ってください」と声が聞こえた。

部屋に入ってみると、彼女の思いついた〝いいこと〟に納得する。部屋の中には、いつもと異なる髪型、そして冬用の紺色セーラー服を纏った彼女がいたのだ。

「なるほど、中学の制服か……！」

「はい。当時と同じ服装をしていれば思い出すかなって。髪型も中学生の時に合わせて、おさげにしてみました。ちょっと子供っぽくなっちゃいますね」

普段と雰囲気が異なる想い人をまじまじと見つめていると、視線に耐えるように弥凪は目を伏せた。

確かに、髪型をおさげにするだけで子供っぽさが出る。だが、それはそれで、何だか可愛らしい気がしてきた。照れて恥ずかしがっている仕草がよりその印象を強くしている。

「あ、あんまりじろじろ見ないでください……」

「そんなこと言われても」

見て思い出さないことには着替えてもらった意味がない。まあ、思い出す思い出さないとは別のベクトルで見入ってしまっていたのだけれど。

「自分から言い出しておいて何ですけど、いざ中学の制服を着てみると、結構恥ずかしいものがあって。コスプレしてる気分になっちゃってます」

「ほんの三～四か月前まで着てた制服だろ？」

「私の主観では、五年ぶりなんです……」

「あ、そっか」

つい忘れてしまうが、弥凪は五年後の未来からタイムリープしてきている。中学の制服を着るのは、五年ぶりなのだ。確かに、五年ぶりに着たらコスプレと感じてしまうのかもしれない。

「それで、えっと……どう、ですか？」

弥凪は上目遣いでおずおずと訊いてきた。顔が真っ赤だが、それはきっと、制服の暑さだけが理由ではないだろう。

「ああ、うん。その……可愛い、と思うよ。似合ってるし」

「そうじゃなくて！　思い出したかどうかを訊いてるんですッ」

「あ、そうだった」

素直に感想を伝えてどうする。余計に照れさせてしまうだけだ。

しかし、中学の制服を着てさらに髪型まで当時に合わせてくれているのに、全く記憶が戻らない。当時、本当に制服を着ていたのか？と思ってしまった程だ。

「うーん……全然見覚えがないんだよな。あ、コートとか着てなかった？」

当時は二月。屋外で会ったのなら、制服の上に当然何か着ていたはずだ——そう思ったのだが、弥凪は物凄く難しい顔をしていた。

「……先輩って、結構鬼畜ですよね」

「え、何で？」

「季節を考えてくださいッ。冬服着てるだけでも暑いんですよ？　その上コートも着せようとするだなんて、いじわるにも程があります」

「わ、悪い。そういうつもりじゃなかったんだけど」

つい思い出すことに必死で忘れていた。

クーラーが効いているとはいえ、この季節に長袖は暑い。もしかすると、既に結構我慢していたのかもしれない。よく見ると、額がうっすらと汗ばんでいる。

「いいですよ。思い出してもらわないと困りますから」

弥凪は困ったように笑うと、クローゼットを開いて、コートを探し始めた。

「う〜ん……受験の時は、このコートだったかなぁ」

クローゼットから膝丈のダッフルコートを取り出し、制服の上から羽織った。

冬服の分厚いセーラー服の上に分厚いダッフルコート。外から聞こえる蝉の鳴き声とあまりに不似合いなその姿は、見ているだけでこっちまで暑くなってくる。ただ、彼女の努力の甲斐あって、記憶の琴線に何かが触れた気がした。そう、このコートを着た少女には確かに見覚えがあった。

けど……こんなに可愛い子なら、絶対に記憶に残ってると思うんだけどな。一目惚れしたくらいだし。

壮琉が引っ掛かったのは、これだった。タイムリープを経験する前も、その後も、壮琉は弥凪を最初に見た時に一目惚れのような感覚に陥っている。それだけ、彼女の容姿は魅力的だったのだ。

その容姿がこの五か月くらいで急激に変わることなど有り得ない。一目惚れするかどうかはさて置き、今の彼女を見ていれば、こんな可愛い女の子から道を訊かれて忘れるだろうかと疑問に思ってしまうのだ。

「ダメ、でしょうか……？」

「いや、結構いい感じではあるんだけど、なんかあと一歩っていうか。何かが足りない感じがして」

「足りない？　……あっ、もしかして。これじゃないですか？　受験シーズンは毎日してましたから」

弥凪は何かを思いついた様子で、机の中からマスクケースを取り出した。そして、白いマスクを着用する。

「あっ……！」

マスク姿のおさげの少女に、紺色セーラー服と膝丈のダッフルコート。これらが揃った時、ようやく壮琉の中で、ひとつの記憶へと繋がっていった。そしてその記憶は、壮琉の頭の中に確かな像を描いていく。

「そうそう、この子だ！　この子に話し掛けられて、道を教えたんだ！」

「思い出してもらえてよかったです。そっか……この時マスクをしていたから、先輩は私の顔を覚えてなかったんですね」

「うん。マスクしてなかったら、覚えてたと思う」

「え？　どうしてですか？」

弥凪はきょとんとして首を傾けた。

しまった、つい口を滑らせてしまった。さすがに本人を目の前にして、『こんな可愛い子、一度見たら忘れない』とは言えない。そんなことを素で言おうものならまたスケコマシだとか言われてしまう。

「ま、まあ、それはいいとして。たぶん、ここまでしっかりと思い出せたらもう跳べると思う。あと、具体的にどうやって弥凪を誘導すればいいのかも相談したいんだけど――」

「ま、待ってください」

早速本題の作戦に入ろうとしたところで、弥凪が会話を遮った。息苦しそうにマスクを取ると、その下から上気した顔を覗かせる。

「その前に、着替えていいですか？　さすがにコートは暑くて。汗、かいてきちゃいました」

手で赤くなった頬を扇ぐ弥凪を見て、壮琉は自らの胸の鼓動がどきっと跳ね上がったのを感じた。

汗ばんだ肌に上気した頬、暑さに喘ぐような表情、そこにいつもよく見せる困ったような笑みが混じり合い、妙な色気を醸し出してしまっている。それは蠱惑的と言ってもいい。少なくとも、清楚な彼女から感じてはいけないものだ。彼女に悪気が全くないのはわかっているのだけれど、兎角、健全な男子高校生にはあまりに不健全な笑顔だった。

「ご、ごめん！　リビングに戻ってるから！」

壮琉はそう言い残すと、慌てて部屋から飛び出したのだった。

リビングに戻ってきた弥凪は夏服に着替えていて、妙な色気も綺麗さっぱりと消え去っていたので、ほっとしたものだ。

それからは、高校受験当時の弥凪にどういった言葉を掛ければ自宅へ戻るか、その方法について本人直々のレクチャーを受けた。とはいえ、当時の弥凪は本当に困っていたらしく、親切に道を教えてもらえばすぐに信じるだろう、とのことだった。会話を交わしながら、先程壮琉達が乗ったバスに誘導して乗せる。一〇分もすれば見慣れた景色が広がるので、方向が間違っていることに気付くはずだ。しかし、慌てて降りて反対車線のバスに乗り換えても、試験には間に合わない。そもそも彼女は道に迷っていたので、反対車線のバスに乗ったとしても、自力で学校まで辿り着くのは困難だ。そこまで戻ってしまったなら、一度家に帰って父親に無理を言って車を出してもらおう《・》と考えるか、或いはもともと時坂高校の受験には乗り気でなかったことから、受験を諦めるのではないか――弥凪は当時の自分の心理をそう推測した。

日が暮れるまで何パターンも会話のやり取りを想定し、それぞれの回答を予め作っておく。本人直伝の誘導法なので、実に心強い。

「じゃあ、また明日な」

日も暮れてきた頃合いで、そろそろ帰ろうかという時だった。玄関口まで見送ってくれた弥凪が、玄関扉に手を掛けようとした壮琉の服の裾を、そっと摘まんだ。

「先輩……お願いがあるんです」

「ん？　どうした？」

「二十一日の彗星までの間……私と一緒に過ごしてくれませんか？」

唐突な申し出に「え？」と振り返って、ぎょっとする。

そこには、まるで懇願するかのようにこちらをじっと見る弥凪の姿があった。どこか少女のような無邪気さと、成熟した女性の切なさが入り交じった表情。その瞳は不安で揺れていて、壮琉の裾を摘まむその手も、よく見れば僅かに震えている。

「私にとって、この一週間は先輩と過ごせる最後の時間ですから。少しでも長く……一緒にいたいんです」

「弥凪……」

これまで明るく振る舞っていたのが、やはり空元気だったのだと思い知る。きっと、心の中ではずっとこんな気持ちでいたのだろう。

次のタイムリープで、壮琉は二月に跳ぶ。道に迷っている弥凪に嘘の道を教えて家に帰らせるのが目的だ。それが上手くいけば、全く異なる夏を迎えることとなる。こうして彼女と時間跳躍について相談することもないだろうし……同じ学校の先輩後輩として過ごすこともなくなるだろう。

「ああ、いいよ」

壮琉は弥凪に優しく笑い掛けて、そう答えた。

この一週間は、彼女と過ごす最後の一週間。その一週間をともに過ごすことで、より別れが辛くなるかもしれない。でも、きっとその辛さを予見して距離を置く方が、後悔する。そう直感した。

ならば、後悔しない方を選びたい。それが、幾度とないタイムリープで学んだことだった。

「じゃあ、先輩！　早速お願いしますっ」

さっきまでの大人っぽい表情はどこへやら。いつもの無邪気な表情で、彼女は両手を広げた。

「……？　それ、何のポーズ？」

訊いてみると、弥凪は露骨に呆れたような表情を浮かべた。

「先輩ってば、本当に鈍いですね。ハグ待ちに決まってるじゃないですか」

「はい⁉　ハグ⁉」

「さっきみたいに、またしてほしいです。ぎゅ〜って」

何かをぎゅ〜っと抱きしめる仕草をしてから、再び両手を広げて、悪戯っぽい笑みを浮かべた。

さっきみたいって、あれか。助けた時みたいにってことか。

「いや、あれは、その……感極まってというか」

「感極まってないと、したくないですか？」

しゅん、と寂しそうに腕を下ろす弥凪。そういう顔をされると弱い。

「いや、そういうわけじゃないんだけど」

「じゃあ、してください」

一転笑顔で、また両手を広げる。

くそ、騙された。演技だったのか。つい普段の振る舞いで忘れてしまいがちだが、主観的な人生経験では彼女の方が上であるし、壮琉との付き合いも長い。きっと、壮琉自身でさえも知らないような弱点を知っているのだろう。

「はあ……わかったよ」

壮琉は諦めたように息を吐くと、正面からぎゅっと弥凪を抱きしめる。

彼女は何も言わず、壮琉の腰に腕を回した。壮琉の胸の中にそっと顔を埋めて、肩を震わせる。弱々しい声で、囁くようにして彼女は言った。

「先輩……？」

「ん？」

「戻ってきてくれて、本当に……ありがとうございました」

彼女を抱きしめる腕にほんの少し力を加えることで、その言葉に応えてみせる。

戻ってこられてよかった。そう、改めて実感した瞬間でもあった。

*

それからは、タイムリープについては深く考えず、弥凪との時間を大切にした。

翌日、弥凪は壮琉の教室を訪れて、昼食に誘いに来た。いつかの七月十五日のように、教室がざわつき、柚莉が彼女の登場に機嫌を損ねる――のを避けるため、そのタイミングで弥凪を柚莉に紹介しておいた。こうして紹介することで、弥凪と柚莉の仲がよくなる時間軸もあった。アプローチを誤らなければ、柚莉が必ず不機嫌になるわけでもないのだ。

その日は学校が終わってから、弥凪と自販機の前で待ち合わせて、彼女に作ってもらった弁当を非常階段で食べた。弁当の中には明太子唐揚げが入っていて、「今回は成功した？」とからかいを込めて言ってやると、「何で知ってるんですか!?」と恥ずかしがっていた。そうして顔を赤くしながらもぷりぷり怒る彼女が、可愛らしかった。

その後も、放課後はふたりで町をぶらぶらしたり、ふらっと公園に立ち寄ったり、美術館の展示会に行ったりして過ごした。まるで、初めて五年後の彼女がタイムリープをしてきた時間軸の時のように、ただただデートを重ねた。いつしかデートという言葉を否定しなくなっている自分がどこか可笑しく思えた。

あの時間軸では、事故から助けた後輩の女の子がぐいぐい来ることに関して、ただドキドキするだけだった。だが、今は違う。彼女の想いを知っていて、数多の時間軸を経て、壮琉自身の想いも変わっていた。

残されたこの時間軸における弥凪との時間を、とにかく大切にしたかった。次の過去改変に成功すれば、彼女が時坂高校の後輩になって、こうしてともに放課後を過ごす時間軸は、永遠に訪れなくなってしまうのだから。

ただ、今回は少し意外なことも起こった。柚莉が自分のバイト先の喫茶店〝クローネ〟に「よかったらふたりで遊びに来なよ」と提案してきたのだ。これは過去の時間軸ではないことだった。

理由を訊いてみたところ、「だってふたり、付き合ってるんでしょ？　じゃあ普通にデートしに来ればいいじゃん。なんか面白そうだし、見守っててあげる」だった。

実際に付き合う付き合わないといった話は、弥凪とはしていない。二十一日に終わりを迎えるとわかっている関係なので、形式的に付き合ったところで意味がないと思っていたからだ。だが、柚莉に言わせれば「いや、空気感的に付き合ってるようにしか見えないでしょ」とのことだった。

そして、彼女がこう言い出したのも印象的だった。

「天泣彗星もさ、ふたりで見に行きなよ。あたしはバイトしてるからさ」

そう言った時の柚莉の笑みは、前回の時間軸で見た弱々しさを纏っていた。彼女の気持ちも知っている分、少し居た堪れない気持ちになってしまう。

もしかすると、この柚莉も別の時間軸の夢を見ているのだろうか。だからこそ、そう提案してきたとか？　そんな疑問を持つが、もちろん彼女に訊けるはずもない。

もっとも、彼女が儚げな笑みを見せたのは、それが最後だった。弥凪と一緒に柚莉が働く喫茶店を訪れた際は「今日限定でカップルジュース店長に作ってもらう？　あのふたり用のストローで吸うやつ」と要所要所で茶々を入れてきたりと、面白可笑しく茶化されてしまった。弥凪も「飲んでみたいです！」と悪ノリするので、余計に始末が悪い。このふたり、意外にも気が合うのだ。

兎角、穏やかな一週間を過ごした。これ程穏やかで、未来のことなんて気にせず過ごしたのは、いつぶりだろうか。

ただ、これこそが本来あるべき日常の心構えなんだろうな、というのも改めて実感する。

タイムリープをする前までは、毎日がこんな感じだったはずだ。一秒後に何が起こるのかなんて考えてもいなくて、誰かが死ぬとか、自分が死ぬとか、そんな不安も持たずに、当たり前の日常を享受していたのである。それがとてつもなく幸せな毎日であったということも、今ならわかる。先の事象がわかる人生など、あまりに不自然で非人間的。先のことを考えて不安になるのではなく、今を全力で生きる。それこそが、本来のあるべき姿なのではないだろうか。

生きていれば、進路がどうの、就職がどうの、といった将来の不安が常に付き纏う。だが、将来を不安がる生き物は、人類だけだ。いや、その中でも、特に現代人にその傾向が強いのかもしれない。

同じ現代を生きる人類と雖《いえど》も、昔と変わらない生活を送る狩猟民族は殆ど将来に対する不安がないという。せいぜい明日の食い扶持《ぶち》を気にする程度だそうだ。年単位で不安を継続させている現代人とは、その考え方が根本的に異なる。

ただ、将来を不安がって立てる年単位の人生設計なんてものに何の意味がもないことは、この何度も繰り返した一週間で痛い程わかっている。どれ程完璧な人生設計でも、事故なり事件なりで死んでしまえば、そこで終わりなのだ。

本来、いつ誰が死ぬかなんてことはわからない。そうであれば、目の前にいる人との時間を大切にすべきだし、今を一生懸命に生きるべきなのだ。どんな未来が訪れるとしても、その〝未来〟というものは、所詮は今の延長線上に過ぎないのだから。

だからこそ、壮琉はこの時間軸における弥凪・柚莉それぞれとの時間を大切にすることにした。好きな人と過ごす時間、幼馴染と過ごす時間、それぞれがかけがえのないもので、当たり前にそれらがある今がどれ程貴重なものであるかを、壮琉はよく知っている。また、そうした日々が長く続かないことも知っていた。その生活が終わる日……即ち、七月二十一日が遂に訪れてしまったのだ。

今回壮琉は柚莉をバイト先まで送らなかった。弥凪から止められていたというのもあるが、一度この後の時間を生きている柚莉と会ってしまっていると、さすがにもう、目の前で死なれると耐えられる気がしなかったからだ。

その代わり、彼女がバイトに向かう前に玄関まで行って、見送った。別れ際に柚莉は言った。

「あんたのために今日の約束キャンセルしてやったんだから、しっかりやんなさいよ？　あと、埋め合わせもちゃんとするように！」

「ああ……わかったよ」

壮琉は胸の奥で痛みを感じつつも、そう返す。

埋め合わせができないことも、彼女がどんな気持ちで約束のキャンセルを承諾したのかも、よく知っているから。だが、壮琉はただ頷くことしかできない。

「じゃあね、壮琉！」

彼女はいつもの天真爛漫な笑顔で、こちらに向かって手を振った。

「柚莉！」

思わず、じわりと涙が浮かびそうになって——気付けば、彼女の名前を呼んでいた。

「わっ。どうしたの？　いきなり大きな声出して」

柚莉はぎょっとして身体を仰け反らせた。

何が言いたかったのか、どうして呼び止めたのかは自分でもわからない。でも、声を掛けずにはいられなかった。

「いや……ごめん。何でもない。また絶対遊ぼうな。埋め合わせ、ちゃんとするから」

「うん！　楽しみにしてるね！」

やっぱり元気一杯な笑顔でそう言って、彼女はバイト先へと向かっていった。

柚莉を見送ってから、壮琉はその足で時坂神社へと向かった。弥凪との約束の時間はもう少し後だったが、この時間軸でやるべきことはもうないように思えて、手持無沙汰になったのだ。いや、柚莉が数十分後に死ぬことがわかっているので、居ても立ってもいられなかった、というのが本音だったのかもしれない。

時坂神社に着くと、既に弥凪が待っていた。壮琉が早めにここに来るだろうと予想していたようだ。彼女は力なく微笑んだだけで、特に何も言わなかった。

いつも作戦会議をしていた境内のベンチにふたりで座り、空を見上げる。

十七時半を過ぎた頃、母親から電話が掛かってきた。柚莉がバイト先のビルの看板落下事故で亡くなった、とのことだ。

壮琉は電話を切ると、大きく溜め息を吐いた。こうなることはわかっていたが、それでもやっぱり、辛いものは辛い。弥凪と柚莉、ともに生きられる世界を目指すためとはいえ、柚莉がこのような運命を迎えると知りながら、弥凪を助けたのだ。その罪悪感は、計り知れない。

そんな壮琉を見兼ねたのか、弥凪がそっと手を握ってきた。

「……すみません」

「どうしてお前が謝るんだよ」

「私のせいなので」

「お前のせいじゃないよ。いや……たぶん、誰のせいでもない」

強いて言うなら、タイムリープをしてしまった壮琉自身のせいだろうか。だが、それだって自覚していたわけじゃない。偶然と偶然が重なって、戻ってしまっただけだ。

それに、あの事故の直前に戻ってしまったら、弥凪を助けないという選択肢はない。

謂わば、いずれも必然なのだ。

だが、それらを全てなかったことにできる。ふたりが死ぬ因果そのものを打ち崩すことが、今の壮琉ならできるのだ。

再び空を見上げた。夕闇が徐々に空を覆い、星々が輝き始めている。あとはもう、天泣彗星が流れるのを待つだけだ。

「……全部、忘れちゃうんですよね」

ふたりで星空を見上げていると、弥凪がぽそりと言った。

「こうして先輩と一緒に過ごしたことも、先輩と付き合っていた五年間のことも……全部、忘れちゃうんですよね、私」

弥凪が時坂高校に通わない未来が決まった時点で、今のこの世界は存在しなくなる。当然、その弥凪は今の壮琉と過ごす未来に辿り着くことはなくなるだろう。

今回は遡る時間がこれまでよりも長い。そして、ふたりの出会いそのものをなかったことにする。その場合、彼女の記憶がどうなるのか、想像もつかない。

仮に別の時間軸の夢を見たとしても、それは弥凪にとって〝知らない人〟と過ごす夢でしかないだろう。夢の中でともに過ごしている人が誰なのか、その時間軸の彼女は知らないのだから。それが誰かわからなければ、深く思い出すこともない。

「忘れたくない……私、先輩のこと、忘れたくないです」

声を震わせながら、弥凪はそっと壮琉の胸に額を押し付けた。

「こんなに大変な想いまでしたのに。やっとの想いで誰も傷付かない世界に辿り着けるのに。何で、私が先輩のこと忘れなくちゃいけないんですか……!? そんなの、納得できないです。嫌ですよ……!」

弥凪の頬を雫が伝い、壮琉のシャツを濡らした。

きっと、これが彼女の本音だ。今までは強がっていただけに過ぎない。毎晩この自問自答を繰り返していたのだろう。

「俺は……俺は、忘れないから。俺がずっと覚えてる。弥凪と過ごした全部の時間を、ずっと覚えてるから」

震える彼女の肩をそっと抱き寄せて、頭をよしよしと撫でた。

これまでのタイムリープでわかっていることがある。それは、時間跳躍をした張本人──即ち、壮琉本人は別の時間軸の記憶を鮮明に覚えているということ。

だから、たとえ弥凪や柚莉が他の時間軸のことを忘れてしまっても、壮琉だけは忘れない。自分が別の時間軸を生きた記憶、そしてそこではひとりの女の子を好きになった記憶も、しっかりと新しい時間軸に持っていくことができる。だからこそ、弥凪と過ごした時間を忘れることはないと言い切れた。

弥凪は嗚咽を堪えて言った。

「それだと……先輩が凄く寂しいじゃないですか」

「俺が？」

「はい。だって、誰も覚えていないことを、先輩ひとりだけはずっと覚えてるんですから。きっと……凄く、寂しいです」

「……かもな」

その寂しさは、もしかすると今の弥凪が感じている寂しさなのかもしれない。彼女が恋人であった壮琉と過ごした五年間を、今の壮琉は知らない。ふたりでどんなことをして、どこへ行って、どんなやり取りがあったのか……その全てを彼女だけが知っていて、今の壮琉には一欠片もその記憶がないのだ。彼女の想い出を共有する人は、この世にいない。それと同じことが、これから壮琉の身にも起きようとしている。

確かに、想像すると寂しい。これだけ大切に想ってくれていて、別れを惜しんで涙してくれる人が、自分のことを忘れてしまうのだから。

「それでも……俺は、お前に生きててほしいよ。もちろん、柚莉にもな」

壮琉の決意の言葉に、弥凪は瞼に涙を滲ませて俯いた。

弥凪に忘れられてしまうのは悲しい。寂しい。辛い。想像するだけで泣きたくなってしまう。

だが、それこそが過去改変の代償だ。その代償が受け入れられないというならば、過去を変える資格などない。何か大切なものを差し出さない限り、過去は変えられない。それが、この時坂神社の齎す奇跡の条件なのである。

そして——空が明るくなった。涙の形をした彗星が、夜空を彩る。別れ、そして新たな旅立ちの時間だ。

弥凪は壮琉から身体を離すと、涙で潤んだ瞳でじっとこちらを見つめた。

「先輩、最後にキスしてください」

「……またそれかよ」

「はい、またそれです」

弥凪は悪戯っぽく微笑んだ。それが無理に作った笑みであることは明らかで、拭っても拭っても彼女の顎を伝って涙が滴り落ちていた。

前回、崖から一緒に跳ぶ前にも、彼女は同じことを言った。あの時は、跳ぶ怖さを紛らわせるために勇気付けてほしいと言っていたが、今にして思えば、別れを覚悟していたからこその口付けだったのだろう。

そして、今回もまた、別れの覚悟をしているのだ。今度は、ただ別れるだけではない。彼女にとっては、壮琉との想い出全てとの別れだ。

「たとえ世界が変わったとしても……私が今と違う私になってしまったとしても、先輩を忘れないように。いえ、その私が先輩を想い出せるように、ちゃんと結び直してください」

「結び直す？　何を？」

何だかぴんとこない表現だったので、壮琉は首を傾げた。

普通は忘れないように記憶に刻む、とかではないだろうか。弥凪は自らの左手の小指を、壮琉の右手の小指に絡ませる。

「運命の赤い糸を、です」

彼女は自身の指で頬の涙を拭うと、嫣然としてそう言った。

「散々バカにしておいて……自分だってロマンチストじゃねーか」

「はい。先輩と一緒で、私もロマンチストです」

そんな言葉を交わし合って、互いにくすりと笑う。

それからほんの少しの沈黙が訪れた。弥凪は神妙な面持ちになると、じっとこちらを見ていた。壮琉もそんな彼女をじっと見つめ返す。涙声で、彼女が訊いた。

「先輩……私のこと、好きですか？」

その切なげな声と問いに、ふと気付く。そういえば、これまで彼女に自分の気持ちを伝えたことなどなかったのだ。

これまで想いを伝えなかったのは、柚莉の死の件があったというのももちろんある。だが、根底には『どうせ過去に戻れば全て忘れられてしまう』という考えがあったように思う。それなら伝えても切なくなるだけだ、とも。

でも、今回は違う。たとえ過去に戻ったとしても。過去が変わって、彼女が壮琉の後輩でなくなってしまったとしても。今この瞬間を忘れてほしくなくて。新しい世界でも、また再会したくて。だから、しっかりと気持ちを伝えておかなければならない。

壮琉と弥凪を繋ぐ赤い糸を、より強いものにするために。

「ああ……好きだよ。ずっと、好きだった」

その深い青色の瞳をじっと見つめて。本心を包み隠さず伝える。

ふたりの視線が交わって、自然と引き寄せられるように互いの口元が重なった。唇の形を確かめ合うようなぎこちない愛撫から、すぐに貪るような動きへと変わっていく。

弥凪の両腕が壮琉の背中を這い回り、抱きつくだけでは足りないといった様子で身体の形をなぞった。壮琉も堪えきれなくなって、彼女の背中に腕を回して力一杯抱きしめる。

時間が止まればいいのに、と思った。このまま全てを忘れて、このまま時間が止まればいいのに。そうすれば、弥凪とずっと一緒にいられるのに、と。

でも、そんなわけはなくて……時刻は刻一刻と過ぎていく。彗星が消える前に、壮琉は過去へと旅立たなければならず――ふたりは身体を離した。

「先輩」

弥凪が、不意に壮琉を呼んだ。ふと彼女を見た時――壮琉は言葉を失った。

そこにあったのは、あまりにも美しい笑顔だった。きっと、どんなに壮大な星空よりも輝いていて、儚く、天空から落ちる涙のように美しいと言われる天泣彗星でさえも、この笑顔の前では影が薄くなってしまう。そう思わせる程の、笑顔。

それはきっと、彗星が消えゆく直前のような輝きに近いかもしれない。もう幾許もしないうちに、この笑顔も、そして彼女からこうした瞳を向けられることもなくなる。

それを思うと、壮琉の瞳からも静かに涙が溢れ出た。

涙を頬にへばり付かせたまま、弥凪は太陽のような笑みを浮かべていた。そして、最後にこう壮琉に伝えたのだ。

「私、絶対にここに来ますから……また先輩と一緒に星を見るために、絶対にここに来ますから。だから……先輩も、来てくださいね？」

小首を傾げた拍子に、涙が零れ落ちる。その何よりも美しく綺麗な笑顔をしっかりと脳裏に焼き付けてから、壮琉は自らの涙を拭い、にっこりと笑みだけ浮かべてみせた。

その質問に、答えなど要らない。要るはずがない。壮琉がその約束を破ることなど、有り得ないのだから。

弥凪に背を向けて、裏手の高台を目指す。背後からは、彼女が地面に崩れ落ちる音が聞こえた。嗚咽を堪えきれずに、咽び泣いている。

それでも、振り返ることなどできない。壮琉には、最後の大仕事が残っているのだから。

2

脳を刺されるような頭痛に思わず咽せ返ってしまうような嘔吐感、超音波のような耳鳴り、そして、徐々に自分が何か別の身体に憑依していくような、不思議な感覚。これらはいつもと同じだった。

とにかく息苦しくて、空気を求めて必死に呼吸をする。しかし、いつもと違う感覚がすぐに襲ってきて、その違和感で咳き込みそうになった。

身体の中に入ってきた空気が、異様に冷たかったのである。冷たい空気に鼻の奥がツンと痛くなり、次に壮琉はぶるっと震えて、身を縮こまらせた。

そう……寒かったのだ。七月の半ばでは考えられないような寒さに襲われ、その寒さが頭痛にさらに拍車を掛ける。

ここはどこだ……？　俺は、どうなった……？

視界が定まらない。ぼやけた視界で、目の前には誰かがいるような気がする。周囲も、夏場にしては随分と色褪《あ》せて見えた。いつもの時間、いつもの場所ではない。それだけは混濁した頭でも理解できた。

「——ですか!?　………を………ください!!」

目の前のぼやけた何かが、必死に語り掛けていた。だが、視界はまだ回復しておらず、目の前にいるのが誰なのか、そして自分がどこにいるのかはわからない。この寒さと色彩からは、冬の朝のように感じられた。

誰だ、これは……？

柚莉ではない、と思った。シルエットが明らかに彼女と異なっていた。だが、聞き覚えのある声。そして、それは壮琉の大好きな声だった。そこで、ふと彗星の夜の記憶が像となって脳裏に蘇り、声の主を思い出す。

——弥凪！

彼女の名前が頭に浮かんだ瞬間、視界が晴れて聴覚ももとに戻った。

目の前には、おろおろとしている少女がいた。膝丈のダッフルコートの下に紺色のセーラー服を纏っていて、髪をおさげにしている。余程慌てているのだろう。マスクを顎まで下ろして、必死にこちらに呼び掛けてくれていた。

「あの、ほんとに大丈夫ですか!? 救急車、すぐに呼び——あ、充電が……」

自分のスマートフォンと壮琉を見比べ、そして他に人がいないか、慌ただしく周囲をきょろきょろ見回している。

目の前にいたのは、壮琉のよく知る少女だった。その少女を見た瞬間に、愛しさが溢れた。そこにいたのは、中学生の星宮弥凪だったのである。

そこで、我に返る。自分が何故こんな場所にいるのか。そして、何故目の前にいる少女をこれ程愛しく思うのか、全てを思い出したのだ。同時に、彼女にとって、今の壮琉が赤の他人であることも。

「だ……大丈夫、だから」

頭痛と眩暈をぐっと堪えて、声を絞り出す。他に人を呼びに行きそうな程、中学生の弥凪は慌てていたのだ。

今他の第三者を呼ばれるわけにはいかない。彼女は今、受験会場に向かっている最中で道に迷っていて、おまけにスマートフォンの充電が切れている。そこで時坂高校のジャージを着ていた壮琉に声を掛けたのだ。

・・・あの因果を断ち切るには、ここでしっかりと彼女を誘導しなければならない。いや、できなければ、この時間に戻ってきた意味がないのだ。

「ほんとに大丈夫ですか？　凄く苦しそうでしたけど……」

「ああ、平気。ちょっとダッシュしすぎて、疲れてたんだ。気にしないでくれ」

壮琉は咄嗟に思いついた言い訳をした。確か、この日は月末のマラソン大会に向けて、このあたりを走っていたはずだ。であれば、この言い訳でも問題ない。

「それで、えっと……何だっけ？」

息を整えつつ、話を戻す。これ以上壮琉の体調どうこうで時間を要するわけにはいかなかった。

ここの近くに、弥凪の家の方面に向かうバス停がある。そこまで彼女を誘導し、バスに乗せなければならないのだ。

「あ、はい……えっと、私、今日時坂高校を受験するんですけど、道に迷ってしまって。スマホの充電も切れてしまっていて、困っていたんです」

「それで、時坂のジャージを着ていた俺に声を掛けた、と」

弥凪は申し訳なさそうにこくりと頷いた。

「すみません。トレーニング中なのに」

「いや、大丈夫。適当にだらだら走ってただけだから」

本当によく声を掛けてくれた、と心の中で彼女に礼を言う。ここで壮琉に声を掛けてくれていなかったら、あの因果をなかったことにはできなかったのだから。

「受験なのに、災難だな」

「はい。充電器にちゃんと刺さってなかったみたいで……試験なので、モバイルバッテリーも持ってきてませんでしたし」

「あるある。そういう時に限ってってやつだよな」

「あの、それで……」

「あ、悪い。道案内だよな。大丈夫、ついてきて」

壮琉は弥凪を安心させるように、できるだけ柔らかい笑みを浮かべてみせた。

今は彼女の不安を解消させてあげることが最優先。それが、七月の弥凪からのアドバイスだった。

「今からだと、ギリギリ試験開始には間に合わないかもな」

スマートフォンで時間を確認しつつ、彼女をバス停まで案内する。

時刻は八時五〇分。もう入試の集合時刻はとうに過ぎている。時坂高校の入試は八時半から試験会場の教室に入室できて、九時ちょうどに一時間目が始まる。

確か、時刻表ではあと数分後にはバスが来るはずだ。一時間目の試験は五〇分間なので、そのバスに乗せてしまえば、彼女が試験に間に合うことはほぼなくなる。途中で気付いたところで、もう手遅れだ。

「少しの遅刻なら、たぶん何とかなると思うんですけど……」

「頑張らなきゃな」

「はいっ、精一杯頑張ります！」

確か、一度目もこんな感じの会話をしていたように思う。あの時は学校まで一本で行ける道まで案内して、そこで別れたはずだ。

ここからなら急いで行けば一〇分も掛からずに学校には着ける。だが、今回は彼女をここから遠ざけなければいけない。こうして試験を応援しつつ、その実入試を受けさせないように画策していると思うと、なかなかの悪人っぷりだ。そして、彼女はそんな壮琉の言うことを素直に信じていて、疑いの欠片も持っていない。罪悪感を抱かざるを得なかった。

「お、きたきた」

通りに出たところでちょうど目的のバスが到着。壮琉達の前で自動ドアが開いた。タイミングもばっちり。疑われず自然な流れで乗せられそうだ。

「このバスに乗るんですか？」

弥凪はバスの行先を見て、少し首を傾げた。おそらく、自分の家の方面へ行くバスであることを疑問に思っているのだろう。あまり考えさせるとまずそうだ。

「そうそう。一〇分も乗ってれば着くから。ほら、急いで」

壮琉は急かすようにして弥凪の背中を押し、バスに乗せた。

「あのっ……ありがとうございます。こんなに親切にしていただいて」

乗降口で、彼女はこちらを振り返ってぺこりと頭を下げた。

「別に、大したことはしてないよ。試験、頑張ってな」

「はいっ。合格したら、御礼言いに行きますね！」

弥凪はにっこりと笑って、もう一度頭を下げた。

壮琉の知る弥凪より、幾分か幼い笑顔だ。これから先に起こる絶望を知らず、穢《けが》れを知らない純粋無垢な笑顔といったところだろうか。

　ただ、もしかすると、今回壮琉はこの笑顔を少しだけ曇らせてしまうかもしれない。嘘を吐かれて、試験を受けられなくなってしまうのだから。

『時坂病院行き、まもなく発車します』

　運転手のやる気のないアナウンスとともに、ドアが閉まってバスが発車した。ガラス窓越しに、彼女は嬉しそうに手を振っていた。

　壮琉は手を振り返しつつ、ごめんな、と心の中で謝った。彼女が試験に合格することも、御礼を言われることもない。嘘を吐いて間違った道順を教えた人間として、覚えられるだけだろう。

　だが、これで終わりではない。彼女がちゃんと家に帰るのか、急病の親父さんを助けられるのかを見届けなければならない。もし弥凪が家に帰ってこなければ、最悪は壮琉が救急車を呼ぶつもりであるが、時間跳躍者である壮琉本人が人の生き死にに関わることはなるべく避けたい。それこそ、どんな代償を求められるかわかったものではないからだ。

「えっと……バスは行っちゃったから、タクシーしかないよな。俺、今いくら持ってたっけ」

　学校指定のジャージのポケットに手を突っ込むが、もちろんランニングをしているだけなので財布など持ってきているはずがない。家の鍵が出てきただけだ。財布を持っていないので、当然ＩＣ定期も持っていなかった。

頼みの綱は、ＱＲコード決済アプリのヤフペイだ。壮琉はもしもの時のためにヤフペイにいくらか入金してあるのだが、この時いくら入金されているかなんて覚えていない。最悪は殆ど残高がない時もあるのだが——電子決済アプリを開いて、ほっと安堵の息を吐く。二〇〇〇円入っていた。

どうやら、入金したばかりだったらしい。おそらく、何かを買うために親に送金してもらったのだろう。ここから弥凪の家までワンメーターでは無理だろうが、二〇〇〇円あれば確実に足りる。足りなければ、その金額ギリギリのところで降ろしてもらって走ろう。

タクシーが来ないかと道路を見るが、こんな朝からそうそうタクシーなど通るわけもなかった。五分程待ってようやく空車のタクシーが目に入ったので、待ってましたと言わんばかりに手を上げる。ひとりでタクシーに乗るなどもちろん初めての経験だが、大切な未来がかかっているのだ。躊躇してなどいられない。運転手にＱＲコード決済が可能かどうか一応確認を取ってから、タクシーに乗り込んだ。

弥凪の家の正確な住所はわからないが、大体の場所はわかる。彼女の家の近くまで乗せてもらうことなら可能だ。

行先を伝えて「急いでください」と伝えると、気持ちスピードを上げてくれた気がした。途中で弥凪が乗っているバスを追い越せなかったが、反対車道のバス停に弥凪の姿もなかった。諦めて家に帰ってくれただろうか――そう思っていると、彼女の家の近くに着いた。料金は一七〇〇円。ギリギリだ。

電子マネーで運賃の支払いを済ませて、急いで弥凪の家へと向かう。

頼むよ、親父さん。生きててくれ……！

実際のところ、弥凪の親父さんが何時に亡くなるのかまでは聞いていない。今日は、お母さんが早い時間に出勤していたため、昼出勤だったらしい親父さんは家でひとりでいた。その時心不全を発症し、そのまま亡くなったそうだ。この時間帯ではもう既に手遅れなのか、まだ間に合うのかまではわからない。だが、もしまだ存命であったならば、何とかなる可能性もあった。

祈るような気持ちで走りながら彼女の家の前まで辿り着くと――家の前に救急車が停まっているのが見えて、大きく息を吐いた。弥凪が家に帰って親父さんを発見し、ちょうど救急搬送するところだったのだ。

彼女は親父さんに語り掛けながら、泣きそうな顔で一緒に救急車に乗り込もうとしていた。

「あっ……！」

その時だが――弥凪の声に応えるように、親父さんが彼女に向かって頷いているのが見えた。まだ意識があるのだ。

「よかった……間に合った」

その光景を確認した途端、壮琉の足からがくっと力が抜けて、その場にしゃがみ込んだ。崩れ落ちる壮琉の横を、星宮親子を乗せた救急車が通り過ぎていく。

これで、役目は果たした。一発勝負だったが、何とか計画通り進められた。

ここから先の出来事は、もう完全に壮琉の手を離れている。親父さんの無事は搬送先の病院に託すだけだし、弥凪が予定通りルチア女子を受験し、入学できるかどうかも彼女次第だ。

「お前との約束、ちゃんと守ったよ」

走り去る救急車の背に、壮琉はそう小さく呟いた。もちろん、約束をした主はあの救急車に乗っている少女ではない。この世界に存在するはずのない、壮琉の後輩だった少女――五か月後の七月二十一日の弥凪と交わした約束だ。

おそらく、これで世界は変わったはずだ。弥凪が事故に遭うこともなければ、その弥凪を助けて柚莉が死ぬこともない世界。弥凪の死と柚莉の死が因果として結びついていた世界が、この瞬間なくなったのである。

＊

時は経ち、春を迎えた。七月二十一日から二月へとタイムリープした壮琉は、実質的に春を二度迎えることとなっていた。

正直、結構うんざりだ。一度やったはずのテストを再び受けないといけないし、一度出した課題もまた提出しなければならない。親からの口うるさいあれこれも再び耳にすることになったし、柚莉の春休みの用事にもまた付き合うことになった。二年に進級してからの一学期も、もう一度繰り返さなければならない。過去に戻ってやり直したい、と空想することはあれど、実際やり直すとなると面倒なことが多かった。

それに加えて、過去改変の代償というものも考慮しなければならない。その代償を支払わないためには、なるべく意識的に過去を変えようとしないこと――これが、暇な時間に町の図書館に行ったり、時坂神社の資料館に行ったりして資料を読み漁り、壮琉が至った結論だった。

過去を改変したいと願った時間跳躍者が、自らの行為によって過去を変えること。これが、代償を発生させるのだ。

今回、二月時点で壮琉は弥凪の父の生死を意図的に変えたことになるが、壮琉自身が能動的に助けて過去を改変したわけではない。壮琉が弥凪に嘘の道を教え、彼女がそのまま帰宅したことで、結果的に救えただけなのである。所謂、バタフライエフェクトの一種。仮に弥凪が嘘の道を教えられたと気付き、間に合わなくても折り返しのバスに乗って時坂高校の受験に向かっていれば、同じ歴史が繰り返されるだろう。

あくまでも壮琉の推測に過ぎないが、壮琉自身の手で能動的に過去改変を行わなければ、大きな代償は発生しない。今回の例で言うと、弥凪が試験を受けなかったせいで時坂高校に通わなくなり、そのことに起因して壮琉と弥凪の出会いがなくなる、という代償に収まるはずだ。

実際、あれから壮琉の周囲で何も変わったことは起きなかった。壮琉のスマートフォンから、電子マネーの残高がタクシー代で消えてしまった程度。それ以外は壮琉の記憶と大きく異なることも、誰かが傷付くようなことも起きなかった。まだ柚莉が死ぬ可能性のある七月二十一日まで時間はあるので注意が必要だが、概ねこの推測は正しい気がした。

もちろん、弥凪との出会いがなくなるのは辛い。だが、それで彼女や柚莉が死ななくて済むのなら、それに越したことはなかった。もしかしたらもう二度と会うことはないかもしれないが、弥凪がこの世界のどこかで元気に暮らして、タイムリープだの飛び降りだのといった事象とは縁のない生活を送ってくれる方が遥かにいい。

また、不用意な過去改変を起こさないためにも、七月二十一日まではできるだけ同じように生活しなければならないのも大変だった。特に色のある生活を送っていたわけではないので、いまいちどこで何があったか、自分が何をしていたのか覚えていないことが多かったのだ。

何となくこうしていたような気がする、何となくこんなことを言ったような気がする……そんなあやふやな記憶に頼りつつ、記憶が一切ない場合は九星壮琉ならどう動くか、と客観的な判断をせねばならなかった。これはこれで、結構緊張を強いられる生活だ。

春休みが終われば、今度は新一年生の入学。この日は壮琉にとっても大きな日だった。もし、弥凪が入学していれば、歴史は繰り返されることとなるからだ。

あの日の受験は防いだはずだが、もし別の方法で受験していたらどうしよう……そんな不安に襲われた。しかし、弥凪らしき女生徒は見受けられず、念のため一年E組の教室まで出向いてみたが、弥凪はいなかった。教室の入り口で覗いていると、女生徒が「誰か探してるんですか？」と声を掛けてきたので、星宮弥凪という生徒がいるかと訊いてみた。答えは「うちのクラスにはいないです」だった。そこで、ほっと安堵すると同時に、弥凪との繋がりが本当になくなってしまったことを実感し、途方もない脱力感に襲われた。

あの後、弥凪の父が無事だったのかどうかはわからない。だが、この学校にいない。

このクラスにいない。それが、世界が変わったことを明確に示していた。

七月十四日、弥凪が学校からの帰り道の通学路で事故に遭うことはおそらくない。少なくとも、時坂神社の石碑の前で交通事故に巻き込まれることはないだろう。

それ以後、壮琉は自分の記憶を頼りに、なるべく前回と同じように一学期を過ごした。中間テストと期末テストの点数は上がってしまったが、そこは見過ごしてほしい。問題が同じだと、さすがに嫌でもどこで間違えたかはうっすら覚えてしまっていたのだ。

もちろん、かといって弥凪みたいに全教科ほぼ満点で学年トップ、というわけでもないのが悲しいところだ。せいぜい順位が十番程度上がったくらい。誤差の範囲だろう。

弥凪と偶然出くわすこともなかった。時坂高校と聖ルチア女子学院——弥凪がそこに通っているかどうかは不明だが——は通学路が異なる。ルチア女子は時坂町から少々離れており、電車通学となるのだ。通学時間も被らないし、鉢合わせることもない。

もしかしたら駅とかでばったり会うかも、と遠出する時はビビり散らかしていたが、案外人間というのは同じ町に住んでいても出会わないものである。結局、弥凪と予期せぬ邂逅をすることもなかった。

一学期をそうして過ごし、期末試験と球技大会が終わって、いよいよ訪れたのが七月十四日。新入生の入学と同じくらい緊張したのが、この日だった。

七月十四日は、謂わば壮琉にとってのタイムリープの日、そして二月から七月に掛けての過ごし方が正しかったのかどうかの答え合わせとなる日でもある。この日、弥凪が時坂神社の裏手の石碑前に現れなければ成功、現れたならば……また、歴史は繰り返されるだろう。

そうなった時、壮琉は再び決断を迫られることとなる。二十一日の天泣彗星の夜に、また過去に遡るのかどうかを。

『もし次に何か起こっても、それに抗うのはもうやめて』

ふと、別の時間軸から来た未来の柚莉の言葉が脳裏に蘇った。

確かあの時、彼女はこのようなことを言っていたように思う。

人生は理不尽な側面も含めて受け入れるもので、納得できないことも多い。日常の些細な出来事や言動、他人のちょっとした仕草で誰かの人生が変わってしまうこともある。それには理不尽なものもあるが、本来タイムリープによる過去改変などできないため、それらの結果を受け入れて生きていかなければならない。後悔や間違いは誰にでもあるものだが、それに囚われずに前を向いて生きることが大切で、何か新たな困難や試練が生じても、それを運命として受け入れるべきである、と。

その通りだと思う。もうどんなことが起きても、タイムリープはしてはならない。

それでどれだけ大変な想いをしてきたのかについては、今更語るまでもないだろう。

それに、もし弥凪の身に何か起こって過去にタイムリープをしたところで、そもそも壮琉と過ごした記憶を持つ未来の弥凪はもはや存在しない。前提となる世界を変えてしまったので、壮琉と付き合っていた五年後の弥凪も存在しないのだ。

今の弥凪にとって、壮琉は赤の他人。学校の先輩後輩でさえない。もし弥凪の身に何かが起こったとしても……何も知らない赤の他人の少女の身に不幸があった、と諦めるしかないのだろう。弥凪だけでなく、柚莉の身に何かが起きても同じだ。それが、別の時間軸の柚莉との約束なのだから。

そんな色々な決心をしてから、七月十四日——壮琉はひとり、学校帰りに時坂神社の裏手の交差点へと赴いた。

ちょうど石碑が見える位置にあった日陰のベンチに腰掛け、その時を待つ。だが、十四時を過ぎても、そこに弥凪は現れなかった。

スマートフォンで時計を見る。七月十四日、午後十四時十五分……弥凪が死ぬのは、確か十八分だ。

彼女が歩いてくるであろう方角を見るが、そこには誰もいなかった。周囲を見渡すが、高校生どころか人っ子ひとりいない。

もう大丈夫そうかな——そう確信してベンチから立ち上がろうとした時、視界の隅に、遠くから蛇行運転をする車が迫ってくるのが見えた。

はっとして車道を見る。

いつもの車だった。弥凪を轢き殺す、白い自動車。弥凪の死か柚莉の死の選択を生み出す元凶。

一気に胸の鼓動が速くなった。石碑の近くには弥凪はいない。他に人もいない。絶対に大丈夫。そう思っていても、弥凪を無惨にも殺した記憶が、嫌でも像を見せてくる。

壮琉は頭から記憶を振り払い、自動車の方を見つめた。

結果を見届けなければならない。この調子だと、きっとまた事故を起こすのだろう。この事故の結果を見届けて、ようやく壮琉は過去改変が成功したのかどうかを知ることができるのだ。

そして——案の定、交通事故は起こった。しかし、壮琉が知る事故とも少し異なっていた。白い自動車は、真っすぐ石碑に突っ込んだのだ。そのせいで、石碑は完全に大破した。弥凪が死を覚悟して石碑の前に敢えて立った時よりも酷い壊れっぷりである。

「なるほどな……弥凪がそこにいたから、これまで石碑が完全に壊れなかったのか」

壮琉の知る事故では、常にそこには弥凪がいた。毎度事故を起こすあの自動車も、弥凪を避けようと努力はしていたのだろう。だからこそ、石碑の大破は免れていたのだ。

「……もうタイムリープはできそうにないな」

壮琉は小さく息を吐くと、一一九番に事故の発生だけ伝えてその場を立ち去った。

もうこの場所に用はない。七月十四日にこの場所に来ることは、二度とないだろう。そんな当たり前の事実にほっとすると同時に、少し怖くなってくる。

これから、壮琉が完全に知らない未来が訪れるのだ。この一秒後も何が起こるかわからない。まさしく一寸先は闇。

だが、それが本来あるべき人生なのだ。

いつかの柚莉が言っていたように、予期せぬ困難や試練が生じたとしても、それを運命として受け入れる。そして、その上で乗り越えていく。生きるということは即ち、そういうことなのだろう。そんな当たり前のことに、時間跳躍をしてようやく気付かされたのだ。

＊

七月十四日からの一週間は、特に変わったことは起こらなかった。注意深く柚莉のことは見ていたが、彼女の身に何か不幸が訪れる気配もない。

もっとも、看板落下事故のようなものが生じてしまってはどうしようもないのだけれど、今回はその心配もなさそうだ。というのも、今月頭にビルの改装工事がなされ、柚莉の命を奪った看板は撤去されたのだ。その工事のせいでバイトの勤務日数が減ったと柚莉は怒っていたが、彼女の給料が幾分か減る程度で誰かが事故に遭う可能性がなくなるなら、安いものである。

また、もうひとつだけ壮琉の知っている世界と異なることが起こった。というより、壮琉が意図的に起こした。七月十四日の弥凪の事故が生じなかったことを切っ掛けに、柚莉から誘われていた彗星観測を断ったのだ。

柚莉は文句を垂れたが、別の日に埋め合わせをすると言って、何とか納得してもらった。その日だけは、ひとりで行きたい場所があったからだ。

そして、迎えた七月二十一日――。

学校から一度帰って、いつもと同じ時刻に家を出ると、同じく柚莉も家から出てきて、玄関口で鉢合わせた。

「やほ、壮琉。どっか行くの？　あたしは寂しくバイトしてくるよー。誰かさんに断られたからね～」

彗星観測の誘いを断ったことを根に持っているようで、壮琉を見るなりじろっと責めるような目線を送ってきた。

「ごめん。代わりに送ってくよ」

平謝りすると、柚莉はすぐに顔を綻ばせた。本当に怒っていたわけではなかったらしい。

「いいよ、わざわざ気を遣わなくて。今日、この後予定あるんでしょ？」

「まあ、そのついでに送っていこうかと」

「ついでかよっ」

そんないつものやり取りをして、肩を並べて歩く。

夏の季節、ミンミン蟬が鳴いていて、突き刺すような陽射しが容赦なく照り付けてくる。

一体、今日何度柚莉とこの道を歩いただろうか？　何度繰り返して、何度絶望的な気分を味わっただろうか？　壮琉にとって、七月二十一日とはそんな一日だった。

しかし、今回はきっと何もない。柚莉の死の原因となることをそもそもしていないのだから、当然だ。

既に、十四日は何事もなく終えられた。後は今日さえ乗り越えれば、本当に全てが終わる。壮琉にとって、今日は時間跳躍の旅が完全に終わったことを再度確認する日でもあるのだ。

　もう石碑が壊れているので何かが生じたとしてもどうしようもないのだが、それでもこの日を何事もなく終えることで、ようやく肩の荷が下ろせる。

「なんかさ、壮琉って変わったよね」

　柚莉のバイト先〝クローネ〟に向かっている最中、彼女が唐突に言った。

「えっ？　どのへんが？」

「ん〜、どこがっていうと難しいけど、なんか優しくなったと思う」

「そうか？　別に普段と何も変わらないけどな」

「そんなことないよー。冬くらいかな。なんか雰囲気が変わったなーって思ったよ？　落ち着いたし、大人っぽくなったし」

　全然自覚がないことを言われて、驚いてしまった。

　だが、時期的にタイムリープしてきた頃合いだ。確かに、人生観が変わらざるを得ない経験を何度もしているので、雰囲気が変わったと思われるのは仕方ない。

「あと、これまでだったら絶対に断りそうなお願いしても『いいよ』って引き受けてくれるし、断られる前提で遊び行こって誘ってもついてきてくれること多くなったし。言ってるこっちがびっくりしてたくらいだからね？」

「いや、お前がびっくりすんなよ」

「まあ、そのくらい変わったってことだよ。この前の球技大会も、なんか柄にもなく頑張ってたし」

「……そうかな」

図星を突かれてしまい、思わず視線を彼女から逸らした。

七月十四日の球技大会で、彼女の言う通り、壮琉は柄にもなく頑張ってしまったのだ。それは、その日の午後に弥凪の事故云々が控えていたのでその不安を誤魔化したかったというのもあるが、それだけが理由ではなかった。柚莉は言った。

「そうだよ。前までの壮琉なら、絶対に『ああいうのは運動部の目立ちたがり屋に任せておけばいいんだよ』って言ってたもん」

「まあ、確かに」

何となく言った覚えのあることを言われてしまい、壮琉は思わず苦い笑みを漏らした。

間違いない。実際にそう思っていたし、そうしていた。だが、何度も過去へと跳んで、どう足掻いても変えられない事象に出くわして、ひとつ思い至ったことがある。

それは——どんな事態になっても、後悔しないようにしておきたい、ということ。

後悔をして、過去を変えたいと願うことは、全力で今を生きていないからだ。どんなことになっても、どんな問題が起きても、その時その時を全力で生きていれば、

『まあ、しょうがない』と諦めがつく。

　何が起こっても諦めがつくくらい、真剣に生きる――実際にそれを実行するのは、至難の業だ。サボりたい時、手を抜きたい時はしょっちゅうある。常に気を張って全力で生きることなど超人でもない限り不可能だろう。それでも、未来の柚莉が言っていた『後悔や間違いは誰にでもあるものだが、それに囚われずに前を向き、生きていく』や『何か新たな困難や試練が生じても、それを運命として受け入れる』というのは、全力で生きている人間だからこそできることだとも思えた。

ならば、可能な限りそうなれるように、全力で生きていきたい。それこそ、明日自分が死んでも後悔がないように。もう二度と、過去に戻りたいなどと思わないように。大切にしたい人は大切にして、全力で取り組めることは全力で取り組む。それが今の壮琉の生き方だった。

　柚莉のお願いを聞いたり、こうして彼女を送っていったりするのも、そのひとつだった。近所の幼馴染だって、当たり前にいつまでも存在するものではないのだから。

「ま、無気力で生きるより、あたしは全然そっちの方がいいと思うけどね――っと、ここまででいいよ。じゃあね、壮琉！　送ってくれてありがとっ」

　バイト先のビルが見えてきた頃合いで、柚莉はこちらにその天真爛漫な笑顔を向けて元気よく手を振ると、軽い足取りでビルへと入っていく。ふとビルを見上げるが、しっかりとした新しい看板が取り付けられているので、もちろん彼女に向かって落ちることもなかった。

スマートフォンを見て、時刻を確認する。十七時半を少し過ぎた頃だった。

それを見て、大きく息を吐いた。これ以上ないというくらい大きな、安堵の溜め息。

「全部終わった、か……」

ぐったりと、一気に重力が倍になったかのように、身体中に重みが加わった。弥凪の親父さんが救急車に乗せられているのを見た時と同じくらいの脱力感だった。

終わった。これで、壮琉の時間跳躍の旅は完全に終わりだ。

弥凪も柚莉も死なない世界。少なくとも、七月十四日と七月二十一日に弥凪か柚莉どちらかが死ぬ世界は回避した。世界は……変わっていたのだ。

「ありがとな。ふたりの御蔭で、やっと辿り着いたよ」

空を見上げて、この時間軸にはいないふたりを思い浮かべる。

別々の未来から、壮琉を助けに来てくれたふたりの少女。彼女達がいたからこそ、ふたりが何事もなく暮らせる世界へと辿り着けた。

そのふたりはもうこの世界には存在しないけれど、壮琉の中には確かに存在している。その記憶を保持できるのは、この世界で壮琉だけだ。

『それだと……先輩が凄く寂しいじゃないですか』

弥凪から言われた言葉が、脳裏を掠めた。

確かに、寂しいかもしれない。実際に寂しい。でも、それでもいいと思えた。少なくとも、壮琉の中ではふたりは確かに存在している。それで十分だった。

柚莉と別れて少し町をぶらついてから、ひとり時坂神社へと向かった。時刻は七時を過ぎた頃。天泣彗星が流れるまで少し時間はあるが、何となく手持無沙汰で来てしまった。

弥凪と隣り合って座った境内のベンチに腰を掛けて、空を仰ぐ。太陽は姿を消し、星々が小さな輝きを見せ始めていた。

そういえば、二十一日に天候で悩んだことはなかった。どの時間軸でも七月二十一日の空は雲ひとつなく、星を見るには申し分ない。

「夏の星って、こんなに綺麗だったんだな――……」

壮琉は初めて二十一日の夜空をゆっくりと眺め、そう独り言つ。

二十一日の夜はいつも過去に戻って柚莉や弥凪の死を防ぐことが頭にあった。こうしてゆっくりと星を眺める余裕など一度もなかったのである。

星座についてはさっぱりわからないが、空を彩る星々もどれかとどれかが繋がっていて、星座を成しているのだろうか。時坂神社の伝承についてはもう民俗学者に任せるとして、これからは星について調べてみてもいいかもしれない。

「大学で天文学とか学んでみようかな……いや、それだとまた天泣彗星に行き当たるか。やっぱやめとこ」

ふと自分の進路に天文学を取り入れようと思ったが、すぐに却下した。

天泣彗星に行き着くと、また時坂神社の伝承と相まみえることになってしまう。もうタイムリープやら何やらは御免だ。

そんなくだらないことに思いを馳せながら星々を眺めていると、夜空がぼんやりと明るくなってきた。天泣彗星が流れる時間が迫ってきている証拠だ。

壮琉はベンチから立ち上がって、裏手の高台へと向かった。高台へ出ると、星空が視界一面に広がる。手を伸ばせば、星に手が届きそうだ。

夜空に手を伸ばそうとしたが――ぴたっと手を止める。以前、そうして手を伸ばした時、バランスを崩して崖下に落ちた記憶が脳裏を過ったのだ。全ての始まりは、あの偶然の落下だった。

「今回落ちたら、本当にただの無駄死にだな」

何度も何度も乗り越えた転落防止柵に手を掛けて、下を覗き込む。これまであったはずの石碑は交通事故後に撤去されており、今はぽっかりと空間ができてしまっていた。

何度ここに来ただろうか。何度絶望的な気持ちでここから飛び降りて、何度同じ一週間をやり直しただろうか。もう思い出したくもない。だが、時間跳躍者としての責務なのか、他の記憶よりも色濃く別の時間軸の記憶が残っていた。

別の時間軸の記憶を自分だけが保持して、それを誰に知られることもない。自分だけしか知り得ない記憶――それはもはや妄想に近いものだ――に囚われ続けるのだ。

これは一種の、タイムリープの呪いみたいなものだろう。人の身でありながら時間軸を移動するという、許されざる行為を行った罰。壮琉はそのように解釈していた。

「おっ……始まった」

天泣彗星――まるで天空がその深い哀しみを涙として流すかのような美しい青白い輝きが、暗闇を穿って流れ落ちてくる。遠くの星々とは一線を画すまばゆいばかりの光を放ち、夜空を彩っていた。

壮琉は静寂の中、ひとりでただその彗星の流れる姿を見守った。涙しているのは夜空のはずなのに、気が付けば壮琉の頬にも涙が伝っていた。

これまで交わした想い人との会話や幼馴染との会話、ふたりの死と時間軸の旅、繰り返したあの一週間……そういったものが一気に頭の中で膨れ上がって、涙を堪えきれなかった。

「弥凪……」

思い浮かぶのは、ひとりの少女の名前と笑顔。

弥凪にこの場所で想いを伝え、口付けを交わした記憶は、今も色濃く残っている。

そして、その少女はもう自分のことなど忘れ、自らの人生を歩んでいるだろう。

彼女も誰かと一緒に天泣彗星を眺めているだろうか。この彗星を見た際に、ふと記憶に別の時間軸のことが過るのだろうか。

それはわからない。ただ、彼女には幸せに生きてほしかった。幼馴染の死に囚われている恋人に気遣って大変な想いをしたり、絶望したりすることがないように、ただ自らの人生を思うがままに生きてほしい。そう願う気持ちは本心なのに、それでも封印したはずの彼女への気持ちが心の奥底から溢れかえってしまう。天泣彗星は、まるでそんな壮琉の悲哀も受け取り、空から涙を流してくれているようだった。

今日だけは彼女を想い、涙しよう。そして、この彗星が消え去った時、そこから新たな人生を始めよう。壮琉自身でさえ知らない、未知の人生。そこに彼女への気持ちを持ち込まないように、今だけは涙して、それからこの記憶とともに封印してしまおう――そう、思っていた時だった。

壮琉の背後から、砂利を踏む足音がした。神主にでも見つかったかと思って、慌てて後ろを振り向くと……そこには、ひとりの少女が立っていた。

「え……？」

その少女を見て、壮琉は固まってしまった。

見間違いかと思った。幻覚なのかと思った。あまりにそう願っていたから、気でもおかしくなってしまったのかと思ってしまった。

だが、そこに彼女は立っていた。彼女は嬉しそうな笑みを浮かべると、涙声でこう呟いた。

「本当に、会えた……」

柔らかい声も、可愛らしい顔も、長く綺麗な黒髪も、星屑がちりばめられた夜空みたいにきらめく瞳も、その華奢な身体も。全てが記憶のままの、星宮弥凪。ただひとつ記憶と違うのは、着ている制服だ。彼女は白いセーラー服——聖ルチア女子学院の制服を纏っていた。

「ずっと……ずっと、夢を見ていたんです」

感動にうち震え、涙ぐむ自分自身を落ち着かせるように深呼吸をしてから、彼女はそう言った。

「夢……？」

「はい。高校受験だったのに嘘の道を教えて、私を家に帰らせたいじわるな人の夢を……ずっと、見ていました。何度も何度も、まるで誰かが忘れるなって語り掛けてくるみたいに、ずっと、です」

少女は眉をハの字に曲げて、泣きそうな顔で笑った。その笑い方も記憶の通りで、また目の奥がじわりと熱くなる。

「夢の中で、私は今夜ここであなたと過ごしていて……だから、もしかしたらここで会えるんじゃないかって思って、来ちゃいました」

「……そっか」

強情な奴め、と言いたくなったのを何とか留めて、そうとだけ返した。

星宮弥凪という人間は、本当に強情だと思う。時間軸が変わっても別の自分に自らの気持ちを押し付け、突き動かそうというのだ。

だが、それが如何にも彼女らしい。そうした意地、いや、意志の強さがあったからこそ、彼女は過去を変えに、五年後の未来からやってこられたのだ。そして、そんな彼女がいてくれたから、今の壮琉がある。

「あの……あれって、本当に夢なんですか？」

弥凪は困惑した様子で続けた。

「私には、どうしても夢だと思えなくて。だって……その夢を見ると、私、いつも泣いているんです。悲しくって、寂しくって……心が張り裂けそうなくらいに、切なくて」

その時の気持ちを思い出したのか、彼女は瞳を伏せて、胸元で自らの手を握った。

「それに……あなたが嘘を吐いてくれたから、お父さんも助かりました。あそこで私が家に帰ってなかったら、きっと間に合わなかったって、お医者さんからも言われて。まるで全部わかってたみたいに、嘘を吐いてくれたように思えて——」

「そんなの、どっちでもいいんじゃないか？」

壮琉は彼女の言葉を遮って、柔らかい笑みを浮かべた。

「今、こうして会えた。それが全てだと思う」

この彗星の下で、彼女がこの場所に赴き、再会した。きっとそれが全てで……別の時間軸の彼女の想いが紡いだ奇跡。いや、この彗星のもとで交わした約束を、お互いが果たしただけなのかもしれない。

「悪い、自己紹介がまだだったよな。俺は九星壮琉。時坂高校の二年だよ」

壮琉は声が震えないように必死に堪えながら、手を差し出す。さっきまで悲しくて泣いていたはずなのに、今では封印したはずの彼女への愛しさと、再会できた嬉しさでまた涙しそうになっていた。

「えっと……私は星宮弥凪って言います。聖ルチア女子学院の一年です」

握手を交わしたところで、弥凪はくすっと笑った。

「……どうした？」

「すみません。仲間だなって思って」

それで、ああ、と思い当たる。そういえば、以前もこんなやり取りをしたことがあった。

「苗字に星が付いてるから、か？」

「はい。でも先輩、どうしてわかったん――」

「――!?」

弥凪が何気なく言った言葉に、息を詰まらせる。

今、彼女は壮琉を『先輩』と呼んだ。彼女が壮琉をそう呼ぶには、あまりにも違和感がある呼び方だった。

「えっ？　あれっ？」

彼女も自らの言葉に違和感を抱いたらしく、同じような反応をしていた。

「私、どうして今、『先輩』って呼んじゃったんでしょう……？」

弥凪は自身に問い掛けるようにして、不思議そうに首を傾げた。

彼女が不思議に思うのも仕方ない。彼女が壮琉を先輩と呼んだことなどこの時間軸ではなく、先輩と呼ぶ理由もないのだから。だが、その答えは彼女がいくら考えても出てこないだろう。

「さあな。星仲間だからじゃないか？」

壮琉は少し茶化して、笑みを零した。

星仲間。苗字に星が付いているだけで仲間など大袈裟だと思ったが、まさしく壮琉と弥凪は星によって繋がれたような関係だった。もしあの時の彼女がそこまで考えてそう言っていたとしたならば、大したものだ。

「じゃあ……これからも先輩って呼んでいいですか？　何だか、そっちの方が呼び易くて」

弥凪ははにかんで、小首を傾げて訊いた。

もちろん断る理由などない。壮琉にとっても、それが一番耳馴染みのよい呼ばれ方なのだから。

「ああ。よろしくな、弥凪」

ふといつもの癖で名前で呼んでしまった。だが、彼女は特段それを気にした様子もなく「よろしくお願いします」と微笑んでいた。おそらく、彼女にとってもその方が耳馴染みがよかったのだろう。

「ところでさ、弥凪。ちょっとした提案があるんだけど……いいか？」

壮琉は振り返って星空の方を向き、彗星を見上げた。

夜空が流す涙は徐々に薄まってきていて、先程よりも随分と光が弱まっている。もう間もなく、この年の天泣彗星は消えてしまうのだろう。これが終われば、五年後までその姿を拝むことはできない。

「はい、何でしょう?」

弥凪は壮琉の隣に並んで、同じようにして夜空を見上げた。

「よかったら、一緒に星を見ていかないか? もうすぐ消えちゃうんだろうけどさ」

少しだけ勇気を振り絞って、訊いてみる。

弥凪には別の時間軸の記憶が戻ったわけではない。考えようによっては、見知らぬ男からいきなり彗星観測を申し込まれることと大差ないだろう。だが、そんな壮琉の不安を一掃するかのように、彼女はくすくす笑っていた。

「何言ってるんですか、先輩」

「ん?」

「もう、一緒に見てるじゃないですか」

こちらを見上げて嫣然としてそう言う弥凪は、どこか幸せそうで。その瞳には、壮琉がしっかりと映り込んでいて。まるで夢ではないかと疑ってしまう。

でも、これは夢ではない。壮琉と、別々の時間軸の弥凪と柚莉が導いてくれた、新しい未来だった。

「……そっか。そうだよな」

壮琉は小さく笑って、視線を隣の彼女から消えゆく彗星へと移した。

未来のことは、誰にもわからない。このまま平穏な日常が続くのか、はたまた何か別の事件に巻き込まれるのか。これから生きていれば、楽しいこともあれば悲しいことも起きるだろう。それらの出来事を経て、新たな未来へと紡がれていく。まるで蝶の羽ばたきが新しい別の風を生み出すように、全てが繋がり広がっていくのだ。

そして——壮琉達に何度も奇跡を齎した彗星が、星々の中へと薄れていき……遂には、その姿を消した。

「なあ、弥凪。もう一個だけ提案があるんだけどさ」

彗星の最後を見届けると、壮琉は弥凪の方へ向き直った。

彼女はきょとんとしたままこちらを見上げて、ほんの少しだけ首を傾げる。

「五年後も、また一緒に星を見に来ないか？」

「えっ……？」

唐突な提案に驚いたのか、弥凪は目を大きくして、まじまじと壮琉を見つめていた。

今度の提案はさっきよりも何倍もの勇気が必要だった。緊張のあまり声が震えそうだ。この彗星が消えた後の世界を、壮琉は何ひとつ知らない。この後何がどう転ぶのか、一切の予想がつかない世界に踏み入ったのだ。そんな時間を過ごすのは随分と久しぶりで、新たな一歩を踏み出すだけでも恐怖を感じてしまう。

だが、踏み出さなければ何も始まらない。何かを変えようと願うからには、自らが勇気を出して一歩を踏み出すしかないのだ。

「奇遇ですね、先輩」

弥凪は何かに納得したように目を細めると、花が咲くように唇を綻ばせた。

「私も今、同じことを提案しようと思ってました」

お互いに見つめ合って笑みを交わしたその時。新しい可能性を秘めた風が、舞い上がった気がした。その風は遥か彼方まで広がっていき、また新たな風を生み出していくのだろう。

この世界は、無限の可能性に包まれている。

さまざまな可能性が入り組んだこの世界の中で、今の壮琉にできること。それは、今が奇跡の上に成り立っていることを忘れないこと。そして、この奇跡を引き起こすために、尽くしてくれた人達がいること。

そんな奇跡が紡いだ今を、彼女とともに全力で生きていこう――壮琉は未来を告げるその風に、そんな誓いを立てたのだった。


（了）

あとがき

本作を手に取っていただきありがとうございます。九条蓮です。

スターツ出版文庫から『夏の終わり、透明な君と恋をした』でデビューさせて頂き、本作がスターツさんからは二作品目となります。

スターツさんの中ではかなり異色の作品だと思いますが、楽しんでいただけたでしょうか？　本作は普段SFを読まない方からすれば少し難しい内容だったかもしれません。一周目で難しかったという方は、ぜひ二周目にチャレンジしてみてください。至る所に伏線をバラまいたので、結末を知ってから読むと別の面白さを体感できると思います。

タイムリープを題材にするなら、僕は重めの作品を描きたかった。その理由は明白で……僕らが生きる世界には、タイムリープなんてものは存在しないからです。

『あの時ああしてればよかった、とか、こうしてればよかった、とか。そんな後悔、誰だってあるよ。あたしらなんかよりもっと賢くてもっと偉い人だって、きっと間違いのひとつやふたつはある。でも、皆それを何とか受け入れて、前に進んでるわけじゃん？』

作中で未来の柚莉がこう言っていましたが、この言葉通り、僕らは理不尽な出来事や悲しみも全部受け入れて生きていかないといけません。後悔がない人生なんて、きっとない。でも、その後悔を少しだけ減らす方法があって、それが最後に壮琉が辿り着いた結論……〝今〟を一生懸命生きること、です。この作品を通して、後悔が少なくなる人生を送れる人がひとりでも増えますように。もしひとりではかかえきれないものがあれば、ぜひファンレターにその想いを乗せて送って。苦しみを拭い去ることはできないけれど、少しは軽くなるかもしれないから。

最後になりましたが、装画を担当してくださったぶーた先生、本当にありがとうございます。ぶーた先生の大ファンなので、タッグを組めてめちゃくちゃ嬉しかったです。そして、担当編集Sさん、あなたの協力と支えがなければ、この作品は世に送り出せませんでした。ありがとうございます！

この作品を読んだ皆さんに、少しでもよい未来が……いえ、よい〝世界〟が訪れますように。皆それぞれ大変だと思うけど、一緒に頑張って生きていこうね。

二〇二四年六月　七里ヶ浜より　愛をこめて　九条　蓮

この物語はフィクションです。実在の人物、団体等とは一切関係がありません。

九条 蓮先生へのファンレターのあて先
〒104-0031　東京都中央区京橋1-3-1　八重洲口大栄ビル7F
スターツ出版（株）書籍編集部 気付
九条 蓮先生

最後の夏は、きみが消えた世界

2024年6月28日　初版第1刷発行

著　者　九条 蓮　©Ren Kujyo 2024

発 行 人　菊地修一
デザイン　フォーマット　西村弘美
　　　　　カバー　長﨑綾（next door design）
発 行 所　スターツ出版株式会社
　　　　　〒104-0031
　　　　　東京都中央区京橋1-3-1　八重洲口大栄ビル7F
　　　　　TEL　03-6202-0386（出版マーケティンググループ）
　　　　　TEL　050-5538-5679（書店様向けご注文専用ダイヤル）
　　　　　URL　https://starts-pub.jp/
印 刷 所　大日本印刷株式会社

Printed in Japan

ISBN　978-4-8137-1601-3　C0193

スターツ出版文庫　好評発売中!!

『大嫌いな世界にさよならを』　音《おと》はつき・著

高校生の絃は、数年前から他人の頭上にあるマークが見えるようになる。嫌なことがあるとマークが点灯し「消えたい」という願いがわかるのだ。過去にその能力のせいで友人に拒絶され、他人と関わることが億劫になっていた絃。そんなある時、マークが全く見えないクラスメイト・佳乃に出会う。常にポジティブな佳乃をはじめは疑っていたけれど、一緒に過ごすうち、絃は人と向き合うことに少しずつ前向きになっていく。しかし、彼女は実は悲しい秘密を抱えていて…。生きることにまっすぐなふたりが紡ぐ、感動の物語。

ISBN978-4-8137-1588-7／定価737円（本体670円+税10%）

『余命半年の君に僕ができること』　日野祐希《ひのゆうき》・著

絵本作家になる夢を諦め、代り映えのない日々を送る友翔の学校に、転校生の七海がやってきた。七海は絵本作家である友翔の祖父の大ファンで、いつか自分でも絵本を書きたいと考えていた。そんな時、友翔が過去に絵本を書いていたこと知った七海に絵本作りに誘われる。初めは断る友翔だったが、一生懸命に夢を追う七海の姿に惹かれていく。しかし、七海の余命が半年だと知った友翔は「七海との夢を絶対に諦めない」と決意して――。夢を諦めた友翔と夢を追う七海。同じ夢をもった正反対なふたりの恋物語。

ISBN978-4-8137-1587-0／定価715円（本体650円+税10%）

『鬼の花嫁　新婚編四～もうひとりの鬼～』　クレハ・著

あやかしの本能を失った玲夜だったが、柚子への溺愛っぷりは一向に衰える気配がない。しかしそんなある日、柚子は友人・芽衣から玲夜の浮気現場を目撃したと伝えられる。驚き慌てる柚子だったが、その証拠写真に写っていたのは玲夜にそっくりな別の鬼のあやかしだった。その男はある理由から鬼龍院への復讐を誓っていて…⁉花嫁である柚子を攫おうと襲い迫るが、玲夜は「柚子は俺のものだ。この先も一生な」と柚子を守り…。あやかしと人間の和風恋愛ファンタジー第四弾!!

ISBN978-4-8137-1589-4／定価671円（本体610円+税10%）

『冷血な鬼の皇帝の偽り寵愛妃』　望月《もちづき》くらげ・著

鬼の一族が統べる国。紅白雪は双子の妹として生まれたが、占い師に凶兆と告げられ虐げられていた。そんな時、唯一の味方だった姉が後宮で不自然な死を遂げたことを知る。悲しみに暮れる白雪だったが、怪しげな男に姉は鬼の皇帝・胡星辰に殺されたと聞き…。冷血で残忍と噂のある星辰に恐れを抱きながらも、姉の仇討ちのために入宮する。ところが、恐ろしいはずの星辰は金色の美しい目をした皇帝で⁉ 復讐どころか、なぜか溺愛されてしまい――。「白雪、お前を愛している」後宮シンデレラストーリー。

ISBN978-4-8137-1590-0／定価671円（本体610円+税10%）

書店店頭にご希望の本がない場合は、書店にてご注文いただけます。